Gepa(a)rden

Erotische Erlebnisse und Fantasien aus der Welt des Partnertauschs

BOOKS on DEMAND

Taiji Tu

Gepa(a)rden

Erotische Erlebnisse und Fantasien aus der Welt des Partnertauschs

Prolog

„Gib es einfach zu, Du wolltest sie nur ficken!
Du hast mich nicht einmal beachtet!"

Die Gepa(a)rdin fauchte nach ihrem Favoriten und
vertrieb seine Beschwichtigungsversuche mit den
ausgefahrenen Krallen ihrer Tatze …

Bibliografische Information der Deutschen National-bibliothek:
Die Deutsche Nationalbibliothek verzeichnet diese Publikation in der Deutschen Nationalbibliografie; detaillierte bibliografische Daten sind im Internet über http://dnb.dnb.de abrufbar.

© *2016 Taiji Tu, zweite und überarbeitete Auflage*
Erste Auflage 2015

Illustration: Taiji Tu, Cover-Foto: Karsta Weber

Herstellung und Verlag: BoD – Books on Demand, Norderstedt

ISBN: 9783734788086

Inhaltsverzeichnis:

Vorwort

Geparden sind Räuber und Beute zugleich ... sie sind unglaublich schnell, doch auf Strecke gesehen werden sie selbst Beute. Daher jagen sie sehr umsichtig...

Gepa(a)rden ist eine erotische Fabel – unsere Geschichten erzählen von den erotischen Erlebnissen eines Paares und ihrer Findungsphase auf dem Weg ohne wirkliches Ziel.

Von Menschen, die sowohl Jäger als auch Gejagte, monogame wie moralisch flexible Persönlichkeiten sind.

Von Fantasien, die im Kino des Lebens vielleicht jedem von uns einmal begegnen.

Wenn wir im Fahrstuhl stehen und vom plötzlichen Steckenbleiben zusammen mit einer anderen Person träumen oder auf dem Zahnarztstuhl liegen und den Schmerz durch süße Gedanken wegzaubern möchten.

Sie erzählen vom erotischen Spiel und dem Zusammenspiel von Dominanz und Unterwerfung.

Dank

Die Autoren sagen „Danke!" an die vielen Menschen, die uns zu dieser Geschichte inspiriert haben. Danke an Peter Becker (LUST-Refugium, www.lust-refugium.de) und all die anderen lieben Menschen, die uns die Möglichkeit gegeben haben, an schönen und außergewöhnlichen Orten Lesungen zu veranstalten.

An die Menschen, deren Sehnsüchte, Lustgefühle und Fantasien wir nachempfinden durften, mit Höhen und Tiefen, mit dem täglichen Leben und der manches Mal fast unerträglichen Realität.

Ähnlichkeiten mit lebenden und toten Personen und Charakteren sind rein zufällig. Die Orte des Geschehens sind reine Fiktion. Die Autoren nehmen das Recht auf künstlerische Freiheit in Anspruch.

Dank an die Fotografin ©Karsta Weber (www.Augenblicke-karstaweber.de) für das Coverfoto „Gepa(a)rden"

Der gefundene Mann

Die Gepa(a)rdin war seit Tagen unruhig. Ihr Männchen war auf Beutezug und würde noch Tage brauchen, bis er das Revier durchkämmt hätte. Sie war hungrig, aber schlimmer für sie war ihre unbändige Lust. Rollig wie sie war, rieb sie zeitweise ihr Hinterteil auf dem Boden, um ihren körperlichen Schmerz zu stillen. Der Schwanz ihres Männchens sollte in ihr sein, es war anstrengend erregend für sie darauf zu warten und gleichzeitig überkam sie die nackte Wut, dass er sie nicht ficken konnte.

Ihre empfindliche Nase meldete einen fremden Duft. War es ein anderes Gepa(a)rden – Männchen, welches das Revier betrat? Den Duft eines Gepa(a)rden kannte sie zu gut, es hatten so viele Männchen versucht sich an ihr zu reiben, so viele hatte sie abgelehnt, ebenso viele und mehr hatte ihr Rudelführer mit geschicktem Kampf in die Flucht geschlagen und seine Position behauptet. Es war ein anderer Duft, der vom Wind der Savanne zu ihr drang. Intensiv, kaum animalisch, und dennoch umso animalischer intensiv. Sie verließ ihr Versteck und folgte der Witterung. Über zwei Kilometer weit entfernt, der Duft immer stärker in ihrer Nase werdend, spürte sie die Quelle auf. Ein menschlicher Körper lag auf einem langen, flachen Felsen. Ausgestreckt, bekleidet mit einer Ranger-Kluft, die Ärmel hochgekrempelt und das Hemd zwei Knöpfe weit geöffnet.

Sie umschlich den Körper mit behutsamem Abstand, die Witterung immer wieder prüfend. Wären Hyänen in der Nähe, könnte dies ihr Ende sein. Sie selbst war leichte Beute, hungrig und rollig war sie zu schnell abgelenkt. Sie musste vorsichtig sein!

Die Witterung war eindeutig nur von diesem Körper ausgehend, sie schlich sich leise an, geduckt am Boden, dabei ihre Möse an den Grashalmen streifend, was ihr weitere Qualen bereitete, gleichwohl sie sehr nass war.

Der Körper war bestens trainiert, sie hatte schon viele Menschen in Safari – Autos gesehen. Dicke, große, kleine, schmale Menschen, die auf sie schauten und Fotos machten. Dieser hier war stattlich, 1,85 Meter groß, braun gebrannt und mit wohldefinierten Muskeln bepackt. Die Gepa(a)rdin verspürte einen großen Drang zu erfahren, wie dieser Körper in Gänze aussehen würde … sie begann zu schnuppern. Er duftete intensiv, mehrere Tage in Bewegung gewesen, keine Reinigung mit Seifen und Parfüms wie die Foto-Safaristen, ein Geruch eindeutig nur von Schweiß und Arbeit. Die Intensität, die sie wahrnahm, machte sie unglaublich scharf. Sie wollte jetzt ihr Männchen in sich spüren, den Nadelgespickten Penis in sich verhaken lassen und seine Zähne in ihrem Nacken.

Der Körper war leblos, aber ein flacher Atem war zu spüren. Ihr fiel die starke Behaarung an den Armen und den geöffneten Knopflöchern auf. Auch der Bartwuchs war mindestens eine Woche alt, sie konnte es von den Touristen ableiten, die manchmal ungepflegt, meistens aber frisch aufgebretzelt von den Lodges fuhren um sie zu beobachten. Wenn die Tou-

11

risten wüssten, dass sie umgekehrt beobachtet werden. Das Futter … von Löwen, Hyänen, Leoparden – alle warteten nur darauf, dass diese zweibeinigen Futterquellen endlich das Auto verlassen und …

Der Körper bewegte sich unter ihrer schnuppernden Schnauze, sie wich ein kleines Stück zurück. Mit ihren Barthaaren hatte sie seine Nase gekitzelt, mit ihrer Tatze über sein Hemd gestrichen. Der Körper gab ein leises gutturales Geräusch von sich, versuchte sich zu drehen, war aber nicht dazu in der Lage, da sie sich mit ihrem halbem Körper über ihn gelegt hatte und nun die Spur der Brusthaare verfolgte. Sie biss Knopf für Knopf ab und zerrte das Hemd von der Brust, bewunderte die Behaarung, die ihr außergewöhnlich stark vorkam. Als sie einmal einen Kadaver eines Touristen verspeisten, war dieser glatt rasiert, sogar zwischen den Schenkeln.

Dieser Körper hier war pure Männlichkeit, ein Trieb war erkennbar, der sich sofort auf ihre Lust übertrug. Die Gepa(a)rdin war jetzt unersättlich, sie wollte unbedingt und jetzt gleich Sex haben mit diesem Körper, wenn ihr Männchen nicht rechtzeitig zurück wäre.

Sie riss den Gürtel entzwei und aus der zerfetzten Hose sprang ein gewaltiger, halb erigierter Penis. Mit rauher Zunge begann sie ihn zu liebkosen, bis er stahlhart in das untergehende Sonnenlicht der Savanne stand.

Jetzt gleich würde sie sich ganz auf ihn legen, und seinen Holm in sich zerren, bis es ihr kommt, bis sie gänzlich ausgefüllt ihre nasse, geile Möse befriedigt bekommen hätte. Danach würde sie entscheiden, ob sie mit einem Biss in die Gurgel noch zu einer frischen Mahlzeit kommen würde oder ob sie ihn für eine weitere Nummer aufbewahrt.

Der Körper bebte ... das gutturale Geräusch wurde stärker, der Penis prall vor ihr ...

Die Gepa(a)rdin wurde wach. Sie lag in ihrem Bett, schweißnass geschwitzt. Ihre Muschi war so feucht dass das Laken unter ihr einen großen Fleck zeigte. Neben ihr lag ihr Freund, der sie abends noch heftig gevögelt hatte und erst vor wenigen Stunden die Handschellen von ihren Handgelenken entfernt hatte. Sie drehte sich zu ihm um und weckte ihn ungeduldig.

Gepa(a)rden

Geparden sind sehr schnelle Jäger, bereits nach zwei Sekunden erreichen sie 60 km/h. Mit einer Geschwindigkeit bis zu 110 km/h erreichen sie jedes Opfer, halten dieses Tempo allerdings nur für eine Strecke von 600 bis 800 Meter durch. Daher sind sie einerseits Jäger und gleichfalls Beute für größere Raubtiere. Ein typisches Revierverhalten kennen Geparden nicht. Aufgrund ihrer Populationsdichte dulden sie auch Artgenossen in ihrem Revier, welches sie zwar markieren, aber nicht verteidigen. Geparden sind Sichtjäger. Hat ein Gepard Beute gerissen, benötigt er zunächst eine Erholungspause, bevor er sie frisst. In dieser Erholungspause verliert er seine Beute oft an andere Raubkatzen.

Geparden sind in der Regel monogam, die Weibchen sind ca. eine Woche läufig. Dabei bleibt ein Männchen ca. vier Tage bei einem Weibchen und paart sich sehr häufig mit ihr. Dabei lässt das Weibchen aber auch mehrere Männchen zu. Im Gegensatz zu anderen Raubkatzen verbleiben die Geparden-Männchen einige Zeit bei der Familie und unterstützen die Mutter[1].

Gepa(a)rden sind ein Paar, welches aus der Norm ausbrach, um sich treu zu bleiben. Um dem Leben in der Monogamie den erlaubten Reiz im Miteinander zu geben und an den Erlebnissen gemeinsam zu wachsen. Die Gepa(a)rden sind Jäger wie Gejagte zugleich, und

---

1 Quelle: www. natur-lexicon .com

mitnichten sind alle Erlebnisse nur erotisch oder lassen beim Zurückdenken Freude aufkommen. Aber alle Ereignisse hatten ihren berechtigten Platz auf dem Weg ohne klares Ziel, auf der Lustspur passieren die Geschichten ungeplant, es gibt kein Drehbuch. Was der Eine als Bereicherung bezeichnet, ist für den Nächsten der Untergang. Die Gepa(a)rden haben den Mut gefunden, ihre Träume zu leben und dennoch den einen oder anderen Traum ungelebt zu lassen.

Das Kopf-Kino des Lebens ist ein Kino der Träume.

Manche Träume sollten Träume bleiben.

Gemeinsame Träume …

Die Mittagpause

In den letzten Tagen war das Gepa(a)rden-Männchen häufig in der Mittagpause von seiner Arbeit im Büro in die nahegelegene Wohnung gehetzt, kurz, zu kurz die Zeit um die Dinge zu tun, die nur heimlich erledigt werden konnten. Und die einzige Gelegenheit, nicht von seiner Frau erwischt zu werden bei seinem Doppelleben. Seit ihrer Begegnung im Oktober war es wie ein Fluch für ihn: seine Jugendliebe war wieder aufgeflammt, er war in ihrem Sog gefangen und wusste, dass es erst vorbei sein würde wenn er alles versucht hätte, sie ganz für sich zu haben.

„Ich habe von Dir geträumt" hauchte die Gepa(a)rdin ihm durch das Telefon ins Ohr, „es war ein erotischer Traum". Der Gepa(a)rd spürte die Erektion, doch gleichzeitig schoss ihm die Furcht vor dem Kommenden durch den Körper, eine Gegenreaktion zu seinem sexuellen Trieb. Würde sie ihn annehmen? Sie waren sich schon einmal sehr nahe gekommen nach ihren viele Jahre zurück liegenden kindlichen Versuchen der Vereinigung. Jetzt, im Oktober bei Herbstsonne und in Begleitung seiner Frau, ihres Gatten und ihren Kindern, war der Blitz aus ihren Raubtier-Augen geschossen. Sie hatte ihn nur kurz angeschaut nach den Jahren der berührungslosen Begegnung. Dennoch hatte es gereicht, um alles bislang Erlaubte zu Verbotenem zu machen. Gemeinsame Gespräche zu viert, Besuche mit den Kindern, alles bekam den Geschmack nicht mehr erlaubt zu sein, stattdessen heimliche Berührungen mit dem Fuß unter dem Tisch, leicht emporstreifend und die Reaktion in der Hose genießend. Die Gepa(a)rdin war seine Göttin, sie besaß die Macht über ihn.

„Was war das für ein Traum?", fragte der Gepa(a)rd, seine Hände vibrierten, seine Stimme leicht zitternd, seine Lust in den Lenden zuckend, „was hast Du geträumt?"

Am anderen weit entfernten Ende der Telefonverbindung konnte der Gepa(a)rd sichtlich hören, wie die Gepa(a)rdin die Worte sammelte, mit ihrem leichten Lispeln die richtigen Attribute zusammen zu fügen, um mit einem kurzen Satz die volle Wucht ihrer sexuellen Energie zu ihm zu senden „Du hast mich gefickt", sprach sie leise und schwieg.
Ein paar Sekunden lang herrschte Stille, der Gepa(a)rd konnte es nicht glauben, was sie gesagt hatte.
Hatte sie gesagt „Du hast mich gefickt" ?
Die Göttin? Die stärkste aller Gepa(a)rdinnen aus dem ihm bekannten Rudel, welches sich vor vielen Jahren über die Welt verteilt hatte? Welche Worte … aus ihrem Munde!
„DU HAST MICH GEFICKT!" wiederholte sie, etwas deutlicher. „DU!"

Der Gepa(a)rd zwang sich zur Contenance, zwang sich, den Hustenreiz zu unterdrücken.
Ja, er hatte seinen Raubtierpenis im Oktober in sie gedrängt, sie war heiß gewesen, rollig, und hatte ihn in sich hinein gelassen, als sie einen kurzen Moment allein gewesen waren. Seinen Samen in sich fließen lassen nach nur sehr kurzem, heftigen Liebesspiel auf

dem Küchentisch, hatte sie seinen krampfenden Schwanz genussvoll aufgenommen.

Aber er hatte seine sexuellen Leistungen selbst als sehr schlecht eingeschätzt, kurz, viel zu kurz, um im Wettbewerb mit den maskulinen Gepa(a)rden-Männchen anderer Rudel bestehen zu können. „DU! DU! Hast mich gefickt!" wiederholte sie und legte auf.

Der Nachmittag war für den Gepa(a)rd gelaufen. Wie sollte er sie wiedersehen in kürzester Zeit? Die bisherigen Begegnungen waren immer als gemeinsame Reise mit seiner Frau möglich gewesen, jetzt würde er die Gepa(a)rdin alleine treffen müssen, heimlich, sehr, sehr heimlich. Dazu noch einen Ort zu finden, an dem er sie lieben könnte, ihr Fell lecken, ihren Geruch aufnehmen und sein Revier zu markieren. Gänzlich unmöglich schien es ihm, er versuchte den aufkommenden Gedanken zu vertreiben, seine Jugendliebe, „die Göttin", für sich allein haben zu können. Alles würde er dafür tun, alles!

Der Nachtzug

Der Nachtzug in die ferne Stadt verließ den Bahnhof um 21 Uhr, der Gepa(a)rd hatte sich direkt am Bahnsteig mit Barzahlung beim Schaffner einen Sitzplatz erkauft, Liegewagen war zu teuer, das hätte zu Hause zu Rückfragen geführt. Er versuchte sich so entspannt wie möglich zu betten, zum Glück war das Abteil frei und er konnte den gegenüberliegenden Sitz für seine Beine als Ablage verwenden. Der Zug ruckelte durch die Dunkelheit, erst um sechs Uhr am Morgen würde er am Zielort ankommen. Seine Frau dachte, er sei auf einer der vielen Dienstreisen, sein Mobiltelefon hatte er ausgeschaltet. Seinen Kopf konnte er nicht ausschalten … immer wieder dachte der Gepa(a)rd an die Worte von seiner Traumfrau, „DU! hast mich gefickt!" … und immer wieder kam die Geilheit hoch, bei dem Gedanken, sie wirklich zu sehen, zu spüren, schmecken, vögeln und ihre feuchte Scham mit seiner Lendenlust zu befüllen.

Diesen kurzen Moment der flüchtigen Vereinigung kürzlich, er würde seine Erinnerung an die schlechte Darbietung dieses Mal mit einer langen Balz auslöschen, das Hirn aus ihr herausficken, so dass sein Revier eindeutig markiert wäre.
Er schloss die Augen, konnte aber nicht schlafen. Unmerklich wanderten seine Finger in den Hosenbund, er fühlte sich unbeobachtet, als er den Gürtel zwei Löcher weiter öffnete und mit der Hand in seinen Slip glitt. Das Wichsen seines Schwanzes tat ihm

19

gut, die Anspannung der vergangenen Stunden auf der Flucht vor seiner Frau, dem Job und den ganzen Heimlichkeiten, jetzt einfach wichsen und die Energie abbauen ... er war noch jung, bis zum Morgen würden seine Kugeln wieder voll sein mit Kraft, sie würde nicht merken, dass er sich erleichtert hatte. Sein Saft floss schnell, stoßartig, in die Hand ...

Er konnte jetzt endlich etwas schlafen.

Der Adventkalender ...

(23 mal unterbrochenes) Kapitel

Die Weihnachtszeit nahte und zwischen Daniel und Denise lag noch immer ihre Entfernung, die sie virtuell überbrücken musste. Er schickte ihr eine kleine Schachtel mit 24 Briefen ....

Schließe für einen Moment die Augen und stelle Dir vor, ich massiere Dir jetzt den Nacken, küsse Deinen Hals und streichele mit meinem Fingernagel Deinen nackten Rücken herunter. Wir liegen nackt auf dem ausgezogenen Sofa vor dem prasselnden Kaminfeuer und küssen uns leidenschaftlich ...

***

Dazu schrieb er diesen Brief an sie:

Liebe Denise,
ich wollte Dir nur noch mal sagen, dass ich Dir jetzt gerne Deinen wunderschönen Rücken streicheln und massieren würde, Dir in Deine wunderschönen Augen schauen, Dich dabei küssen möchte, heiß, feurig und leidenschaftlich, Dir dann die Zunge verweigern, weil ich mit ihr schon längst Deine Brustwarzen liebkose … bevor ich mit meinem dann schon lange harten Schwanz in Deinen wohlgeformten Po eindringe, aber nur kurz, denn das, was wir zusammen erlebt haben, wartet ungeduldig darauf, auch bedient zu werden … Du sollst an Händen und Füssen gefesselt winseln, dass ich Dich durchmache, damit Du endlich den Druck abbaust, der durch die stundenlange Liebkosung entstanden ist. Aber ich werde es nicht tun, bevor Du nicht laut rufst „Du sollst mich in den Arsch ficken" … und dann wird Nadine aus unseren Träumen auch wieder da sein, aber erst dann …
So, wie versprochen, jetzt höre ich auf und komme erst wieder, wenn Du es wünschst … oder ich es nicht mehr aushalte … Ich hoffe, Du sitzt jetzt nass bis auf die weichen Oberschenkel auf Deinem Bürostühlchen und hältst es kaum noch aus, Dich zu befriedigen … Ich liebe Dich und hoffe für Dich und uns, dass Du die richtige Entscheidung für aller Leben fällst … Jedenfalls werde ich Dir deshalb nicht sauer sein, wenn Du Dich gegen mich entschieden hast.

Nur das Warten muss aufhören, Amore mio …

2tes Türchen

Ich habe Champagner bereitgestellt und lecke jetzt genüsslich den guten Tropfen von Deinen Mundwinkeln! Du hast mittlerweile ein sehr feuchtes Höschen, in welches ich mit der Hand bereits hineingeschlüpft bin und Deine Muschel streichele …

***

Denise antwortete:

Lieber Daniel,
ich frage mich gerade, wer sich hier selbst befriedigt und dabei diese Phantasie zu Papier gebracht hat … Ich stelle mir gerade vor, wie Dein Schwanz beim Schreiben immer härter wird und Du es kaum noch aushältst, ihn nicht sofort in mich zu schieben und dies von vorne und von hinten. Vielleicht lecke ich ihn ja auch zwischendurch und Du hältst es dann nicht mehr aus und kommst gleich in meinem Mund? Zehn Minuten später würde ich Dir dann aber nochmal so richtig einheizen und dann käme vielleicht Nadine und ihr Freund mit ins Spiel … Ja, und wenn Du dann mal eine Pause brauchst … dann kann ich bestimmt Nadines Freund von mir überzeugen …Du würdest dann nochmal so richtig in Fahrt kommen, während Du zuschaust, wie er mich durchvögelt…

Und wenn ich Dir dann durch die Haare streife, dann weißt Du, dass ich immer noch nicht genug von Dir habe, weder von Dir noch von ihm… Aber er wird jetzt wieder von Dir abgelöst! Während ich mir das vorstelle, holst Du Dir gerade einen runter während wir dabei telefonieren, und ich? Ich bin schon absolut feucht zwischen den Beinen und sitze hier auf dem Präsentierteller im Büro – ohne meinen Stau loswerden zu können! Ich versuche hier nicht so oft an Dich zu denken, während ich meine Gefühle ordne …

Deine Denise …

***

Was hatte der Gepa(a)rd falsch gemacht? Man kann wirklich nicht sagen, dass er keine Erfahrung gehabt hätte mit den Weibchen. Zwar hatte er erst unter wirklich merkwürdigen Umständen seine Unschuld mit knapp achtzehn Jahren verloren – die ältere Schwester führte ihn einer Kollegin in ihrem Wohnheim zu - fett, hässlich und nymphoman – die sich seiner annahm. Als er morgens nach einer durchsoffenen Nacht wach wurde und neben diesem schlaffen Fleischberg lag, wollte er nur noch weg und alles vergessen. Was ihm wenige Monate später bei einer Begegnung mit einem neunzehn Jahre alten bildhübschen Geschöpf am Badesee morgens um zwei Uhr auch gelang. Aber auch mit der vergleichsweise spät verlorenen Unschuld konnte er dennoch eine Menge Erfahrung vorweisen. Schließlich hatte er zwei Schwestern in seinem Rudel und konnte sich dort viel abschauen. Soweit war er also schon, und bis er mit einundzwanzig Jahren den Weg mit dem für seine Traumfrau selbst zubereiteten Menü in die obere Etage fand und wieder nach unten geschickt wurde, waren auf diese Weise schon reichlich Lippen geküsst und Stöhnen entlockt worden. Für die ältere Generation muss es schrecklich gewirkt haben. Für seine Generation war es normal. Also, was hatte er falsch gemacht? Nichts! Diese Erkenntnis wirkt nach.

Die Gepa(a)rdin war von solcher Reinheit in seinen Augen, dass er gar nicht merkte, dass sie im Grunde auch nichts anderes wollte als die Natur es schreibt. Der Gepa(a)rd vergötterte sie, trug sie auf Händen und konnte deshalb nicht das tun, was er mit den anderen tat. Er liebte sie. Und das erhob sie zu einer Göttin. Merkwürdig. Stürzt man Götter nicht vom Thron? Aber er konnte sie nicht stürzen. Er sah ihre makellosen Brüste mit den herrlichen Brustwarzen in der Abendsonne am Badesee. In Reichweite, sie lächelte ihn an. Aber sie war in seinen Augen so vollkommen, dass er sie nur verehren konnte. Er sah nicht die Ermunterung in ihrem Lächeln. In Wirklichkeit war auch in ihr Glut und Verlangen. Nachdem der Gepa(a)rd auf diese Weise eine lange Zeit verstreichen ließ zwischen dem Tag, an dem er sich in sie verliebte, und dem Tag, an dem sie ging – es war irgendwas von rund einem Jahr oder mehr – und er sie massieren durfte und ihr so nah war wie ein Liebender in Zärtlichkeit nicht näher kommen konnte, den Duft ihrer herrlichen kastanienbraunen Haare einatmend und das sanfte Lächeln und diese Augen ... genießen durfte, stand er wieder alleine auf der Savanne. Entleert, entleibt, seelisch tot. Nur weil er zu blöd gewesen war, die Göttin vom Thron zu stoßen und den irdischen Genuss zu nehmen. Wie viele Chancen gab es?

Die Gepa(a)rdin lernte einen anderen Mann in einer fernen Stadt kennen. Sie fand ihn toll. Er war es vielleicht auch, der Gepa(a)rd hatte den Nebenbuhler nicht kennen gelernt. Er vergötterte weiter, verliebt, blind. Eine Ära ging zu Ende. Ein neues Leben begann, welches Jahre überbrücken sollte…

Es war nicht so ein schönes Leben wie das, was der Gepa(a)rd sich vorgestellt hatte mit ihr. Der „Göttin". Die er vergessen hatte vom Thron zu stoßen und als Lebendige zu genießen.

Ein neuer Brief ...

Liebe Denise,

ich soll Dich von Nadine aus unseren Träumen lieb grüßen ... heute Morgen wurde ich wach, weil sanft mein Bauch gestreichelt wurde, ein leiser Sonnenstrahl fiel auf das Bett und als ich die Augen aufschlug, schaute ich in Deine Augen, die mich anlächelten. Hinter Dir lag Nadine, die mit ihrem wallenden Haar Deinen nackten Rücken liebkoste. Als Du Dich zu ihr hinunterbeugtest, um meinen morgenharten Schwanz zu blasen, begann Nadine mit ihrer Hand Deine noch von gestern wundgevögelte Muschi zu streicheln. Es war Dir anzumerken, dass Du Dich zwischen Lust und Schmerz kaum entscheiden konntest. Lust siegte, wie ich an Deiner saugenden, heftigen Mundakrobatik feststellen konnte ...Kein Wunder, dass ich schon kurz danach kam und mit einem weiten Spritzer meinen Saft auf Euch gab ...

Wir haben danach gemeinsam geduscht, zu dritt ... und dabei hast Du ihr noch erzählt, wie ich Dich abends, bevor sie zu uns kam, in einem leidenschaftlichen Fesselspiel bei verbundenen Augen bis in den Orgasmus geleckt habe, mit einer Stange die Beine gefesselt gespreizt und weit über Dich bis zum Kopf überdehnt an den Bettpfosten gebunden, musstest Du in dieser Position mit weit geöffneten Schamlippen die Leckfolter über Dich ergehen lassen. Meine Zunge ist jetzt noch ganz rauh, mehrere Stunden lang habe ich tief in Dir geleckt, mehrere Zentimeter tief bin ich mit der Zungenspitze in Dich eingedrungen, und Dein Mösensaft lief mir bis auf den Hals hinunter …

Es ist einfach geil, Dich zu verwöhnen, etwas Schöneres gibt es nicht auf dieser Welt. Als ich zur Belohnung für meine Liebesdienste meinen ungeduldig pochenden Schwanz in Deinem wundervoll engen Po entladen durfte (wir haben es lange in dieser geilen Position getrieben), hast Du geschrien, dass Du nie wieder anders gefickt werden willst …

Nadine war sehr neidisch darauf und hat dann unter der Dusche meinen Schwanz geblasen und Dich mit den Finger verwöhnt bis ich hart wurde. Sie wollte dann auch noch von hinten gevögelt werden, was Du mit wachsamen Augen geil werdend beobachtet hast.

Nadine hat mir erzählt, dass Du gerne mal im Cabrio auf einem einsamen Waldparkplatz bei offenem Verdeck geleckt werden möchtest – stimmt das?

Na, wie ist das so auf dem Präsentier-Teller im Büro? Sexy Gedanken wünscht Dir Dein Daniel …

***

Denise antwortete schnell:

Daniel!

Du bist sooooooo fies und gemein Du, Du, Du kleiner Geiler wirst schon sehen was Du davon hast … viel wird nicht mehr davon übrig bleiben von Deinem guten Stück!

Deine durchfeuchtete Denise auf dem Präsentier-Teller im Großraum-Büro, die gerade Deine eMail gelesen hat …

Die Gepa(a)rden finden sich nicht ...

Das mittlerweile erwachsene Geparden-Männchen streifte ziellos durch die Savanne. Schon seit Tagen hungerte es, Beutetiere waren rar, die Wildnis feucht, so dass die Tiere nicht zum Trinken an das Wasserloch gezwungen wurden. Diese Zeiten waren für das Männchen besonders hart, die kurzen, kräftezehrenden Sprints mit bis zu 110 km/h bedeuteten bei erfolgloser Jagd den Verbrauch der bitter nötigen Reserven. Dazu die stete Gefahr durch andere Raubtiere. Auch war seine Paarungsbereitschaft deutlich gestiegen. Nach ersten Balzversuchen war er „seinem" Weibchen begegnet, welches er monatelang verfolgte und auch sein Fell das eine oder andere Mal an ihrem reiben durfte. Leider ließ sie ihn nicht zur Befruchtung an sich heran, sie spielte mit ihm und er war gleichermaßen geduldig wie ungeduldig, endlich mit ihr den Paarungsakt vollziehen zu dürfen.

Dem Geparden-Weibchen war nach der ersten Jagd langweilig geworden, zu unstet ihr Blick, zu lange dauerten die Balzversuche der Männchen in ihrer Umgebung. Sie wollte sich paaren, wurde aber immer und immer wieder von zögerlichen Jungtieren umgarnt, die schnurrend und ihr Fell an ihr reibend nicht den richtigen Zugang zu ihr fanden. Ihr bevorzugtes Männchen hielt einen für sie unverständlichen Abstand zu ihr, suchte ihre Nähe, rieb auch ab und an das Fell an ihrem, genoss ihren Atem und die Anmut ihrer Bewegung, konnte aber nicht zum finalen Geschlechtsakt bewegt werden. Es war ihr unerklärlich, wieso ihre ausströmenden Pheromone von ihm nicht

so gedeutet wurden wie sie es aussendete – paarungs-
bereit. Immer wieder stromerte es um sie herum, ging
mit ihr gemeinsam auf die Jagd, gab ihr die besten
Bissen der Beute ab und beobachtete sie mit Hingabe
aus sittsamer Entfernung, während sie darauf hoffte,
dass er endlich ihren Nacken packen würde. Sie rollte
sich für ihn sichtbar auf dem Boden umher, sprang
abrupt auf und reckte ihm ihr Hinterteil einladend
hoch entgegen, um ihn zur Paarung zu animieren. Es
war ihr bewusst, dass diese Paarung nur wenige Minuten bis zur Ejakulation dauern würde. Zumal es sich
um ein noch junges Männchen handelte, welches der
Aufregung geschuldet wenig Freude spenden würde.
Dennoch hoffte sie auf seine kleinen Hornspitzen an
seinem Penis, welche zusammen mit seinem Nackenbiss bei ihr den Eisprung auslösen würden. Sie wartete
in ihrer Paarungsbereitschaft sehnsüchtig auf den süßen Schmerz, den der Geschlechtsakt ihr bereiten
würde. Sie würde nach dem Liebesakt aufgebracht
fauchen und mit der Tatze nach ihm schlagen, danach
würde sie sich zufrieden auf dem Boden hin und her
rollen, bevor sie in einen leichten Dämmerschlaf fällt.
Der dicht neben ihr liegende Kater würde alle fünfzehn bis dreißig Minuten erneut einen Paarungsakt
beginnen und neben der lustvollen Pein auch die
Hoffnung auf Nachwuchs erhöhen.

Das Geparden-Weibchen wusste, dass ihre Artgenos-
sinnen sich durchaus mit mehreren Katern gleichzeitig
paaren würden – sie aber wollte ihren Favoriten, der
ihr schon seit geraumer Zeit nicht mehr von der Seite
wich. Wieder einmal hatte er sie beschnuppert, zärtlich seinen Kopf an ihrem gerieben und sie abgeleckt,
was sie erwiderte. Im spielerischen Kampf hatte sie

ihm mehrmals angedeutete Pfotenhiebe zugesetzt, die er gekonnt parierte. Es war im Grunde alles bereitet für die perfekte Liebestat – doch er konnte sie nicht erobern, irgendetwas hemmte ihn. Jetzt war sie in ihrer impulsiven Art gekränkt und trollte sich ihres Weges, auf der Suche nach einem anderen potenten Männchen, welches sie zum Höhepunkt bringen sollte. Ihre Wege trennten sich ...

***

Entschuldige, lieber Leser, dass ich abschweife. Das ist meine Art. Ich erzähle gerne und auch durcheinander. Bin kein erfahrener Autor, der studiert hat und den Stil beibehält, mit dem er beginnt. Aber vielleicht macht es gerade das aus, was diese Geschichte so lebendig macht. Unzählige, ungezügelte Gedanken spielen eine Rolle bei dieser einzigartigen Geschichte. Daniel, der Gepa(a)rd, heiratete. Aber das ist zu früh erzählt, denn zuerst heiratete Denise, die Gepa(a)rdin.

Sie hatte in einer fernen, unbedeutenden Stadt ein Zuhause gefunden und der Gepa(a)rd verlor sie aus den Augen. Erst Jahre später erfuhr er, dass ihr Kerl manisch eifersüchtig und die Verbindung zu ihrem früheren Leben schwierig geworden war. Zuletzt hörte der Gepa(a)rd von ihr, als sein Freund starb. Er schrieb ihr von dem Unfall und konnte die Tränen auf dem Papier noch sehen, die sie bei der Antwort weinte. Danach versiegte die Korrespondenz für Jahre. Sie ging fremd und wurde vor die Tür gesetzt, zog nach München. Ein Erlebnis, was zwar viele erleben, aber sicher kein Spaß ist. Mit ihrem neuen Freund begann eine neue Welt.

Der Gepa(a)rd hütete sich derweil, seiner neuen Liebe vorzuschwärmen, dass Denise einmal die Traumfrau gewesen war, für die er alles getan hätte, und dass sie immer noch Kontakt hatten. Alle seine engeren Freunde kannten das „Denise-Syndrom". Vielleicht wäre es anders ausgegangen, hätten sie einmal herzhaft gevögelt, sich sonst nichts zu sagen gehabt danach und es wäre durchschnittlich geworden. Aber so blieb Denise in seiner Seele und der kleine verborgene Rest wurde immer wieder ausgegraben. Wie herrlich sie aussah mit ihren jetzt rund 25 Jahren. Die Haare wild gelockt, schlank, braungebrannt und diese Augen ... der Gepa(a)rd beneidete ihren Freund…

Sie müssen den Gepa(a)rd für ziemlich flach strukturiert halten, dass er seine Liebe zu Denise auf ihre Augen, den Rücken und ihre schöne bronzefarbene Haut reduziert. Denken Sie von ihm was sie wollen, alles ist falsch. Da draußen rennen Millionen Frauen herum, die diese Attribute erfüllen. Aber keine von ihnen kam ihm je so nahe. Denn Denise ist sensibel, manchmal egoistisch und bockig, aber immer wieder liebenswert. Sie ist kreativ, sowohl mit den Farben als auch mit allem, was das Leben fordert.

Und zu ihm passt sie wie Yin und Yang, auf Chinesisch Taiji Tu. Wer welche Rolle von beiden hat, wissen sie beide nicht so genau, das wechselt auch zwischendurch. Der Gepa(a)rd ist eher hart und strukturiert, die Gepa(a)rdin wirft ihm die Härte oft genug vor, wenn er mit glatter Trennschärfe durch ein menschliches Problem geht und wenig Rücksicht auf die Gefühle anderer nimmt, sondern das Problem löst und das Fleisch vom Knochen trennt.

Sie ergänzen sich damit aber, lösen Probleme gemeinsam und lernen voneinander.
Gegensätze ziehen sich an und vervollkommnen die Jagd.

***

3tes Türchen

Jetzt habe ich Dein Höschen herunter gezogen und mich mit einem Bein zwischen Deine Schenkel gedrückt. Du stöhnst in leise auf und zuckst, weil ich mit einem Finger Deine Lustgrotte eingedrungen bin …

Die Epistolografie geht weiter

Sexy Denise,

ich bin also fies? Geil, ja, klein, nein …Ich hoffe, Du läufst gerade leicht gespreizt da herum in München, mit einer patschnassen Hose und dem Gefühl, gleich über den Postboten herfallen zu müssen … Ja, so böse kann Rache sein (für das Verbot Dich anzurufen), ich hätte da noch viel mehr … Nadine hat sich nämlich vorhin beim Spaziergang heimlich von hinten an mich angeschlichen und hat mir des Archivars geile Kette gezeigt, die sie sich dann einfach mal so auf der Wie-

se vor meinen Augen anal eingeführt hat. Sie sagte dazu, dass Du sie jetzt gerade sehen könntest und Dir auch eine Kette reintust … Das freut mich … na, keine Frage, dass ich sie dort am Bachlauf mal kurz rangenommen habe, oder? Aber das mit dem Cabrio ist schon Programm, ich denke ich werde Dich so bezwingen, dass Dir jegliche Lust auf anderweitigen Verkehr ein für alle Male vergeht … allein der Gedanke, dass meine Vorhaut sich langsam genau dort zurückzieht, wo die Haut meines Schwanzes auf Deinen feuchten Grotteneingang oder den nassen Schließmuskel stößt, lässt ihn mir hart werden …
Na, macht Dich das schon wieder geil?

Dein fieser, gemeiner aber nicht kleiner Daniel …

***

4tes Türchen

Du revanchierst Dich jetzt mit einem festen Griff in meine sexy Boxershorts, die ich extra für Dich angezogen habe. Mein Schwanz ist ziemlich hart und fühlt sich gut an in Deiner Hand …

Die Antwort ...

Mein sexy Daniel,

Du bist einfach unglaublich ... nicht nur, dass Du mich immer wieder zum Lachen bringst mit Deinen Ausführungen über Schließmuskeln und Schwiegermütter, nein, Du bist auch ein begnadeter Hardcore-Porno-Schreiber ...

Ich liebe Dich ... bitte schicke mir jetzt aber nichts mehr ...ich muss mich hier ordnen, meine Gefühle ordnen, meine Ehe ordnen oder teilen, auf jeden Fall brauche ich einen klaren Kopf, da machen mich Deine feuchten Gedanken einfach nur wuschig ...

Deine sehr sexy Denise

Die Falle

Die Gepa(a)rdin hatte die Idee, ihr Kopf-Kino umzusetzen. Sie war es, die den Mut hatte, Ihre gemeinsamen Fantasien in die Wirklichkeit zu übertragen. Der Gepa(a)rd war sichtlich geschockt, als sie ihm ihre Wünsche offenbarte. Bin ich ihr nicht genug, dachte er sich und so begannen lange, endlos lange, quälende Diskussionen. Dennoch fanden sie sich beide irgendwie in ihrem Wunsch wieder, unausgegoren mit viel Sprengstoff für ihre leidenschaftliche, mit überbordendem Alltag belebte Partnerschaft. Und der Gepa(a)rd versprach ihr, den Wunsch umzusetzen. Da er allerdings ahnte, dass ihm ein einfaches Partnertausch-Spiel nicht gut gefallen würde, versuchte er per Internet-Anzeige, ein Paar für einen gegenseitigen Erotikfilm zu gewinnen. Würde es schwierig werden in der Konstellation, wäre immer noch die Kamera zwischen den Mitspielern.

Es war unglaublich, welche Reaktionen hierauf eintrafen. Zwischen extrem veranlagten Menschen, normal langweiligen Menschen und einfach nur primitiven Zeitgenossen kamen zuhauf Offerten. Menschen, die ihren Hund mitspielen lassen wollten, Menschen, die Fotos schickten, zu denen eigentlich schon das Jugendamt eingeschaltet werden müsste. Menschen, die sexy waren und zu der Idee passen würden.

Eine einzelne Frau meldete sich per E-Mail auf der extra für diesen Zweck eingerichteten E-Mail-

Adresse. Sie beschrieb sich als Anfang 40, sexy, offen, diskret, niveauvoll - alle Klischees also, die zu einem positiven Beginn beitragen würden. Und sprach den Gepa(a)rd direkt an, ob er den Film nicht vielleicht - sie stehe zwar auch auf Frauen, aber am liebsten hätte sie einen Mann, einen echten Mann wie ihn auch mal allein, mit ihr zu zweit drehen möchte. Bot sich an, wand sich vor seinen Augen wie eine rollige Raubkatze...

Der Gepa(a)rd musste laut lachen. Er saß in seinem Büro, las diese eMail wieder und wieder, schaute das Bild an, welches sie mitgeschickt hatte, und schrieb der Frau aus der Tiefe seiner Seele, dass es sicher ein Männertraum sei, sie für Dreharbeiten auch zu zweit zu gewinnen, jedoch, er sei nur mit seiner Gepa(a)rdin zu haben, nur zu zweit seien sie unterwegs und gerne könnte sie ihnen als Protagonistin bei ihrem Filmprojekt behilflich sein. Und lachte wieder laut.

Denn die Mail ging an die Gepa(a)rdin, die einen Treue-Test versucht hatte und sich selbst unter einem anderen Namen mit falschen Angaben zu Alter, Größe und Gewicht angepirscht hatte. Aber vergessen hatte, bei der E-Mail den Absender zu anonymisieren. Und ihm daher trotz extra eingerichteter neuer, erotisch klingender E-Mail-Adresse sichtbar ihren echten Namen genannt hatte.

Den Treue-Test hatte er bestanden. Aber das hätte er ohnehin. Der Gepa(a)rd liebt seine Gepa(a)rdin. Der Film wurde nie gedreht …

Ein paar Jahre vorher ...

Ach meine feuchte Denise,

so was Dummes ... gerade heute Nachmittag hatte ich so was nettes Schlüpfriges für Dich abgeschickt ... Scherz beiseite, ich soll ja nichts schicken, Du musst ja Deine Gedanken ordnen und die Ehe teilen ... Verbotsphase ... Wir schreiben 2007 und hoffentlich dauert das nicht ewig ... Ich wollte Dir aber dennoch mitteilen, dass ich Dir jetzt gerne den Nacken küssen, den Rücken massieren, die Wirbelsäule mit gespitzten Fingernägeln entlang fahren und dann sanft in Dich eindringen würde, um Dir einen Laut der Wollust zu entlocken. Und Dir dabei die Möglichkeit zu geben, aus dem Fenster hinaus zu schauen auf diese herrlich bunte Blumenwelt mit all den vielen Spaziergängern, die aber Dein Stöhnen nicht hören können, weil Du mit dem Bauch auf den Schreibtisch gedrückt bist, meine starke Hand auf den Nacken drückt, mit ein oder zwei Fingern in Deinem nassen Mund, die andere derweil Deinen Anus massiert, wo ich jetzt gleich einen Finger hineinstecke, während ich mich heftiger bewege, und Dir dann über Dein hübsches Sekretärinnen-Röckchen einen fetten Spritzer verpasse, bevor ich wieder zurück zu meiner Arbeit gehe ... Irgendwann werde ich Dich hörig machen! Und dann rufe ich Dich in Deinem Büro an, befehle Dir, mit den Augen auf einen dieser dusseligen Passanten gerichtet, unbemerkt einen Finger der linken Hand in Deine Muschi zu stecken und Dich zu befriedigen, während Du an mich denkst und mit der rechten Hand einen Kurierzettel ausfüllst ... Danach beauftrage ich Dich,

38

Dir einen wirklich gut aussehenden Kurier auszusuchen, Dir vorzustellen, seine Hose herunter zu reißen und ihn oral zu vernaschen – aber Du darfst es natürlich nicht wirklich tun. Das soll dann nur dazu dienen, dass Deine Fantasie Dich superfeucht macht und Du auf dem Heimweg zu mir nirgendwo mehr anhältst, weil Du es nicht mehr aushältst, mich endlich in Dir zu spüren … sehen wir uns an Pfingsten?

Dein Daniel …

***

Denise antwortete knapp:

Ja, Pfingsten! Ich bin nur noch geil …!

***

5tes Türchen

Du kannst das wirklich gut, so eine Schwanzmassage, starker, gefühlvoller Griff, lustvolles Knabbern an meinen Ohrläppchen, ich bin schon ziemlich geil … Auch, wie Deine Hände an meinen Kugeln entlanggleiten, einfach super!

***

Die Gepa(a)rden entdecken das Spiel

Die Gepa(a)rden hatten Lust darauf bekommen, ihre Instinkte zu schärfen und statt einfachem, hemmungslosen Sex erotisch zu spielen, Themen zu erfinden und aus der Normalität auszubrechen. Es war ein Leichtes, eine geräumte Wohnung in einen Sündentempel zu verwandeln, es war einfach, auf einer Burg-Ruine Sex zu haben. Diesen Sex aber erotisch zu gestalten, sich mit Paaren zu verabreden, um „entdeckt" zu werden, mit ihnen dort intim zu werden, all dies reizte mehr als alles, was sie bisher erlebt hatten.

Sie stellten ein Date in ihrem Internet-Portal ein und kündigten den Mieterwechsel an, abwartend, ob Beute in ihre Falle gehen würde.

Mieterwechsel ... Paar sucht Sie oder Paar für Sex, Freizeit ... und wir wollen dessen Ausstand feiern ... Ihr kommt in eine leere Wohnung, es ist nichts drin, außer Decken, Kerzen, ein paar Kissen und ...?! Würde Euch das reizen? Welches Paar hat Lust mit uns bei Kerzenschein und Sektkorken abends ab ca. 21 Uhr ein sexy Picknick zu veranstalten? Freuen uns auf Euren Ideenreichtum ...

Es dauerte nicht lange, bis sich das erste Paar meldete. Sie schickten ihnen die Geschichte als Lockmittel ...

Der Mieterwechsel ...eine Phantasie?
Im November, es wurde draußen langsam stürmisch und kalt, stand der Mieterwechsel für die Wohnung

an. Denise hatte die Wohnung vermietet übernommen, Freitagnachmittag sollte die bisherige Mieterin, eine Frau Mitte Dreißig, die Schlüssel übergeben, am darauf folgenden Samstag wollten die neuen Mieter, ein junges, attraktives Paar nachmittags übernehmen. Für den Freitagabend stand damit die Reinigung der Wohnung und Außenanlagen an. Daniel stand allerdings die Lust nach Anderem und er gab Denise einen Brief ... Als sie ihn öffnete, las sie: „bringe eine dicke Decke mit, es wird kühl sein in der leeren Wohnung. Sei um 20 Uhr da. Außer einem Pelzmantel und Strapsen möchte ich keine Kleidung an Dir sehen!"

Denise war erregt – was hatte er vor? Immer wieder gelang es Daniel sie auch nach vielen Jahren vertrauter Gemeinsamkeit mit sexy Spielen zu gewinnen. Sie wurde feucht zwischen ihren Schenkeln und in Gedanken sah sie sich mit ihm auf der kuscheligen, dicken Decke es fickend geil durch den Abend treiben.

Es wurde Freitag und die Mieterin hatte ihre Schlüssel übergeben. Würde sie etwa da bleiben, sich ausziehen und sich an „Kinky Games" beteiligen? Nein, das würde sie nicht, das war Denise klar. Sie war einfach nicht ihr Typ.

19 Uhr, Denise setzte sich vor dem Spiegel in Szene, überprüfte ihre Dessous, die Strapse saßen stramm. Es würde ihm gefallen, oh ja, er liebt Strapse. Am liebsten, wenn ihr Höschen über die Strapse gezogen war und er es ihr ausziehen konnte, ohne die Bänder zu lösen. Um 20 Uhr stand sie vor der Wohnungstür, es war tatsächlich herbstlich unangenehm draußen.

Sie trug ihren Pelzmantel, High-Heels und sonst nichts außer den bestellten Dessous. Sie klingelte ...
Die Tür öffnete sich und ein sexy Paar lächelte sie an. Die Frau war in ähnlichem Outfit, der Mann trug einen schicken Blazer zur Jeans und weißem Hemd. Daniel grinste frech von hinten ...

Auf dem Fußboden im kahlen Wohnzimmer standen Kerzen, es lag eine große Picknickdecke in der Mitte und ein CD-Spieler unterlegte mit leiser Musik die besondere Stimmung. Champagner war kaltgestellt und vier Gläser standen bereit, zusammen mit etwas Finger Food...

„Du musst Deine Wohnung endlich mal einweihen", sagte Daniel und strich mit der Hand sanft zwischen ihren Schenkeln entlang. Der Mann half Denise aus dem Mantel, die Frau streichelte sie von hinten über ihre Brüste und den Bauch. Es dauerte nicht lange, bis die vier zusammen auf der weichen Picknickdecke lagen und in einem wilden Durcheinander ekstatisch zum ersten Höhepunkt kamen ...

***

Erste Reaktionen ...

> Wir wollten nur mal kurz sagen, dass Euer Date für das nächste Wochenende sehr interessant klingt und Ihr das sehr schön beschrieben habt...

> Viele Grüße, Kiki und Leon

***

Es gab eine Wortwitzige Konversation, die trotz feh-
lender Gesichtsfotos zu einem Blind-Date führte …

***

An dem Abend standen Kiki und Leon vor der Tür.
Kiki war parfümiert, was der Gepa(a)rd hasste. Normalerweise sagten sie es den neuen Paaren, dieses
Mal hatten sie es vergessen und prompt stand ein Duft
im Raum, der seine empfindliche Nase störte. Der
Mann war nett, aber nicht der Gepa(a)rdin′ Typ, sie
warf einen entsprechenden Blick zu Daniel und beiden war klar, dass dieses Paar sicher lustige Geschichten erzählen, aber eher nicht an ihrem Date teilnehmen würde.

Sie setzten sich der Höflichkeit halber auf ihr Sofa,
Kiki hatte die Rolle einer Bewerbung phantasievoll
weitergespielt, ein Sekretärinnen-Kostüm angezogen
und einen Schreibblock mit Stift mitgebracht. Sie
kokettierte und der Gepa(a)rd genoss es, sie kokettie-
ren zu lassen, zu schauen, wie sie verzweifelt versuchte, die Gunst zu erhaschen, die Hand der Gepa(a)rdin
suchte und dankbar war, als ein kleines bisschen ihrer
Kralle auf ihr landete.

Der Mann erzählte schreckliche Geschichten, von
Kennenlern-Dates, die schief gelaufen waren. Derweil
intensivierte sich der Kontakt zwischen Kiki und den
Gepa(a)rden. Sie verabschiedeten sich eine Stunde
später, Kiki versuchte ein letztes Mittel und küsste

den Gepa(a)rd mit einem leidenschaftlichen Zungen-kuss im Flur, als er ihr in den Mantel helfen wollte.

Die Gepa(a)rdin war belustigt das zu sehen, konnte sich aber nicht auf den anderen Mann einlassen, we-der Beute noch Lustobjekt. Sie verabschiedeten sie in das Dunkel der Nacht und schrieben ihnen am nächs-ten Tag eine freundliche Absage …

„Liebe Kiki und Leon,
 ein langes „AsSEXment"-Center liegt hinter Euch, frivol anstrengend und doch hoffentlich mit ein wenig Spaß verbunden - wir danken Euch für den vielen Humor an unserem gemeinsamen Abend und den (gruseligen) Geschichten aus „1001 Nackt" ... Eure Bewerbung war perfekt und die erste Phase ist ge-nommen. Unser Recruiting-Team hat sich viele Ge-danken gemacht und muss dennoch für das Date am Freitag absagen - die Konstellation würde nicht pas-sen. Das liegt nicht an Euch, also nicht sauer / traurig sein, wir haben hier auch nicht ein Angebot in Hülle und Fülle und die Arroganz der Wahl - die Menschen, die wir zusammenbringen möchten, würden nicht harmonieren. Wenn Ihr einverstanden seid, bleiben wir im Kontakt, es ergibt sich immer wieder Neues ☺. Und wenn wir mal wieder ein tolles Profil wie Gla-mourouspeople (worüber wir so herzhaft zusammen gelacht hatten) sehen, dann informieren wir Euch zwecks gemeinsamen Gelächters genauso wie Ihr uns. Liebe Grüße! Denise und Daniel"

***

6tes Türchen

Horch, da ist doch jemand an der Tür! Der Nikolaus! Tatsächlich, es ist Nadines Freund, der sich verkleidet hat, warst Du denn schön artig? Jetzt musst Du ein Gedicht aufsagen, wie? Du kennst keins? Dann wirst Du bestraft!
Er legt Dir Handschellen an, nimmt seine sexy Peitsche, öffnet sein Kostüm, unter dem er außer einem scharfen Slip nichts trägt und zieht Dir mit der Peitsche sanft über Deinen Po! Du stöhnst lustvoll auf, weil das Dein Traum ist, nicht wahr?

***

Ein weiteres Paar meldete sich…

Liebe Denise, lieber Daniel,
wir hoffen, Ihr habt morgen Abend ein paar sinnliche Stunden und Eure tolle Idee wird so verwirklicht, wie Ihr es Euch wünscht. Alles Gute und viel Spaß wünschen C&C

***

Hallo C&C,
da wünschen wir Euch doch einfach auch für heute Abend alles Tolle und Bunte und sind gespannt auf Eure Kreativität ... wir machen uns jetzt gerade frisch für unsere kleine sexy Party ... waren vorhin schon

mal dort und haben die ersten Vorbereitungen getroffen ... sehr sinnlich liebe Grüße Denise und Daniel

***

Hallo Denise und Daniel,

..."Mieterwechsel" äh, gelungen? Wir hoffen Ihr hattet eine tolle Nacht. Wir hatten auch eine schöne Begegnung, aber sicher nicht so aufregend wie in so einer Umgebung, wie Ihr sie gestaltet habt. Was haltet Ihr von einem Club für ein Treffen (wenn Ihr noch an einer Begegnung Interesse habt)? Schön von Euch zu lesen. Alles Liebe von C&C

***

Liebe C&C,
der Mieterwechsel ist gelungen und die Wohnung wurde sauber übergeben ☺ ...wir hatten tatsächlich noch ein Blind-Date, das sich am Freitag mit den Attributen "keine Gesichtsfotos aus beruflichen Gründen plus Netzwerkanonymität plus was auch immer", sehr lieb gemeldet hatte. Nach einem klaren Verständnis, dass es dann ihr Weg sei, den sie ggfs. nutzlos gefahren sind, gaben wir die Adresse durch - Gott sei Dank nicht unsere private, sondern eben von der Wohnung, denn da standen sie dann auch davor und wurden unverrichteter Dinge nach zwei Minuten wieder nach Hause (oder wohin auch immer sie dann fuhren) geschickt. Nun war das das dritte Mal, dass wir ein Blind Date gemacht haben und sind damit zu dem Ergebnis gekommen, dass die Eigenschaft "Tageslichttauglich und uns hat noch nie jemand wegge-

schickt" auf unsere Sichtweise nicht wirklich passt...
sicher etwas hart gesagt, aber wir hatten jetzt:

1) eine Kieferorthopädie nach Unfall
2) ein nettes, aber unpassendes Paar
3) ein Paar, das vielleicht so alt war wie angegeben,
   aber dann unter vorzeitiger Vergreisung litt...

und haben deshalb für uns beschlossen, dass schönes
Schreiben Eines ist, aber ein Foto für den Anfang
doch mehr gibt. Seid uns bitte nicht sauer, es trifft
bestimmt die Falschen, aber wir werden unsere Zeit
nicht mehr mit "Netzwerkanonymität, beruflichen
Gründen und was auch immer" vertun, denn wir haben auch Kinder, eigene Firma, exponierte Jobs und
was auch immer und zeigen dennoch ein wenig von
uns. Überlegt's Euch, Ihr seid liebe Schreiber und
habt bestimmt Gründe, aber so kommen wir nicht
mehr weiter. liebe Grüße von 3x gebrannten Kindern,
Denise und Daniel …

***

Aufrichtiges Bedauern zu...
...Eurem doppelten Pech; einmal, dass Ihr erneut enttäuscht (oder besser gesagt getäuscht) wurdet und zum
anderen, dass Ihr uns nun nicht kennenlernen werdet.
Beide Paare habe da ihre Haltung und so klappt's halt
leider nicht mit uns. Danke nochmal, dass Ihr uns so
freundlich angeschrieben habt. Viel Glück Euch beiden, ganz besonders miteinander! C und C

***

7tes Türchen

Ich habe die Gelegenheit genutzt und die Boxershorts ausgezogen und Dir wie eine Maske über den Kopf gestülpt. Nur Dein Mund ist noch frei und da stecke ich jetzt meinen harten Schwanz rein, während Nadine´s Freund weiter mit seiner Peitsche sanfte Striemen über Deinen Po zieht. Du kannst nichts machen, da Deine Hände auf dem Rücken gefesselt sind.

***

Wie der Mieterwechsel wirklich war ...

Der Mieterwechsel war sehr leise abgelaufen. Die Gepa(a)rden hatten die Wohnung am Nachmittag geräumt und gereinigt, am nächsten Tag würde sie übergeben werden an die neuen Mieter. Die einzige Sitz- und Liegemöglichkeit in der leeren Wohnung war eine Klappmatratze mit 140cm x 200cm Fläche, über die die Gepa(a)rdin ein rotes Spannbetttuch zog. Sie war sehr rollig, ihre Augen flackerten lüstern und in ihrer Vorfreude blies sie den harten Schwanz des Gepa(a)rden, ohne ihm aber das Kommen zu erlauben. Sie liebte es, seinen Penis hart und mit geschwollenen Adern zu sehen und ließ ihn auch gerne etwas leiden. Für ihn war das Leiden erträglich, hatte er doch alle Rivalen vertrieben und genoss jetzt, dass sie ab und an ein Männchen an sich heranließ, wenn sie beide Lust darauf verspürten.

Die Gepa(a)rdin stellte zahllose Kerzen in der Wohnung auf, es war Herbst und die Dämmerung setzte früh ein, nur noch wenige Stunden und das Paar würde kommen, auf das sie sich schon seit Tagen sehr freute. Nach der Absage eines dritten Paares würde es dieses Mal nicht sehr wild hergehen, aber die Lust der Gepa(a)rdin war ungezügelt, wusste sie doch, dass das befreundete Männchen es verstand ihre Sinne zu locken und sie zum gegebenen Zeitpunkt richtig zu nehmen. Gleichermaßen machte es sie heiß zu wissen, dass das Weibchen ihren Gepa(a)rden richtig ficken würde, so wie sie es beim letzten Mal gesehen hatte und sehr geil dabei geworden war.

Es war einige Stunden später, als das befreundete Paar läutete und die Wohnung betrat. Die Gepa(a)rdin trug über ihren Dessous einen Pelzmantel, mit ihren High-Heels sah sie sehr sinnlich aus, mit einem leichten Touch zum Nuttigen, aber noch immer mit ausreichend Stil und Niveau. Sie ließ den Pelzmantel leicht auseinandergleiten und erlaubte dem Weibchen einen kurzen Blick auf ihre Nippel, die aus dem Büstenhalter herauslugten. Das Weibchen war Frauen gegenüber zugeneigt und fand damit die besondere Lust der Gepa(a)rdin, es dauerte nicht lange und der Pelzmantel glitt zu Boden, wohin sich die Weibchen auch begaben und auf der Matte zum Spiel kamen. Ihre Hände ertasteten ihre Körper wie bei ihrer letzten Begegnung, ihre Scham waren feucht und die Finger fühlten ineinander und dennoch waren noch Hände frei, mit denen sie ihren Männchen die Hose und Hemd öffneten und die Schwänze hart massierten …

Ihre Zungen spielten umeinander und das leise Atmen wandelte sich in heftiges Stöhnen, als die Finger des Gepa(a)rden die Lustperle an der Grotte des Weibchens erwischten und mit viel Feuchtigkeit zu wichsen begann. Das Weibchen kam binnen Sekunden, eine heftige Eruption ihres Körpers, bevor sie sich windend nach vorne beugte und seinen Schwanz heftig zu saugen begann. Auch das andere Männchen wurde jetzt stimuliert und nach wenigen Minuten spritzten beide mit hohem Druck ihren Samen auf die Weibchen, die den Erguss mit Wollust beobachteten. Das Weibchen strich die Sahne auf ihren Brüsten glatt und lächelte, es war ihre Beute des Abends … Die Gepa(a)rdin war jetzt sehr geil, massierte den frisch abgespritzten Sack ihres Gepa(a)rden und ließ nicht locker mit Massage und Saugen, bis der Lusthobel wieder hart aufrecht stand und sie ihn in sich hineinziehen konnte. Dieses Mal dauerte es länger, bis der Gepa(a)rd erneut seine Lust entladen konnte, sie genoss es ausgiebig von vorne und hinten gefickt zu werden, wand sich unter und vor ihm und als er endlich kam, hob sie ihre Hüfte an, mit fast flehendem Blick in seine Augen, möglichst viel und heftig in sie hinein zu ejakulieren …

Er sank auf ihr nieder, die Hände der Gepa(a)rdin auf seinem Rücken noch mit den Fingernägeln Spuren ziehend in den letzten Wallungen ihrer Lust, während dabei die Finger des anderen Weibchens an seinen Hoden zogen … vollkommene Geilheit …

Der Revierwechsel

Ein paar Jahre zuvor:

Die beiden Töchter Anna und Marie fühlten sich in ihrer neuen Umgebung noch nicht richtig wohl und klammerten sich intuitiv an das, was sie neben ihrer Mutter noch hatten: sich selbst. Ihr Rudel zerrissen, in eine fremde Savanne umgesiedelt und jetzt mit einem neuen Leittier an der Spitze des neuen Rudels, es machte sie nervös, auch wenn sie ihn akzeptierten. Sie mochten ihn sehr, aber der Ausblick auf neue Umgebung, neue Schulen und Freunde ... viele neue Gerüche, die ihre scharfen Sinne forderten.

Nach wenigen Monaten hatten sie sich gut eingewöhnt, ihre frühere Savanne war langsam in Vergessenheit geraten und das Rudel fand mehr und mehr zusammen. Das erste Weihnachtsfest nahte und die Vorfreude auf ein wirkliches Familienfest war spürbar.

Der ehemalige Rudelführer wollte nicht alles akzeptieren, er konnte nicht dulden, dass ihm sein Rudel entrissen worden war und schlich um die neue Höhle. Zu jedem unpassenden Moment versuchte er einen günstigen Moment zu erwischen und sein Rudel zurück zu holen. Es gelang ihm nicht, der Gepa(a)rd war stark, wenn auch im Wuchs unterlegen. Mit seinem scharfen Verstand erkannte er jede Finte und durchschaute jeden Trick, wie ihre großen Verwandten, die

Tiger, umkreisen sie sich bereit zum tödlichen An-
griff …

Der ehemalige Rudelführer wusste, dass der Ge-
pa(a)rd ihn trotz seiner körperlichen Unterlegenheit
töten würde und trollte sich. Das Rudel war angekommen.

***

8tes Türchen

Der Schwanz ist da immer noch, wo er gestern war.
Und pocht geil in Deinem Mund, die Peitsche kommt
erbarmungslos nieder, Dein Atem geht stoßweise und
heftig …

***

Eine Fernbeziehung aufrecht zu erhalten ist schwierig.
Selbst wenn die sexuelle Neugier noch lange nicht
befriedigt ist, kommen alltägliche Sorgen ins Spiel,
die den Kalender schnell durcheinander bringen und
nicht selten kapituliert einer der Verliebten. Auch bei
den Gepa(a)rden führte die lange Zeit der Fernbeziehung zu den bekannten Schwierigkeiten, jedoch spielten sie beide gerne mit der Erotik und konnten so das
Band aufrecht erhalten.

Daniel arbeitete für ein Logistikunternehmen und schrieb an Denise:

„Sehr geehrte Frau Denise B.,

Ihr Leihvertrag für unser Modell Daniel H. 2007 läuft Ende Mai aus. Um einen Anschlussvertrag sollten Sie sich dringend kümmern, wir schicken Ihnen gerne im Laufe des Tages ein detailliertes Angebot zu.

Ihr Service-Mitarbeiter Daniel H."

***

Denise sprang sofort darauf an:

„Guten Morgen Herr H.,

sehr gerne würde ich mich um eine Anschlussvereinbarung meines Logistikvertrages bemühen. Das Modell hat mir sehr gut gefallen, leider konnte ich es bislang nicht viel nutzen. Das würde ich aber über Pfingsten gerne nachholen und möchte Sie bitten, mir die Details mitzuteilen. Einige Konditionen sind mir ja schon bekannt. Sie erreichen mich noch bis 16 Uhr unter dieser Adresse. Zu Hause bin ich jetzt auch wieder online zu erreichen.

Ihre Denise B."

***

„Sehr geehrte Frau Denise B.,

es freut uns sehr, dass Sie mit unserem Service zufrieden sind. Unser Modell können wir Ihnen ab Juni für unbestimmte Zeit anbieten: Modell Daniel H. 2007, 190 cm, 87 Kilogramm, braune Augen, sehr sportlich. Das Modell verfügt über exzellente Denkfähigkeit, Auffassungsgabe und liest Ihnen Ihre Wünsche von allen Lippen ab. Die Muskulatur kann als trainiert bezeichnet werden. Vor Auslieferung lassen wir alle Modelle eine sechswöchige Ausdauer-Trainingseinheit durchlaufen. Die Modelle müssen dabei auch andere Aufgaben lösen. Dazu zählen Übungen in Kinderbetreuung, Einkauf, Familienfehden und unangekündigte Problemstellungen. Erst wenn die Trainingsphase erfolgreich abgeschlossen ist kann beurteilt werden, ob das Modell krisenfest ist und auch nach stärkster Belastung nachts noch seinen Mann (!) stehen kann. Dies können wir Ihnen bei Modell Daniel H. 2007 versichern! Sie erhalten das Modell frei Haus geliefert, frisch gewaschen und mit reizvoller Wäsche ausgestattet. Es begleitet Sie auf Schritt und Tritt wohin Sie wünschen und steht auch für Ihre ausgefallensten Wünsche zur Verfügung. Besonders überarbeitet haben wir bei Modell Daniel H. 2007 die Zungenmotorik, damit auch die intimsten Vorstellungen Ihrerseits befriedigt werden können. Die Hände sind mit der neuen x2-Cäsar-Streicheltechnik ausgestattet, die es dem Modell erlauben, neben zärtlichem Streicheln auch feste Massagen auszuführen und durch die neue Gelenktechnik sich auch Ihren innersten Körperwindungen mit mehreren Fingern anpassen kann.

Sind Sie interessiert? Bestellen Sie Modell Daniel H. 2007 online unter diesem Anschluss zu folgenden günstigen Konditionen: Kost und Logis frei, für eine gesunde Ernährung dankt das Modell mit besonderer Leistungsfähigkeit. Regelmäßiges Einsalben und Einmassieren von duftenden Ölen sowie häufiger Mundkontakt mit allen Körperstellen dankt Ihnen das Modell mit erhöhter Standfestigkeit. Zur Verfügungsstellung all Ihrer Körperöffnungen unter Zuhilfenahme von Batteriebetriebenen Hilfsmitteln sowie Unterordnung nach Aktivierung des Programms „Machsmir" sind Systemkompatibel. Sie können bis heute 12 Uhr noch mit einem Rabatt von 10% Flüssigkeitszuschlag günstig reservieren.

Freundliche Grüße, Ihr Daniel H."

***

Sie ergänzte:

„Sehr geehrter Herr Daniel H.,

Ihr Angebot hört sich überaus interessant an! Ich denke aber, dass das „abgenutzte" Modell bereits auf immer und ewig seine Spuren hinterlassen hat und unweigerlich in unser Anlagevermögen mit einfließen wird. Ich bestehe eigentlich auch darauf, dass sie genau dieses Modell wieder schicken! Nicht nur bei der älteren Generation, sondern auch bei der jüngeren, genauer gesagt sehr jungen – sprich: bei zehn- bis zwölfjährigen Mädchen hat es ebenfalls gehörigen

Eindruck hinterlassen! Diese fragen in regelmäßigen Abständen nach (wohl Entzugserscheinungen nach längerer Abwesenheit).

Auf die Überarbeitung bezüglich Zungenmotorik bzw. Streicheltechnik bin ich natürlich sehr gespannt und hoffe, dass Ihr Modell meiner zurzeit geringeren Auslastung und den damit verbundenen hohen Ansprüchen körperlich standhalten kann!? Aber nach Ihrer Beschreibung bin ich da zuversichtlich! Ich werde mein Bestes tun, damit Ihr Modell immer schön funktioniert!

Ich reserviere hiermit zum angebotenen günstigen Rabatt!!!

Ihre Denise B."

***

Und schrieb …

„Sehr geehrter Herr Daniel H.,

wenn ich nicht bereits seit 8:30 Uhr dauerfeucht gewesen wäre, spätestens nach der letzten Nachricht von Ihnen bin ich es. Auf Ihr Bonbon „Nadine" freue ich mich schon sehr, bestehe aber darauf, dass das Modell je nach Bedarf durch ein männliches Modell ersetzt werden kann…

Da ich mich am 01. Juni 2007 leider im Büro bis 19 Uhr selbst befriedigen und danach meine Tochter abholen muss, bin ich erst ab ca. 20 Uhr für Ihr Modell bereit. Konnten Sie denn eine offizielle Unterbringung bei Ihrem Archivar organisieren? Ich weiß, dass Ihr Modell darauf sehr empfindlich und sensibel reagiert – aber in der derzeitigen Situation mit meiner Familie und Umgebung zu Hause muss ich diese Lösung bevorzugen. Allerdings ist Ihr Modell (sobald die größeren Kinder nicht im Haus weilen) gerne auch über Nacht ein gern gesehener Gast! Ich freue mich natürlich über jede vorherige Stimulation, die aber fast gar nicht mehr nötig ist, da ich bereits allein bei dem Gedanken an Ihr Modell dauerstimuliert bin.

Ihre Denise B."

***

„Sehr geehrte Frau Denise B.,

kommen wir zum vertraglichen Teil, der bedauerlicherweise immer Bestand eines Angebotes ist. Wie Sie sicher wissen, bedingt die Verfügung über Modell Daniel H. 2007 sowie Bonbon Nadine einer abschließenden Prüfung durch unser Team. Wir bitten Sie daher uns eine aktuelle Auskunft über Ihre Haushaltslage zu geben sowie Ihre Zukunftsplanung darzustellen. Sodann werden wir uns entscheiden, ob wir Ihnen die vorgenannten Modelle zur Verfügung stellen können, ggfs. gegen Kaution. Wie Ihnen hinreichend bekannt ist befindet sich Modell Daniel H. 2007 zurzeit noch in besonderer Aufbewahrung.

Um es dort zu Ihren Zwecken vorübergehend oder auch längerfristig auslösen zu können, sind vielerlei Faktoren Ihrerseits zu beachten. Gerne können Sie dies oral tun, für ein Telefonat stehe ich Ihnen zur Verfügung. Die Unterbringung der Modelle gestaltet sich schwieriger als erwartet. Modell Nadine ist als Kombination mit Update Phantasie 2007 und Machsmir.1.0 leicht zu verwalten. Modell Daniel H. 2007 wird über Würzburg angeliefert und trifft gegen besagten Mittag in Nürnberg ein. Die Unterbringung in Ihrer warmen, feuchten Höhle entspricht unseren Mindestanforderungen. Für die Nacht von Samstag auf Sonntag allerdings tun sich Schwierigkeiten auf, da der Archivar selbst einen Gast hat, in dessen Höhle sicher noch Platz für Ihr Wunschmodell ist, aber möchten Sie das?

Bitte um Rückmeldung, Ihr Daniel H."

***

... puuuh ... bin ich geil darauf, Modell Daniel H. 2007 zu spüren, und Nadine Update Phantasie 2007 mit Machsmir 1.0 erst ... aaaaahhhhh ...

***

9tes Türchen

Nadine's Freund hat mittlerweile Erbarmen mit Dir gezeigt und die Peitsche zur Seite gelegt. Er löst jetzt die Handschellen, damit Du meinen Schwanz auch mit den Händen berühren kannst. Mit den Fingern hältst Du meine Eier in Bewegung, das machst Du gut, und ich kann es nicht mehr aushalten, es spritzt in Deinen Mund, auf Dein Gesicht und Deinen Hals. Ziemlich geil, wie das aussieht ...

Die Jagd bereitet Lust ...

Die Gepa(a)rden waren auf Beutezug. Jede Nacht pirschten sie im Internet nach frischem Fleisch. Sie waren geil und im Blutrausch, als sie das Profil „Skorpione" fanden ...

Nachdem sie sich einmal für ein Glas Wein getroffen und ihren sexuellen Appetit angeregt hatten, trafen sie am nächsten Abend in Kims Wohnung zusammen. Daniel schrieb als Dankeschön für den erotischen Abend die Geschichte auf und strickte die Phantasie der beiden weiter ...

„Das Geschenk"
Denise und Daniel hatten Eli und Kim nach einem unverbindlichen Kennenlernen bei ihnen zu Hause

besucht und einen sehr erotischen Abend bei ihnen verbracht. Eli und Kim waren selbst erst seit kurzem ein Paar, trotz vieler erotischer Erfahrungen waren sie vorsichtig im Umgang mit sich selbst und daher natürlich auch im Umgang mit ihrem Besuch.

Eli zog sich nicht selber aus, Kim und Denise übernahmen dies und irgendwann küssten die Frauen sich leidenschaftlich, streichelten sich überall und die Männer durften mit ihren Händen die Körper ihrer Partnerinnen liebkosen, ein sehr enges Miteinander ergab sich, bis sich die Körper lösten und die Frauen den Männern mit ihren Zungen und Mündern orale Freuden spendeten. Eli setzte sich auf Daniels Zunge und ließ ihn genüsslich ihren Lustsaft herausschlürfen, während sie Denise küsste und Kims Schwanz massierte. Irgendwann fickte Kim sie heftig von hinten, während sie Denises Lustgrotte leckte und Daniels Schwanz mit heftigen Handbewegungen stimulierte. Daniel hielt es nicht mehr aus, fickte Denise und Eli leckte sie dabei gierig, bis Daniel in Denise kam, den Wunsch von Kim ignorierend, Eli ins Gesicht zu spritzen. Soweit war Daniel noch nicht, sich gehen zu lassen ... er wusste, dass sich ihre Freundschaft aufbauen würde und die Gelegenheit wiederkomme.

Tagelang danach lieferten sich alle vier über eine Chat-Gruppe lustige, frivole und teilweise bissige Konversation, mal erregend, mal im Spiel um Macht und Unterwerfung, dann wieder bissig und kratzbürstig, besonders Eli wollte sich Daniel nicht unterwerfen, sie wollte partout seine Dominanz ausreizen ...

Die geplante Geburtstagsfeier für Kim fiel leider we-gen seiner spontanen Dienstreise aus, er hatte sich sehr darauf gefreut als Geschenk die beiden Frauen vernaschen zu dürfen. Denise und Eli hatten sich dazu schon heimlich ausgetauscht und erregende Pläne geschmiedet, die jetzt leider nicht umgesetzt werden konnten.

Eine Woche später hatte Eli Geburtstag und sie lud Denise und Daniel zu sich ein. Eli trug spärliche Kleidung und ihre Unterwäsche war mehr als un-glaublich erregend, betonte ihre fantastische Figur und ließ keinen Zweifel übrig, dass sie es heute Abend brauchte. Sie wollte Schwanz, sie wollte Lust, sie wollte Sahne und Sex, mit Kim, Denise und Daniel. Von Daniel erwartete sie die Dominanz, die er ihr signalisiert hatte, die sie ablehnte, die sie wütend machte bei dem Gedanken der Unterwerfung. Aber auf die sie auch unglaublich geil war, sie wollte seine Kraft spüren beim Fick, seinen Griff in ihren Nacken, wenn er sie nach vorne drücken würde. Seinen Saft trinken mit gieriger Zunge, sie wollte Denise lecken und sie wollte einen Orgasmus. Einen nach dem ande-ren, ein wirkliches Geburtstagsgeschenk ...

Denise hatte sich ein sexy Kleid angezogen und unter dem Kleid trug sie außer einer roten Geschenkband-schleife nichts, sie war schon während der Fahrt feucht geworden, Daniel hatte den Wagen extra kurz angehalten, um ihre Spalte zu befeuchten und ihre Klitoris zu stimulieren. Immer kurz vor ihrem Höhe-punkt war er wieder losgefahren und hatte sie abküh-len lassen, jetzt waren sie angekommen und Denise war unglaublich geil auf einen harten Schwanz, gera-dezu jeder Mann hätte sie jetzt ficken können, aber sie freute sich auf Kim und Daniel's Latte in ihr und um sie herum ...

***

10tes Türchen

Wir kneten jetzt liebevoll Deine Muskeln, um Dich für die nächste Session vorzubereiten. Du entspannst Dich, lockerst Dich, streichelst auch uns etwas. Eine sehr zärtliche Stimmung, Deine Träume gehen mit Dir spazieren ...

***

„Sehr geehrte Frau Denise B.,
es freut uns, dass unser Modell Daniel H. 2007 Ihre volle Zustimmung findet. Selbstverständlich ist das Modell 2007 eine überarbeitete Version des Ihnen bekannten Modells Frühjahr 2007. Um die spontane Belastbarkeit festzustellen, haben wir besagtem Modell Ihre E-Mail vorgelegt und eine sofortige hochgradige Erektion feststellen dürfen. Wir hoffen, dies trifft Ihren persönlichen Bedarf bezüglich Ihrer zur Zeit geringen Auslastung. Modell Daniel H. 2007 ist auch darauf verbessert worden, Ihren Feuchtigkeitshaushalt durch Augenzwinkern, kurzes Reiben an Ihrem Körper und anderen spontanen Kontakten bis hin zum heftigen Quickie ganztägig auf 100% zu halten.

Sie wünschten noch eine Detail-Beschreibung zu unserem Bonbon Nadine: Sollten Sie Interesse an einer brünetten 172 cm großen, 55 kg schweren, mittelbusig sportlichen, immerfeuchten Begleiterin mit hoher Leck- und Fickfreudigkeit haben, bitten wir Sie auch hierzu noch per an sich selbst angefeuchtetem Mittelfinger gedrückten Taste bis 12 Uhr heute Mittag zu bestellen. Modell Nadine wird auf Sie persönlich programmiert und steht Ihrer Befriedigung mit ganzem Körper und Phantasieeinsatz zur Verfügung.

Bitte lassen Sie uns heute auch noch wissen, wie Sie das / die Modell(e) bei sich und wann unterzubringen gedenken und wann geliefert werden darf. Auch bitten wir Sie um Mitteilung, ob Modell Daniel H. 2007 bereits erregt oder im Normalzustand geliefert werden soll. Da Sie zurzeit leicht ausgehungert erscheinen, können wir Ihnen auch unser Update „Phantasie 2007" zur vorherigen Stimulation per Anruf im Büro oder per SMS schicken. Wohlplatzierte Worte wie „nicht mehr lange, und Du …" etc. sind in diesem Programm enthalten. Das Programm „Phantasie 2007" harmoniert hervorragend mit dem Programm „Machsmir1.0" und unseren persönlich für Sie programmierten Modellen.

Erotische Grüße, Daniel H."

***

11tes Türchen

Nadines Freund fand das auch ziemlich scharf und
liebkost jetzt mit beiden Händen Deinen Po. Er hat
sich Gleitmittel auf die Hand gemacht und geht jetzt
mit einem Finger tief in Deinen Anus ... Du stöhnst
heftig auf, da er eine wirklich gute Fingerfertigkeit
besitzt und seinen Finger in Dir kreisen lässt ...

Ein paar Jahre zuvor ... sie lernen die Jagd

Die Begegnung der beiden Gepa(a)rden war schwierig
zu organisieren. Die Gepa(a)rdin hatte ihr Revier immer wieder durchstreift auf der Suche nach einem
geeigneten Platz für ihre Paarung, doch der alte Rudelführer Paul folgte ihr genauso wie ihre Welpen
Anna und Marie an ihrem Fell hingen. Am nächsten
Pfingstfest war die erste Möglichkeit, die Welpen bei
einem anderen Rudel unterzubringen, der Gepa(a)rdin
war nicht wohl dabei, aber sie war einfach zu rollig
und wollte ihn in sich haben. Paul war verreist und
ihre private Lusthöhle war endlich frei für eine wilde
Balz. Die Gepa(a)rdin liebte Rollenspiele, sie hatte
vor dem Spiegel alle Szenerien durchgespielt, sich als
Sekretärin verkleidet mit kurzem Rock und sexy Brille, als Vamp mit Strapsen und Federboa, und einfach
nur nackt mit High-Heels und einer sexy Körperkette
an die Haustüre gestellt. Sie entschied sich für das

Sekretärinnen-Kostüm, sie wusste, dass er darauf abfahren würde. Tatsächlich stand ihr die Brille perfekt, sie betonte ihre ohnehin sündhaft schönen Schmoll-Lippen und wunderschönen Raubtier-Augen.

Als es an der Tür klingelte, öffnete sie noch kurz einen Knopf ihrer weißen Bluse und zog den Strapsstrumpf fest, bevor sie den Drücker betätigte. Daniel traf mit dem Abendzug in München ein und es dauerte nur wenige Minuten, bis sie wie schon so oft mit zur Seite geschobenem Slip auf dem Küchentisch saß und seinen Saft in sich hineinsaugte. Ihre Möse war seit Stunden unruhig gewesen, hatte Sekrete abgesondert und sich gemeldet, sie musste sie nicht nur einmal mit dem Finger ruhig stellen.

Daniel war unbändig geil auf sie und wollte nach wenigen Minuten erneut in sie eindringen, doch Denise wollte mit ihm spielen. Sie tauchte ihren Finger in ein kleines Glas mit Massageöl und führte ihn vor seinen Augen langsam tief in ihren Po ein, dabei auf dem Tisch liegend und ihn mit geilen Augen musternd. Daniel stöhnte, es sah unglaublich sexy aus. Mit der anderen Hand begann sie ihre Muschi zu stimulieren und wurde schneller und schneller, ihre Erregung war nicht gespielt, als sie mit einem heftigen Zucken und rollenden Augen kam. Daniel hielt sie fest und labte sich an ihrem Saft, gemischt mit seinem Sperma, was durch die Zuckungen wieder an die Schamlippen gepresst worden war.

***

12tes Türchen

Er wird heftiger und lässt seinen Finger rein und raus gleiten. Ich küsse derweil Dein Gesicht sauber von meinem Saft, der immer noch aus Deinem Mund tropft. Du bettelst darum, endlich einen harten Schwanz reiten zu dürfen – ob wir Dir diese Freude machen werden?

***

„Hi sexy Denise,
ich ging in der Pause am Bachlauf entlang und träumte so ein bisschen vor mich hin …
Hoffentlich lässt Dich die asiatische Liebeskunst, die Du gerade erfahren durftest, noch so weit die westliche Zivilisation genießen, dass Du mit meinen Tagträumen etwas anzufangen weißt … die Gärtner haben unten am Bachlauf ein Stück öffentliche Wiese gemäht, wo sich meines Wissen nach noch nie jemand hingelegt hat. Es gibt dort ein schönes, von Sträuchern umgebenes Stück Schatten, wo ich in Gedanken die Picknickdecke ausgebreitet habe und Dich dann liebevoll küssend, an Deinem Ohr knabbernd und Deine Brüste streichelnd auf den Boden drücke. Deine Küsse waren schon heiß, verlangend und voller Geilheit. Aber das war nichts dagegen, was ich fand, als ich vorsichtig meine Hand unter Deinen herrlich kurzen Rock führte! Du hattest Dich auf unsere Picknickpause auch entsprechend vorbereitet und halterlose

Strümpfe angezogen, deren Rand ich nun vorsichtig abtastete… Beim Tasten merkte ich dann, wie meine Finger weiches Haar streiften – Du kleines Luder hast doch tatsächlich das Höschen schon vorher ausgezogen! Feucht waren die Haare, und Du sagtest heftig atmend, dass Dir bei dem Wetter viel zu heiß sei … Meine Finger nahmen ein Stück von der Feuchtigkeit mit, als ich sie aus Dir herauszog. Schließlich hatte ich Dir Deine lustvolle Höhle nun schon eine ganze Weile massiert. Wir vergewisserten uns, dass keiner zuschaute, und so nahm ich meinen Kopf zwischen Deine Beine und leckte Dich lustvoll. Doch das war Dir nicht genug! So hast Du mich aufgefordert, Deine Schamlippen zu knabbern, nicht fest, aber so, dass Du Dich vor Lust und leichtem Schmerz gewunden hast. Derweil war mein Schwanz schon ganz hart geworden, Du hast dann mit einer Hand meine Hose aufgemacht und mit der anderen Hand meinen Schwanz gegriffen, Deine Hand ging auf und ab, so wie ich Dir immer heftiger an der Muschi leckte und knabberte. Meine Finger waren mittlerweile auch wieder in Dir, und auf einmal hast Du aufgestöhnt, dass Du ganz unerwartet kommst, hast dabei meinen Schwanz noch fester gestreichelt und massiert und als Du mit meinen Fingern in Dir ein zweites, heftigeres Mal kamst, konnte ich es auch nicht mehr halten, habe mich auf Deinen Brustkorb gesetzt und Dir meinen prall gefüllten Schwanz in den Mund gesteckt, wo ich auch gleich kam. Es sah sehr geil aus, wie mein pochender Hobel sich in Dir entleerte und es Dir aus den Mundwinkeln strömte. Als Du mich dann mit meinem Saft im Mund küsstest, wurden wir beide nochmal richtig heiß und ich habe Dir einen herrlichen Orgasmus verschafft, bei dem dann auch nochmal in Dir kam …

Na, Denise, kannst Du noch sitzen? Nächste Woche werde ich Dich von unterwegs aus anrufen und Dir befehlen, das Höschen auszuziehen, bevor ich Dich im Büro besuchen komme. Du solltest Dir schon mal überlegen, wo Du Dir einen Quicky zwischen Büroschluss und Heimweg einlösen möchtest! Ich will sehen, wie es an Dir herunterläuft, allein der Gedanke an Dich macht mich schon ganz heiß …
Dein Daniel"

***

13tes Türchen

Nadines Freund nimmt jetzt eine andere Stellung ein, er sitzt im Schneidersitz, Du drehst Dich auf den Rücken, spreizt Deine Beine und lässt mich in Dich eindringen. Dein Kopf liegt in seinem Schoß, er streichelt Deine Brüste und Du kannst mit Deinen feuchten Augen uns beide anschauen …

***

„Meine liebe Pornistin,

wenn Du unruhig hin und her rutschst, hilft das auch nicht viel – schließlich ist die rauhe Oberfläche alles andere als geeignet, Dir Stille zu verschaffen! Es stimuliert eher noch! Da empfehle ich Dir doch eher, an meinen knackigen (!!!) Po zu denken, in den Du nächste Woche Deinen Finger steckst, während Du an meinem Schwanz lutschst und ich Dir anschließend die Prüfung zur Muskelkontraktion abnehme … und Dir derweil bei diesen illustren Gedanken ganz sachte mit ein oder mehreren Fingern unbeobachtet Deine kleine Möse zu massieren. Kurz bevor Du Dich dann erleichterst, kannst Du ja dann noch meine Nummer wählen und mir ins Ohr kommen … das wäre eine schöne Rache, oder? Ich bin schon ziemlich scharf darauf Dich endlich kommen zu sehen. Es ist ein herrliches Gefühl einer Frau dabei zu zuschauen. Und hauptsächlich noch einer so schönen… Es wäre doch schade, wenn ich irgendwann Störungen bekäme und Dir dann gar nicht mehr so liebevoll Deinen knackigen Po von innen mit meiner Latte massieren könnte, weil ich immer auf Dich warte…?"

***

Du drehst Dich jetzt wieder auf die Knie und ich stoße Dich heftiger von hinten, immer schneller … dabei bläst Du jetzt seinen Schwanz, leckst seine Eier und lässt ihm einen richtig guten Abspritzer zukommen. Auch er entlädt sich über Dich, lässt es Dir überall hin fließen …

Endlich ... genug geschrieben

Die Gepa(a)rdin glitt vom Küchentisch herunter, stolperte leicht auf ihren hohen Absätzen, ihre Wadenmuskeln zitterten noch vom Orgasmus. Sie zog den Gep(a)ard an der Hand ins Schlafzimmer, das Licht der fahlen Straßenlaterne wurde durch den Vollmond überstrahlt. Ein Gewitter lag in der Luft, sie liebten Gewitter. Die Gepa(a)rdin verspürte schon wieder Lust, sie wollte Orgasmen, einen nach dem anderen und wusste, dass er sie ihr verschaffen würde. Seine Zunge, seine Finger, sein harter Schwanz … die Nacht war ihnen.

Die Wolken wurden dichter und die Luft war zum Schneiden schwül, als die Gepa(a)rdin seinen Hodensack geleckt, massiert und damit seinen gerade erst ausgesaugten Schwanz wieder in würdevolle Erektion gebracht hatte. Sie leckte seine Eichel, er stöhnte laut auf, sein gutturaler Laut mischte sich mit dem Grollen des Donners über der Savanne der Stadt.

Der aufkommende Wind streifte ihre nackten Körper, der Gepa(a)rd ölte sie verschwenderisch ein, nicht auf das Laken achtend, welches begierig den herunterlaufenden Tropfen aufnahm und damit das schon verspritzte Sperma überdeckte. Er lag auf dem Rücken, die Gepa(a)rdin ritt ihn im Blutrausch ihres Beutezuges hart durch, sein Schwanz tief in ihr stoßend und pochend, sie sprang von ihm ab, ihre schlanke Taille bewegte sich links und rechts wie ihr tanzender Oberkörper, an dem ihre vollen, aber nicht zu großen Brüste wie Weihnachtskugeln schaukelten. Der Gepa(a)rd wollte nach ihnen greifen, aber die Gepa(a)rdin reckte sich auf, dehnte ihre Wirbelsäule ins Hohlkreuz und zeigte ihm so die volle Pracht ihrer Oberweite, mit aufrecht stehenden Nippeln, die sie sich jetzt mit Spucke benetzte und mit den Fingerspitzen massierte.

Er war kurz davor erneut zu kommen. Wie oft denn schon heute Nacht? Er konnte es nicht mehr zählen, sein Revier markierte er jetzt schon seit Stunden an den verschiedensten Stellen. Die Gepa(a)rdin drehte sich lasziv um, streckte die Beine gerade, spreizte sie, hob ihre Hüfte an und stieg mit ihrer vollgespritzten Möse auf seine Zunge, ließ sich lecken, sein Sperma lief ihm über die Zunge ins Gesicht, er leckte es begierig auf, leckte sie aus, mal oben entlang an den Lippen, mal tief … die Gepa(a)rdin griff hinter das Bett, zog zwei Tücher hervor und fesselte ihn an die Pfosten. „Fick mich, leck mich, mach's mir", befahl sie ihm, ritt mit ihrem Hintern weiter über seinem Gesicht und forderte seine Zunge heraus. Der Gepa(a)rd musste den Kopf stark anheben, seinen Halsmuskel anspannen, um überhaupt noch an die Grotte zu gelangen, als die Gepa(a)rdin sich um 180° drehte und mit den Pobacken zu ihm saß, ihre Möse auf ihn ablegend, feuchtwarm sein Gesicht bedeckend und seinen pulsierenden Schwanz mit ihrem Mund auf und ab lutschte, die Härte genießend und wohlwollend feststellte.

Sie rutschte über seine Brust mit ihrer Muschi zu seinem Bauch, hielt seine Hoden mit den Fingern fest, massierte sie liebevoll und setzte sich dann mit dem

Rücken zu ihm auf den harten Hobel, der steil und begierig in ihr verschwand.

Es machte ihn unendlich geil, es war seine Lieblingsstellung mit ihr, ihren Rücken anschauen zu können, wenn sie sich aufrichtete, nach hinten streckte, kein Gramm Fett an ihrer Taille … nur Muskeln, Sehnen, Geilheit des Raubtiers in ihr. Sie stöhnte auf, bewegte sich schneller und schneller. Es donnerte draußen, das Gewitter war fast bei Ihnen, es blitzte heftig, als sein Samenstrahl in ihr hochschoss, so weit wie vorher an dem Abend nicht, der Gepa(a)rd wunderte sich, dass er überhaupt noch so abspritzen konnte … Die Gepa(a)rdin schrie auf, ein Blitz und Donner schoss gleichzeitig über die Dächer der Stadt und sie kam … kam laut, heftig, ließ sich nach vorne auf ihre Ellenbogen fallen und begann zu weinen

***

15tes Türchen

Ich bin richtig geil in Dir zu Gange und kann es kaum noch halten! Es ist so irre zu sehen, wie Du Dich windest … Zum Glück habe ich noch die Anal-Kette, die ich jetzt noch zusätzlich in Deinem Po einführe und hin und her schiebe – Du stehst kurz vor einer Explosion!

***

„Mein geliebter Pornist,
Du wirst keine Störungen bekommen – ich freue mich
schon auf Deinen knackigen Männer-Po und Deinen
Schwanz, der irgendwie so gut zu mir passt …
Deine feuchte Pornistin"

***

16tes Türchen

Artig hast Du den Schwanz von Nadines Freund noch
sauber geleckt, während ich Dir von hinten in Deiner
Lieblingsstellung mit kurzen, heftigen Stößen weiter
zusetze, um Dich zur Ekstase zu bringen. Ich werde
auch immer geiler und ziehe Dich an den Schultern
hoch, umgreife Deine Brüste … Nadines Freund reibt
seinen Schwanz derweil noch an Deinem flachen
Bauch und küsst Dich, Du wirst immer heißer …

***

„Tagträume …
Amore, am liebsten hätte ich mich sofort in einen
Ruheraum zurück gezogen und es mir selbst gemacht… dabei in Gedanken an Dich … wie Du in
Deinem Büro über einer schwierigen Aufgabe sitzend
grübelst und versuchst Dich zu konzentrieren, während ich anklopfe und bekleidet mit einem hautengen
superkurzen Etwas in Dein Büro marschiere … ich
werde mich über Deinen Bürotisch beugen, so dass

mein Rock etwas höher rutscht und den Blick freigibt auf mein nacktes Hinterteil … Du bist leicht abgelenkt … während Deine Augen zwischen meinem tiefen Ausschnitt und meinem Po hin und her wandern.

Inzwischen habe ich mich auf Deinen Schreibtisch gesetzt und die Beine leicht gespreizt … Dein Schwanz wird derweil immer härter und Du hast Deine wichtige Aufgabe bereits vergessen weiterzuverfolgen. Ich öffne jetzt Deine Hose und beginne Deinen Schwanz zu lutschen – erst langsam und dann immer schneller… Dir ist es jetzt sehr warm geworden und Deine Krawatte landet auf dem Boden … Du hältst es jetzt kaum noch aus, reißt mich hoch und wirfst mich über Deinen Schreibtisch … dann besorgst Du es mir heftig und leidenschaftlich von hinten, während ich dabei zum Höhepunkt komme … ich bin dann ziemlich schnell gegangen …

Leider (?) sind wir nicht unbeobachtet geblieben … eine Kollegin von Dir hat uns gesehen und nimmt die nächste Gelegenheit wahr, um unter einem Vorwand in Dein Büro zu kommen… Du bist noch ziemlich aufgeheizt von vorhin, lässt Dich von ihr anmachen und reagierst Dich an ihr ab. Sie wird Dich in der nächsten halben Stunde nach Strich und Faden verwöhnen und Dir Deinen Schwanz blasen bis Du in Ihr kommst … wo immer Du möchtest …

Träum süß, mein Daniel …
Deine sexy Denise …“

***

17tes Türchen

Die Kette mit den kleinen Kugeln ist immer noch in Deinem Po, ich ziehe sie ruckartig heraus und schiebe sie gleich wieder in Deine geile, enge Öffnung. Du weißt nicht, ob Lust oder Schmerz siegt. Nadine´s Freund holt nochmal seine Peitsche und zieht sie Dir leicht über Deinen Hintern, das macht Dich fast bewusstlos vor Geilheit…

Beim Zahnarzt... eine Fantasie?

Der Patient war gesund. Zumindest physisch, wie sich unschwer an der gewaltigen Erektion feststellen ließ. Jedes Jahr zweimal zum Zahnarzt – seit Kindheit an hielt er sich an diese Richtlinie, und jedes Jahr entließ ihn der Zahnarzt mit den Worten „an Ihnen gibt es nichts zu verdienen". Und er ging sehr gerne zu diesem Zahnarzt, eine größere Praxis mit netten Helferinnen, denen er bei den Untersuchungen durch den Mundschutz hindurch das Lächeln auf den Lippen ablesen konnte. Denen er in die Augen schaute, in sie hinein und in den langen Minuten der professionellen Reinigung seiner Kauleiste glaubte die Lust in ihnen erkennen zu können. Dass sie innerlich glühten bei dem Gedanken, den Mundschutz zu entfernen, ihn zu entkleiden und auf dem Zahnarztstuhl heftig zu reiten.

Das Operationslicht blendete ihn ein wenig, doch er konnte das Lächeln der Helferin sehen, ihren schelmischen Blick erkennen, ihre zuckenden Augenbrauen, als sie sagte „sind Sie ein Mann? Ich werde Ihnen jetzt ein wenig unangenehm nahe kommen" und sich auf seine Schulter leicht aufstützte, um mit dem Reinigungswerkzeug besser an sein Zahnfleisch zu kommen. Unter ihren Achselhöhlen roch es geil – obwohl sie bestimmt schon den ganzen Tag gearbeitet hatte, war ein frischer, aber natürlicher, leckerer, erregender Duft an ihr.

Sie war nur wenige Zentimeter von ihm entfernt. Wenn er sie jetzt anfassen würde … ihre Hüfte, diese schlanke, weibliche Rundung berühren. Sie zu sich ziehen auf ihrem Roll-Hocker, dann den Mundschutz sanft wegschieben und sie küssen. Seine Erektion schmerzte in der Hose. Warum hatte er auch bloß diese enge Jeans angezogen? Normalerweise trug er eine Anzughose … da war die Schwellung weniger sichtbar und für ihn eher ein Genuss. Jetzt schmerzte es ihn.

Ihre Schulter lehnte an seiner und mit ihren Händen arbeitete sie präzise wie flink ihren Auftrag ab, kokettierte ab und zu mit einem zwinkern und er merkte, dass sie ihn auch sehr sympathisch fand. Ob er ihr seine Telefonnummer zuschieben sollte, wenn sie fertig war? Oder wie würde er es am besten anstellen, dass er sie möglichst bald im Bett haben würde? Wenn es schon nicht hier in der Praxis stattfinden würde, lachte er in sich hinein.

„Einen Moment bitte, spülen Sie einmal kräftig aus", sagte sie mit ihrer sanften Stimme und legte das Werkzeug zur Seite. Im Spülbecken war kein Blut zu sehen, nur ein paar Krümel von der Reinigungspaste schwammen in den Abfluss. Er beugte sich nach vorne, spuckte möglichst leise aus, wischte sich mit dem Tuch den Mund ab und lehnte sich zurück in den Stuhl. Und schaute in die Augen der Helferin, die jetzt ihren Mundschutz unter das Kinn geschoben hatte. Ihr Kittel war leicht geöffnet, sie trug keinen BH und er konnte ihre Brustnippel von der Seite gut erkennen.

Ihre vom letzten Urlaub noch gut gebräunte Haut wirkte unter dem weißen Kittel sehr sexy, seine Erektion schwoll sofort wieder an.

„Was kann ich denn noch für Sie tun", fragte die Helferin. Eine Männerfantasie, dachte er sich, aber jetzt gilt es „mich küssen?"

„Na, na…" die Helferin lächelte. „Wenn ich hier jeden Wunsch erfüllen würde, käme ich gar nicht mehr nach Hause"

„Ich kann Sie auch bei Ihnen zu Hause küssen, wenn Ihnen das lieber ist", sagte der Patient. Unwillkürlich wurde er rot. Eigentlich eher schüchtern, mit frivolen Gedanken, die er sich kaum zu äußern traute. Was tat er hier denn bloß?

„Einen Moment bitte", sagte die Helferin, stand auf, knöpfte ihren Kittel zu und ging aus dem Behandlungsraum.

So ein Mist, schoss es ihm durch den Kopf, jetzt habe ich auch noch Ärger hier … in dem Moment kam sie wieder in das Zimmer, öffnete ihren Kittel jetzt noch etwas weiter, setzte sich auf den Roll-Hocker und rollte sehr nahe an ihn heran.

„Na, dann küssen Sie mich endlich", sagte sie zu ihm und löschte das blendende Licht der OP-Leuchte. Nur noch die indirekte Beleuchtung über dem Schreibtisch erhellte das Zimmer, als sie mit ihrer Hand seinen harten, extrem harten Schwanz in der Jeans zu massieren begann. Er wusste, dass er das nicht lange aushalten würde und versuchte ihre Hand etwas weg zu schieben, doch sie fasste sofort nach und streichelte die Beule in der Hose weiter. Mit einem perfekten Griff, wie er erfreut feststellte. Ihre Hand, die er vorher so filigran mit den Werkzeugen hantieren sehen hatte, öffnete jetzt geschickt den Gürtel und Knopf wie Reißverschluss, während ihre Zunge sich vom anfänglich schüchternen, lockenden, leisen Kuss in eine wilde, leidenschaftliche, fordernde Zunge verwandelte und sich wieder und wieder zwischen seine Lippen drängte, ihn leckte, seinen Atem aufsaugte und erneut seine Zunge wie mit einem Magnet heranzog. Mit ihren Lippen saugte sie seine Zunge an, um dann mit ihrer Zunge wie eine Massage dagegen zu kreisen. Ihm wurde fast schwindelig – was für ein geiler Kuss, was für eine geile Situation! Im Zahnarztstuhl die Helferin ficken, davon hatte er immer geträumt! Und sie war wirklich so, wie er es sich vorgestellt hatte. Und er würde sie weiter kennen lernen wollen, soviel war klar! Mit einer schnellen Nummer war das hier nicht beendet – dieser geile Kuss, dieser Griff. Sie würde perfekt blasen, das spürte er. Ob sie auch so reiten würde? Seinen Hobel lutschen und dann reiten, bis beide kommen? Tief in sich hinein ziehen, bis sein Saft in ihr hinauf schießt?

Er war kurz davor zu platzen, sie hatte seinen Penis jetzt freigelegt und sich etwas Öl auf die Handfläche geschüttet, bevor sie sanft, aber dennoch spürbar mit ihrem Werk weiter machte. Fast lila war seine Eichel, so prall stand das Blut in seinem Penis.

Sie löschte jetzt das letzte Licht aus und begann dann seinen Schwanz zu lutschen. Er schloss die Augen und gab sich dem Rausch hin. Erst war es wie der Kuss, sanft, leise, schüchtern. Dann eine Pause, dann wieder, eine Pause, wieder … Dann wurde es intensiver, fordernder … es dauerte nicht lange und es kam ihm, heftig, eine Fontäne heißen Saftes schoss aus seinen Eiern den bestimmten Weg, hinaus aus der schon schmerzenden Eichel, hinein in diesen saugenden Mund. Er hörte ein Schluckgeräusch im Dunkel, es kamen mehrere Salven aus seinen Lenden, er hörte ein weiteres Schlucken … dann war es still und dunkel.

Das Licht ging an. Im Türrahmen stand die Helferin, grinsend. Vor ihm, halb auf seine Hüften gestützt lag der Zahnarzt, mit einem feuchten Streifen auf der Wange, und lächelte ihn an.

„Chefarzt-Behandlung", sagte er … „ich fand Dich schon immer schnuckelig. Lust auf mehr?" Die Helferin löschte das Licht, zündete einige Kerzen an und entkleidete sich langsam. Als sie auf ihn zuging, wusste er, dass es weiter gehen würde. Vielleicht nicht so, wie er es sich am Anfang vorgestellt hatte, aber in jedem Fall sehr, sehr geil. Zum Glück hatte er nichts mehr vor an diesem Tag …

**

18tes Türchen

Wir wollen Dich jetzt nicht mehr lange warten lassen, es ist ja schon grausam! Seit so langer Zeit musst Du jetzt schon dienen und Dir die Geilheit von zwei Männern anschauen! Deshalb sollst Du auch endlich zum Höhepunkt kommen … Nadines Freund legt nun die Peitsche zur Seite und begibt sich mit Dir in 69-er Stellung, leckt Dich liebevoll, während ich von hinten meinen Schwanz in Deinen Po schiebe. Das magst Du doch so gerne …

***

Beim Zahnarzt … Einige Zeit später …

Er war sehr müde, ein langer Tag lag hinter ihm und in der Nacht zuvor hatte seine Frau ihn richtig gefordert. Unersättlich, ob es am Mond lag oder an dem zweiten Glas Likörwein, egal, sie war feucht gewesen als er nach Hause kam und hatte sein schon schlaffes Glied erst in Ruhe gelassen, als er behauptete, die Nachbarn könnten im Dunkeln das glühende Teil erkennen.

So freute er sich nur noch auf eine heiße Badewanne und entspannende Musik. Und vielleicht noch ein wenig Sex mit seiner hübschen Frau. Aber behutsam – seine Eichel schmerzte, zumal sie ihn zum Ende der Nacht hin immer wieder mit dem Mund verwöhnte in der Hoffnung noch einmal einen richtig harten Kolben zu bekommen.

Sie war noch nicht zu Hause, aber die Post lag auf dem Tisch im Wohnzimmer. Dabei eine Karte von seinem Zahnarzt. Nach dem Erlebnis ein halbes Jahr zuvor war er erst sehr verwirrt gewesen. Verwirrt über das Erlebnis mit einem Mann, verwirrt über seine Lust dabei und gleichzeitig verstört. War er homosexuell veranlagt? Oder bisexuell? Oder war es eine Momentaufnahme gewesen, die vorbei gehen würde?
In der Vergangenheit hatte er sich nie Gedanken dazu gemacht. Nach der Kindheit mit den wohl üblichen homoerotischen ersten Erfahrungen war er klar dem weiblichen Geschlecht zugetan. Sicher nicht prüde, aber schon die ersten Erlebnisse mit Frauen zeigten ihm, wie geil er es fand, eine feuchte Muschi zu lecken oder seinen Schwanz in ihr bewegen zu dürfen. Als später die geile Erfahrung des Analverkehrs hinzukam, machte er sich schon lange keine Gedanken mehr über Männer. Er fand es auch normal, dass es ihn erregte, wenn seine Partnerin ihm beim Blasen einen Finger in den Po schob und seine Prostata massierte.
Warum auch nicht? Er hatte so viel darüber gelesen, es war überhaupt kein Tabu-Thema mehr. Und so hatte er nach einem Gefühlsgewühl nach kurzer Zeit den Termin beim Zahnarzt so gut wie vergessen und wenn überhaupt, lächelte er über dieses Erlebnis. Aber er war nicht schwul, soviel war klar. Und seine Frau zeigte es ihm ja auch ständig, zuletzt in der vergangenen Nacht.

Jetzt hielt er die Karte in der Hand:

„Lieber Patient, Ihre turnusmäßige Untersuchung steht an – bitte verabreden Sie einen entsprechenden Termin mit unserer Sprechstundenhilfe".

Unterschrieben war die Karte mit zwei Namen: Sandra und David.
Sandra … das war die Sprechstundenhilfe, deren Augen zu betrachten bei ihm die heftige Erektion ausgelöst hatten. Und David – so hieß der Zahnarzt mit Vornamen. Dr. dent. David Reiter.

Er war unsicher. Normalerweise unterschrieben doch nicht beide eine Erinnerungskarte. Sie wollten doch nicht etwa …? Ihm wurde sehr warm unter seinem Pullover. Und seine Hose wurde zu eng, als er das Erlebnis vor sechs Monaten wieder in seinen Erinnerungen hervor kramte. War er nur neugierig oder vielleicht doch … bisexuell?
Ja, er stand darauf, dass seine Frau mit ihrem Finger seinen Anus verwöhnte. Und hatte sie vor wenigen Wochen erst dazu gebracht, mit einem Analplug bei Blasen den Finger zu ersetzen. Aber das war nur ein Gefühl. Ein Gefühl, welches er beim Sex mit seiner Frau zu lieben gelernt hatte. Aber ein Mann? Nein, das war nicht er!

Er legte die Karte in seine Arbeitstasche und ging unter die Dusche, um den Schweiß der Arbeit abzuwaschen und dabei sanft mit seinem von der Nacht zuvor noch geschundenen Penis zu spielen. Erstaunlich, wie schnell der hart wurde. In seinen Gedanken fickte er die Sprechstundenhilfe Sandra … und plötzlich war da dieser Schwanz an seinem Hintern, zwei kräftige Männerhände packten seine Po-Backen, drückten sie auseinander und dieser Schwanz drang in ihn ein, sehr kräftig aber ohne zu schmerzen. So, wie er seine Frau immer in den Arsch fickte, so ging es jetzt ihm in seinem Tagtraum unter der Dusche. Er krallte mit einer Hand seine Eier und mit der anderen wichste er das Duschgel auf und ab, er schob sich selbst einen Finger in den Po und dann kam es pochend, stark, schnell …

Seine Frau betrat das Bad und sah ihn unter der Dusche an „na, bist Du noch geil von gestern und lässt mich nicht daran teil haben?" …

Er stellte das Wasser ab, trocknete sich mit einem Handtuch flüchtig ab und zog sie an der Hand zum Bett „das war nur für eine schnelle Erleichterung, Cherie! Damit ich mir jetzt für Dich mehr Zeit nehme" Von seinen Gedanken erzählte er nichts…

Ein paar Tage später hatte er in der Praxis angerufen. Sandra war nicht im Dienst und Dr. dent. David Reiter in Behandlung. So machte er missmutig einen Termin aus, bestand aber auf die Chefarztbehandlung und ließ mehrmals verlauten, dass es ihm sehr wichtig sei, wenn Sandra assistieren würde.

19tes Türchen

Das macht Dich an! Herrlich… Dein Arsch ist so heiß, dass der Schweiß an Deiner Muschi herunterläuft, direkt auf seine Zunge. Ich stoße Dich so fest in

Deinen Po, dass mein Schwanz tief in Dir versinkt, tiefer, fester, immer fester …

***

Beim Zahnarzt … Teil 3

Der Termin rückte näher, und er wurde immer unruhiger. Seine Frau war zum Glück sehr aufgeschlossen für seine neue Neigung und verwöhnte ihn gerne mit dem Analplug. Warum soll es Dir nicht auch so gut gefallen wie mir, hatte sie ihm dazu gesagt und blies ihm gleichzeitig das Hirn raus.

Doch über was dachte er eigentlich nach? Er hatte nur eine Einladung zum turnusgemäßen Prophylaxe-Termin bekommen. Mehr nicht. Und zufällig hatten zwei Unterschriften darauf gestanden. Nahm er sich nicht vielleicht zu wichtig? Machte er sich nicht zu viele Gedanken oder geschweige denn Hoffnungen? Und was genau erregte ihn nun? Dass Sandra ihn verwöhnen würde oder ob David es ihm besorgte? So, wie ihn der Gedanke unter der Dusche erregt hatte?

In der Praxis roch es wie immer steril, er hatte einen späten Nachmittagstermin bekommen.
David war nicht da, seine Frau, ebenfalls Dentistin, begrüßte ihn. Sie war eine umwerfend schöne Frau, mit sexy Rundungen, etwa 50 Jahre alt mit einer gewaltigen Ausstrahlung. Er stellte sich unwillkürlich vor, wie sie wohl im Bett sein würde. Mit Erfahrung, mit einem Mann wie David wahrscheinlich viel Erfahrung, ein Luder mit Niveau … seine Hose wurde schon wieder eng, als Sandra plötzlich vor ihm stand

und mit einem bestimmenden Blick zu verstehen gab, dass die Ärztin nichts davon wissen solle, was damals geschehen war.

„kommen Sie bitte mit mir", sagte Sandra und berührte ihn flüchtig am Arm, als sie ihm den Weg zum Behandlungsraum zeigte.

„Ich bin dann weg", sagte die Ärztin und wünschte noch einen schönen Abend.

Die Tür schloss sich und Sandra hieß ihn auf dem Behandlungsstuhl Platz zu nehmen.

Er machte es sich möglichst bequem. Heute hatte er keine Jeans angezogen – den Fehler würde er nicht wieder machen, seinen harten Hobel zu quetschen. Nein, eine bequeme Hose umrankte sein hartes Gemächt und er versuchte nicht zu süffisant zu grinsen, als sie nach seinem Befinden fragte.

„Ich habe mich sehr über Ihre Karte gefreut", sprach er zu Sandra, die leicht abwesend lächelte und ihre Instrumente für die Behandlung richtete. „Na, dann wollen wir mal", sagte sie und begann die Zahnreinigung. Mit Mundschutz beugte sie sich über ihn wie sechs Monate zuvor, aber sie machte keine Anstalten ihn in irgendeiner Form intim zu berühren. Ob er sich nicht einfach wirklich zu viele Gedanken gemacht hatte?

Im Nebenraum erklang jetzt Musik. Klassische Musik, dynamisch, aber dennoch beruhigend. David stand in der Tür, in legerer Kleidung, ohne Mundschutz. „Wenn Sie fertig sind, Sandra, kommen Sie bitte beide nach nebenan", sagte er und lächelte ihm zu.

Es dauerte noch rund zwanzig Minuten, bis seine Behandlung abgeschlossen war. Während er ausspülte und sich fragte, was für eine bizarre Nummer hier eigentlich läuft, ging Sandra in den Nebenraum und rief freundlich „kommen Sie dann bitte nach".

Der Nebenraum war das Aufwachzimmer für die Patienten, denen in Vollnarkose die schlimmsten Schmerzen einer Zahn-OP erspart blieben. Auf dem Bett lag Sandra, der weiße Kittel war geöffnet, darunter trug sie ein einen knappen BH mit einem String-Tanga.
David war nackt und ließ sich von Sandra den Schwanz massieren. Sie beugte sich nach vorne und begann den wachsenden Penis zu lutschen.
„Oh Gott", dachte er sich bei diesem geilen Anblick „das wird ja eine wilde Nummer".
Er wollte sich auch nur noch seiner Kleidung entledigen, aber Sandra verbat es ihm.
Setzen Sie sich dort drüben hin und schauen Sie uns zu, befahl sie ihm.
Er wurde zum Voyeur gemacht! Sie blies den Schwanz und leckte die Eier von David, der feuchte Film ihres Speichels war deutlich auf der Penishaut zu sehen, genauso wie die Schwellung der Adern auf dem Geschlechtsteil immer deutlicher hervortraten.

„Jetzt sind Sie dran", sagte sie, ließ von David ab und hieß ihn herbei zu treten.

Er war wie in Trance, folgte ihrem Befehl und übernahm den Schwanz mit einer Hand. Mit der anderen Hand stützte er sich an dem Bett ab, bis er auf den Knien eine stabile Position gefunden hatte.

„Oh Gott, das kann ich nicht", dachte er. Seit seinen Erlebnissen im Kindheitsalter hatte er nicht mehr darüber nachgedacht, wie das wohl sein würde, einen Männerschwanz zu blasen.

„Denken Sie nicht so viel darüber nach", sagte Sandra. „Ich musste das genauso intuitiv lernen wie Sie es jetzt müssen", ergänzte sie. Scheinbar war ihr nicht entgangen, wie unerfahren er sein musste. Sie beugte sich zu ihm herunter und war ganz nah bei ihm, mit ihrem Mund direkt neben seinem.

„Machen Sie es mir nach" sagte sie und begann noch einmal mit ihrer Zunge von unten an den Eiern entlang nach oben zur Eichel zu lecken.
Und schon stülpten sich ihre Lippen über den Penis und saugten ihn mit einem kräftigen Zug in den Mund.
„Jetzt Sie" … er war erstaunt, wie weich und doch hart sich das anfühlte, und wie es pochte … es machte ihn unglaublich an.
Sie teilten sich den Genuss, den Hobel zu lutschen, und als nach wenigen Minuten endlich der ersehnte Saft herausspritzte, küssten sie sich mit dem Samen auf ihren Zungen.

In der Tür stand die Ärztin, in einem geöffneten Pelzmantel, nichts darunter außer etwas Spitzenunterwäsche.

„Und was ist mit mir?", fragte sie und ging auf die drei zu …

***

20stes Türchen

Sein Gesicht ist ganz feucht von Deinem Saft, der aus Deiner Muschi läuft. Ich kann mich kaum noch halten, und jetzt spritze ich tatsächlich noch einmal ab, genau in Deinen geilen Arsch, und er leckt Dich dabei, saugt an Deinem Kitzler, Du kannst auch nicht mehr, es tut Dir schon alles weh, Du willst zwar weiter gefickt werde, aber Du kannst nicht mehr, da passiert es …

Der Haken

Die Gepa(a)rdin fauchte wütend, als das von ihren Gefühlen längst ausgemusterte Männchen wieder und wieder ihre Nähe suchte. Ihr Grollen war durch die Savanne weithin zu hören. Ihre Beutetiere waren unruhig, würde sie auf die Jagd gehen? Doch soweit das Grollen dröhnte, so erreichte es nicht die Savanne des Gepa(a)rden. Dieser durchkämmte sein Revier rund 200 Kilometer weit entfernt. Und fauchte ebenfalls, fauchte und grollte gegenüber des von seinen Gefühlen längst ausgemusterten Weibchen.

Die Gepa(a)rdin und der Gepa(a)rd wollten endlich ein gemeinsames Revier, eine gemeinsame Savanne, ein eigenes Rudel … die ausgemusterten, verständnislos drein schauenden „Noch-Partner" störten nur noch …

Und wie sie störten – ungestört sich der Balz hinzugeben war dem Gepa(a)rden-Paar nur unter Verleugnung möglich, sie erfanden Ausreden, suchten Treffpunkte für ihre außerehelichen Paarungen und weinten sich gegenseitig in ihr Fell, wenn ihre gemeinsame Zeit wieder abgelaufen war.

Ein Freund des Gepa(a)rden bot an, seine Wohnung für ihr Liebesspiel zu nutzen, wenn er nicht anwesend sei. Die Gep(a)rden nahmen das Angebot gerne an, verfügte er doch über eine nette kleine Lasterhöhle mit großem Lager und einer verschwiegenen Lage.
Sie trafen sich regelmäßig dort und mit der Zeit veränderte sich ihr Spiel. Der Freund hatte Neigungen, die ihnen bis dahin nur in ihren Phantasien begegnet waren. So legte er vor ihrem Erscheinen diskret diverse Gerten auf das Lager. Unkommentiert, selbsterklärend.

Die Gepa(a)rdin zuckte zurück, als sie die verschieden lang und flexibel gestalteten Ruten sah und sich fragte, wohin und mit wieviel Kraft sie wohl angewendet werden würden. Auch die Dildos, die sauber und fast wie Interieur auf der Anrichte im Schlafzimmer lagen, wiesen auf unterschiedliche Freuden hin. Einfache, normal wirkende Vibratoren lagen neben Geräten, die für Vorder- wie Hintereingang Lust versprachen. Die Gepa(a)rdin war unruhig, denn sie war zuerst in die Liebeshöhle gekommen und wartete jetzt ungeduldig auf ihre Balz. Und den Einsatz dieser Spielzeuge, deren Genuss sie bis dahin nur aus Literatur kannte. Sie wurde sehr feucht, hatten die gelesenen Geschichten bei ihr doch immer Lust ausgelöst, die sich jetzt auch spontan einstellte.

Sie öffnete ihre Jeans und entkleidete sich, legte sich auf das Lager und begann sich mit der flachen Hand zu stimulieren. Dabei stellte sie sich vor, wie der kleine, harmlos aussehende Dildo in ihrem Anus vibrieren würde, während die Gepa(a)rden-Zunge ihre Lustperle leckte. Es dauerte nicht lange, und sie massierte sich zum Orgasmus. Irritiert zog sie sich wieder an. Und wieder aus. Wieder an … wie wollte sie ihn jetzt empfangen? Angezogen, um sich ausziehen zu lassen? Oder nackt, um ihn nur noch ausziehen zu müssen? Gerade als sie sich nach dem nächsten Gedanken ausgezogen hatte, klingelte es und der Gepa(a)rd stand in der Tür. Schnell überblickte er die Situation, scharf waren seine Sinne und scharf war er vor Lust…

***

21stes Türchen

Du bist so irrsinnig geil! Eine Welle durchläuft Deinen Körper, Du greifst um Dich, willst Dich irgendwo festhalten, greifst hinter Deinen Hintern an meinen Schwanz und stützt Dich auf seinem Schwanz ab, lässt Dich nach vorne fallen und nimmst seinen spritzbereiten Schwanz nochmal tief in Deinen Mund, der auch sofort folgsam hinein spritzt …

Der Haken – Teil 2

„Gut siehst Du aus", sagte er und wog ihre vollen Brüste mit beiden Händen, begann direkt ihre großen, festen Nippel zu lecken und strich dann mit einer Hand an ihrem Rücken entlang zu ihrem festen Po. Den Weg zurück zu den Brüsten führte er mit den Fingernägeln aus, nicht zu fest, sie konnte keine Kratzer gebrauchen, die zu weiteren Diskussionen mit ihrem „Noch-Partner" führen würden. Aber fest genug, um ein tiefes, lechzendes, geiles Stöhnen aus ihr heraus zu locken. Und dieses Stöhnen war zu offensichtlich, zu deutlich war es, um dem Gepa(a)rden nicht zu zeigen, dass sie schon Lust verspürt und sich bereits Erleichterung verschafft hatte.

„Du hattest wohl schon Sex", sagte er, grinste leicht spöttisch. „Das ist gut!", fügte er hinzu. „Ich bin von der langen Fahrt so geil, dass ich ohnehin sehr schnell kommen werde. Aber wie Du weißt, dauert es danach nicht lange und mein Ständer steht wieder wie eine Eins."

Die Gepa(a)rdin lächelte, sie wusste um seine intensive Ejakulation nach der langen Fahrt, zu oft schon hatten sie sich nach längeren Abwesenheitszeiten getroffen und er seinen heißen Saft nach kurzem Stoß in sie gespritzt. Und zu oft hatte er sie, manchmal nach neckischem Blasen, danach stundenlang bis tief in die Nacht genommen.

Sie war jetzt sehr heiß, und als er wie mit Krallen in ihr Haar und gleichzeitig in ihre Scham fuhr, Ihr Haar dabei zur Seite warf und zum Biss in ihre Gurgel ansetzte, kam sie wie ein Vulkan. Eine Eruption, die seinen Ständer ebenfalls festigte. Dann sah er die Anrichte mit den Spielzeugen, die sein Freund hinterlassen hatte.

„Na, na", sagte er, „was haben wir denn da?"

Spielerisch ließ er den Vibrator mit dem Analfinger in die stehende Gepa(a)rdin gleiten. Ohne Creme – sie war so feucht, dass ihre Schenkel schon blitzten. Sie stöhnte lustvoll auf, und suchte Halt an der Schlafzimmerwand, fand die Stütze und stand mit beiden Armen ausgestreckt, ein Hohlkreuz bildend und der Po reckte sich ansehnlich in seine Richtung. Seine Hand bewegte den Dildo geschickt und ihr Anus zeigte sein Gefallen … sie zuckte, drückte dem Finger entgegen und forderte sichtlich einen Fick in ihren Hintern. Einen harten, schnellen, befreienden, Saftspritzenden Fick. „Sag es mir", sprach der Gepa(a)rd, „sag es mir laut und deutlich, was Du jetzt wirklich willst".

„Nein!", keuchte sie, „Du kannst mit mir machen was Du willst", versuchte sie ihn zu dominieren und sich gleichzeitig zu unterwerfen, „aber ich werde nicht betteln, dass Du das tust, was wir beide wollen!".

***

22stes Türchen

Noch läuft sein Samen aus Deinem Mund, mein Schwanz ist noch in Deinem Po, die Welle der Explosion baut sich in Deinem Körper auf, Du greifst nach seinen Eiern und hältst sie richtig fest, jaaaaa … jetzt kommst Du, laut, geil, feucht, heftig, wirfst Dich hin, stöhnst, leckst noch schnell den samigen Schwanz, drehst Dich herum, willst mich küssen, ich ziehe meinen Schwanz aus Deinem Arsch und Du leckst, nochmal kommend wegen der ruckartigen Bewegung, auch meinen Schwanz, hältst beide Schwänze fest … Nadines Freund schiebt Dir einen Dildo als Ersatz in Deine glühende Muschi … sie küsst Dich und giert nach dem letzten Tropfen Saft auf Deiner Zunge ...

***

Der Haken – Teil 3

Er erinnerte sich daran, dass sein Freund immer von einem Deckenhaken gesprochen hatte. Geschickt öffnete er die Schublade der Anrichte, fand ein Tuch darin und verband ihr die Augen, dabei mit der Hand den Vibrator weiter lenkend. Dann nahm er ein ebenfalls in der Schublade liegendes weißes Seil und band ihre Hände zusammen.

„Komm mit!", befahl er ihr und zog sie fast etwas zu grob an dem Seil vom Schlafzimmer zum Wohnbereich. Der Dildo glitt aus ihrer Lusthöhle, fiel mit einem leisen Summen auf den Parkettboden und brummte dort weiter. Die Gepa(a)rdin gurrte über diesen Verlust, sie fand es geil, den Stab in sich zu haben. Und wenn er sie nicht nehmen wollte, dann doch wenigstens den Stab. Aber ihr Stolz war zu groß darum zu betteln, ihr doch bitte den Stab wieder zu geben. Er würde schon sehen, was er davon hat.
„Setz Dich!", sagte der Gep(a)ard und wies sie an, auf einem großen Stuhl Platz zu nehmen. Durch die Augenbinde konnte sie nicht genau sehen, wohin sie sich

bewegte, und er unterstützte sie, indem er mit beiden Händen ihre Pobacken auf den Sitz platzierte, dabei leicht ihre Schamlippen und den Anus ködernd. Sie lechzte jetzt nach Sex!

Mit dem Seil band er geschickt ihre Hände am Stuhl fest. Sie hatte so etwas noch nie erlebt. In ihren Träumen hatte sie oft Fesseln gespürt und war genommen worden. In der wirklichen Welt war ihr Liebesleben leider viel zu harmlos gewesen.

Sie konnte nicht sehen, was er tat, als er die Deckenlampe aushängte und den Schraubhaken entfernte. Er wusste, wo sein Freund den schweren Ringhaken aufbewahrte und drehte diesen in den Dübel. Ein zweites Seil fädelte er leise durch den Ringhaken und führte es dann durch die Fesseln, mit denen er die Gepa(a)rdin bändigte. Das Seil vom Stuhl lösend zog er ihre Arme langsam hoch, bis sie aufstehen musste, ihre Arme über den Kopf gezogen wurden und sie mit einem Schritt nach vorne taumelnd unter dem Ringhaken zum Stehen kam. „Aua", stöhnte sie, als sie auf Zehenspitzen stehend ihre maximale Dehnung erreicht hatte, „was machst Du da?". Gleichzeitig machte es sie sehr an, denn während er zog, leckte er ihre Brustwarzen. Die Augenbinde saß stramm und sie war ihm ausgeliefert. Niemand würde kommen, wenn er jetzt ganz anders wäre als in ihren Träumen, wenn er vielleicht ein verkappter Irrer wäre, der mit „ich liebe Dich"-Geschwätz sie in eine Höhle gelockt hätte und jetzt perverse Ritual-Spiele mit vielleicht tödlichem Ausgang plante.

Kurz erstarrte sie vor Schreck, doch dann überkam sie wieder die unbändige Lust, ihre Lenden zuckten, als er mit einer Feder ihren Rücken zu streifen begann.

Auf und ab, um ihre Hüfte herum zu den Brüsten, ihre Scham entlang bis zu den Knöcheln. Sie war an den Füssen kitzelig, er wusste darum und kokettierte mit der Feder an ihren Zehen, strich mit der Feder wieder an ihren Schenkeln entlang zu der Scham und drückte mit seinem Bein ihre Knie auseinander. Mit einem Finger leicht ihre Perle massierend strich er erneut über ihre Haut, keine Stelle auslassend. Dann ließ er von ihr ab, ging mehrere Schritte zurück, setzte sich auf einen Sessel und schaute sie an. Einfach nur anschauen, ein Prachtweib, vollbusig, mit zierlicher Taille und ausgeprägtem Po, weibliche Kurven. Er suchte seinen Fotoapparat, um diesen Moment für immer festzuhalten. Das Klicken der Kamera machte die Gepa(a)rdin nervös, die auf den weiteren Verlauf ihrer Behandlung wartete.

***

23stes Türchen

Der Vibrator surrt noch leise nach, Du ziehst ihn heraus und leckst ihn ab. Dein Saft schmeckt so lecker! Noch eine weitere, orgiastische Welle zuckt durch Dich hindurch. Du bist entspannt und kannst jetzt auf das letzte Türchen warten …

Der Haken – Teil 4

Aus dem Schlafzimmer holte er die verschiedenen Gerten und strich zunächst mit der Neunschwänzigen ihre Haut, bevor er sie, noch sanft, auf ihrem Hintern niederkommen ließ.

Sie stöhnte auf. Das war die Lust, die sie immer hatte erleben wollen, und die ihr verwehrt geblieben war. Die Gepa(a)rdin wusste, dass dieser devote Trieb in ihr schlief und jetzt endlich geweckt werden sollte. Sie wusste, dass er diesen Trieb mit ihr spielerisch erkunden werden könnte. Und dass es jetzt begann. Sein Finger suchte seinen Weg in ihren Anus, als die Katze ein zweites Mal auf ihrem Po aufklatschte.

„Zähle mit!", sagte der Gepa(a)rd, etwas zittrig war seine Stimme noch, denn er selbst war auch von seiner neuen Seite überrascht und musste sich in der Rolle erst finden. Schon seit Jahren war ihm klar geworden, dass er eine dominante Ader beim Sex hatte. Und dass hier der Grund lag, warum es bei ihm mit seiner Frau nicht geklappt hatte. Beide dominant, das konnte nicht gut gehen. Jetzt und hier waren die Rollen klar. Die Gepa(a)rdin aufgehängt an einem Seil, feucht, geil und gierig, die Augen verbunden. Er noch zum Teil angezogen, mit Peitsche und Energie ausgestattet …
„Zähl mit!", sagte er noch einmal, dieses Mal mit fester Stimme.

„Zähle auf italienisch!".

Nicht, dass sie beide mit der Sprache etwas zu tun hätten, aber es erotisierte ihn, statt Zahlen von Eins bis Zehn in seiner Muttersprache zu zählen, diese in einer anregenden, anderen Sprache aufzureihen.

„Uno", sagte er und die Peitsche traf auf ihr Ziel, einen leichten roten Streifen hinterlassend.
„Uno", keuchte die Gepa(a)rdin und zuckte leicht nach, als ihr Po vor der Peitsche zu flüchten versuchte.
„Duo!"
„Duo!", stöhnte sie unter dem zweiten Hieb.
„Tres!!" …
„Treees!!!" ihre Erregung war so deutlich zu hören, dass ihm selbst das „Quattro!!!" keuchend entfuhr.
„Quattro!!!"
„Quattro!!!" repetierte sie und wackelte mit ihrer Hüfte um seinen immer noch in ihrem Anus steckenden Finger.
„Cinque!!!!"
„Cinque!!!! – und jetzt fick mich bitte endlich, ich halte es nicht mehr aus!!!!!"
„Wohin soll ich Dich ficken?", fragte der Gepa(a)rd lauernd…
„Fick mich endlich in meinen lüsternen Arsch!" stöhnte sie und ergab sich ihm endgültig.
Er war der erste Mann, der diesen geilen Hintern nehmen durfte, sich in ihrem engen Kanal mit seinem Schaft ergießen und die Lust ihrer Hüfte bis zu ihren Haarwurzeln kribbelnd spüren durfte. „Du bist ja doch noch einsichtig", sagte er zu ihr und nahm sie …

Der Rundflug

Das tuckernde Geräusch des Hubschraubers war unverwechselbar, aus der Ferne klang es wie ein Pochen in der Luft, näher kommend war der Lärm der Turbine ohrenbetäubend laut geworden.

Sie standen auf dem Flugfeld in sicherer Entfernung, als die Türe sich öffnete und Lea mit ihrer Kamera ausstieg. Der Wind wirbelte ihre Haare hoch, ihr Kleid war ebenfalls in der Luftströmung gefangen und zeigte ihre makellosen Schenkel wie in dem Film „Manche mögen′s heiß" mit Marilyn Monroe über dem Abluftschacht. Sie winkte das Paar zu sich. Über die Annonce hatten sie von ihrem Angebot des „Air-Shootings" gelesen und waren sich handelseinig geworden. Wie sollte das Foto-Shooting in diesem kleinen Hubschrauber jetzt funktionieren?

Lea wies ihnen den Platz an, er musste in die dritte Reihe, die beiden Frauen nahmen in der zweiten Sitzreihe Platz. „Du kannst jetzt schon kurz die Dessous richten, mit denen Du zuerst fotografiert werden möchtest", sagte Lea zu ihr mit professionell klarer Stimme, und half ihr den Reißverschluss ihres Kleides zu öffnen. Dass sie ihr gefiel, sagte sie nicht, das hatte noch Zeit bis nach dem Shooting.

Der Hubschrauber startete und bei einer Flughöhe von ungefähr 200 Metern näherten sie sich dem Hamburger Hafen, der den Hintergrund ihres frivolen Auftrags geben sollte. Die Frau hatte sich jetzt auf dem freien Sitz neben dem Piloten gerekelt, ein unbequemer Anfang, aber mit einer perfekten Kameraeinstellung. Ihre Brüste waren gut zu sehen, dennoch lenkten die Umgebung des Cockpits und die Skyline im Hintergrund von zu viel Offenheit ab.

Noch ein paar Mal musste sie sich aus und in den Sitz quälen, um ihre Unterwäsche für die nächste Kameraeinstellung zu wechseln, dann war die Flugzeit von 30 Minuten schon vorbei und sie landeten.

Dem Pilot hatte es sichtlich gefallen, was er neben sich gesehen hatte. Seine Erektion in der Hose war so sichtbar wie bei dem Begleiter, der aus der dritten Sitzreihe kam.

„Ich rufe Euch dann an, wenn die Fotos fertig bearbeitet sind", sagte Lea zum Abschied und schaute dem Paar zu, wie es mit dem Pilot im Hangar verschwand und dort die Tür zu einem Nebenraum hinter sich verschloss. Sie lächelte in sich hinein. Was Fotoshootings doch für eine Nebenwirkung haben können …

***

24stes Türchen

Die Tür geht auf … sie ist vollbusig, sehr schön anzusehen, sehr weiblich. Sie hat sexy Strapse an, kein Höschen. Sie ist rasiert und hat einen geilen Blick drauf, hat die ganze geile Szene durch den Türspalt beobachtet. Nadines Freund und ich gehen leise aus dem Raum … Dein Weihnachtsgeschenk ist da … Nadine wird Dich jetzt verwöhnen …

Geile Weihnachten und guten Stoß ins Neue Jahr!

Die Tage gingen vorüber wie jedes Jahr, seit sie Kinder hatten. Warum sind Straßen verstopft? Warum Einkaufsmärkte überfüllt? Jeden gefühlten Tag ein Weihnachtsbasar, für den gebastelt oder gespendet werden muss? Der Mann jeden Tag mit Überstunden aus dem Haus. Das Wetter miserabel und als wäre das nicht noch genug, kommt noch der Bio-Rhythmus komplett aus dem Takt ...

Sie saß auf dem Sofa, hatte das 23. Türchen ihres Kalenders geöffnet und starrte deprimiert auf ihren Erledigungszettel. Einkäufe, Hetze, Haare richten ... Dessous ... OH GOTT! Dachte sie, sprang auf und schaute in ihren Kleiderschrank. Dessous ... sie freute sich so sehr auf den 24.12. Jedes Jahr hatten sie sich hemmungslos geliebt, waren sie leidenschaftlich zusammen gekommen, wenn die Kinder endlich im Bett waren und sie auf dem Teppich vor dem Kamin ficken konnten. Jedes Jahr hatte sie rechtzeitig neue verführerische Unterwäsche gekauft, doch dieses Jahr hatte sie nicht mehr daran gedacht. Es war der 23.12. um 18 Uhr – zu spät jetzt um noch einmal los zu ziehen, ihr Mann noch nicht zu Hause und keine Kinderbetreuung weit und breit.

Sie legte sich auf das weiche Sofa und weinte still in den Abend.

Am nächsten Morgen begrüßte ihr Mann sie mit einem Kaffeebecher am Bett. Ein Kuss, sehr liebevoll und leidenschaftlich. Er war sehr spät nach Hause gekommen und hatte sie schlafend vorgefunden. Wie gerne hätte er sie noch genommen, sozusagen als Appetitmacher für den 24.12., auf den er sich auch jedes Jahr sehr freute. Jedes Jahr wartete sie auf ihn mit reizvollem Erscheinen, mit etwas Frivolem. Dieses Jahr, das wusste er, war sie in Zeitdruck …

„Du musst Dein 24. Türchen öffnen, Engel", sagte er zu ihr und verschwand im Bad. Auch er hatte noch einige Erledigungen zu machen und würde gleich aufbrechen. Sie trank ihren Kaffee, starrte an die Decke, hoffte er würde nochmal wiederkommen und es ihr auf der Stelle besorgen und sie damit endlich von dem Horror der Vorbereitungen ablenken. Sonst gelang es ihm immer. Warum heute nicht? Sie öffnete das Beutelchen an ihrer Adventskalender-Leine mit der Nummer 24. Ein kleiner Zettel fiel heraus, zusammen mit einer Tüte Badezusatz. Sie nestelte etwas nervös an dem Zettel, bis sie ihn geöffnet hatte, abgelenkt von den Gedanken an die Erledigungen und den Braten, der noch zubereitet werden müsste.
„Um 10 Uhr kommt Nathalie und holt Dich ab" stand auf dem Zettel. Mehr nicht. Nur „… holt Dich ab". Es war schon 8.44 Uhr, viel Zeit blieb ihr nicht mehr und was sollte das jetzt alles. Gut, Nathalie war eine sexy Freundin von ihnen, aber erstens hatte sie genug zu tun und zweitens, es war der 24.12. Sollten sie sich ins Kaffeehaus setzen und plaudern? Er hatte sie wohl nicht alle. Aber neugierig war sie nun doch …
10:04 Uhr, Nathalie rief sie per Telefon vor die Tür zum Auto „wir haben nicht viel Zeit"
Es schneite leicht, ein wenig Weihnachten wenigstens, ging es ihr durch den Kopf. Nathalie fuhr mit ihr in die Stadt, parkte in einem Parkhaus und nahm sie zärtlich an der Hand. Ein Kuss, sie verstanden sich gut und hatten auch schon öfter ihre BI-Neigung ausgelebt, aber heute stand ihr nicht danach, sie wendete sich ab. Was war heute bloß los? Nathalie führte sie

zu ihrem gemeinsamen Lieblingsgeschäft in der Innenstadt, einen schicken Dessous-Laden mit Ware, die Frau wirklich nicht überall bekommt ... „Du darfst Dir etwas aussuchen, hat er mir gesagt", sprach Nathalie frivol lächelnd.

„Es soll uns beiden gefallen", fügte sie hinzu. Jetzt verstand sie langsam. Er hatte mitbekommen, dass sie dieses Jahr gehetzt war und sorgte sich um sie und den gemeinsamen Abend. Wie lieb von ihm ...

„Hat er einen Preis genannt, was es kosten darf?", fragte sie Nathalie. „Nein, es soll uns beiden gefallen".

Sie probierte an und an und an, fast zwei Stunden lang. Nathalie telefonierte einmal kurz mit ihm und nickte verschwörerisch dabei, endlich hatte sie etwas Passendes gefunden. Eine sexy Straps-Korsage, die nicht aufträgt, weder unter Jeans, Bluse noch Kleid. Mit hochwertigen Strümpfen, einem Halsband und dazu ein kleines Detail, welches sie sogar vor Nathalie verheimlichte. Sie gingen zur Kasse, die Verkäuferin lächelte vielsagend, hatte sie die beiden Frauen doch immer wieder in die Kabine gehen sehen, und dies nicht nur zur Anprobe ...

Zu Hause hatte er schon mit den Vorbereitungen begonnen, bald würde das Essen fertig sein und dann die Schwiegereltern noch kommen und dann Bescherung und hoffentlich dann auch bald alle wieder gehen ... sie konnte es kaum abwarten, ihn mit den neuen Dessous zu überraschen.

Die Straps-Korsage trug sie schon unter den legeren Jeans, die sie bis zum Festschmaus anbehalten würde. Tatsächlich, sie trug nicht auf, aber er konnte sie mit den Fingern erfühlen, als er einmal sanft mit der Hand über ihren prallen sexy Po strich.

Sie sangen Weihnachtslieder, machten sich über den Braten und die Geschenke her und verabschiedeten die Schwiegereltern, die mit einem leichten Schwips gerne noch länger geblieben wären. „Die Kinder müssen jetzt ins Bett", redeten sie sich heraus und nahmen das Argument zum Anlass, gleich Taten folgen zu lassen.

Sie hatte jetzt ein verführerisches Kleid angezogen, schwarz mit einer Bolero-Jacke, nicht zu kurz im Saum aber dennoch genügend freizügig, um ihre wohlgeformten Beine kokett ins rechte Licht zu setzen. Sie tauschte schnell die flachen Schuhe des Abends gegen ihre High-Heels mit Goldspitzen und kam zu ihm zurück, legte sich vor den Kamin und ließ wie unbeabsichtigt den Saum ihres Kleides hochrutschen, so dass der Ansatz der Strapse sichtbar wurde.

Sein Blick war eindeutig, er war scharf, gierig, geil, wollte sie ... aber er hielt sich zurück. Warum?

Die Beleuchtung vor der Haustüre ging an, der Bewegungsmelder. Immer diese blöden Katzen, dachte sie sich, als er aufstand und zur Tür ging und sie öffnete. Nathalie und ihr Mann standen davor, mit zwei Flaschen Wein unter dem Arm. Nathalie hatte einen verdächtig schlüpfrigen Gesichtsausdruck, als ob sie eben gefickt hätte. Sie kannte diesen Blick bei ihr, dafür hatten sie schon zu oft einen sexy Vierer miteinander gehabt. Sie lächelte ... stand auf und küsste erst ihn und dann die beiden leidenschaftlich und lange. Dann ließ sie ihr Kleid langsam zu Boden gleiten ...

Die Heilige Nacht begann ...

Die Suche nach einem Sklaven ...

In ihrer Lust hatten die Gepa(a)rden auch Gefallen an neuen Spielarten gefunden. Mit ihrem Doppelleben in einem gediegenen Reihenhaus einerseits und ihren nächtlichen Streifzügen durch die erotische Savanne andererseits auf der Suche nach Beute hatten sie viele Facetten der sexuellen Genüsse gesehen und wollten diese jetzt auch mehr und mehr kennenlernen.

Der Gepa(a)rd war über die Jahre selbstbewusster geworden. Obwohl in der Kette der Raubtiere selbst weit unten stehend hatte er den Mut gewonnen, sich auch mit größeren Räubern zu messen und seine Ängste überwunden. Die ehemalige Dominanz seiner Gepa(a)rdin hatte er gezügelt, im Alltag durfte sie bestimmen, aber sexuell hatte er ihr den finalen Nackenbiss gesetzt und sie gefügig gemacht.

Um ihre Lust zu erweitern, suchten sie jetzt einen Sex-Sklaven oder Sklavin. Ein Männchen, das in ihr Spiel einbezogen werden sollte, zuschauen, Samen entfernen mit der Zunge und ihre feuchte Scham mit einem Tuch reinigen, diese und ähnliche Aufgaben wollten sie ihm zukommen lassen. Eine Sklavin, die beiden gehören sollte... Sie starteten einen ersten Versuch:

Das Geschenk zum Hochzeitstag

Natascha war schon seit Wochen aufgeregt. Hatte sie sich mit dem richtigen DOM eingelassen? Ihr Sklavenvertrag lief jetzt schon seit zweieinhalb Wochen, mit Bedacht unter vielen hatte sie ihn ausgewählt und sich hingegeben.

Er führte sie wie sie es genießen wollte und konnte, zeigte ihr ihre dunkelsten Seiten und ihre Lust war unendlich. Dennoch, dieses Paar, welches ihr erst schrieb kurz nachdem sie den Vertrag unterzeichnet hatte, es ging ihr nicht mehr aus dem Kopf. Süßer Schmerz wurde versprochen, kein Schmutz und Schmerz im klassischen Sinne, wie das so viele im Internet phantasierten oder anpriesen, dumpfe unerotische Fick-Parties mit Andreaskreuz und Peitsche.

Was sollte süßer Schmerz denn sein? Zucker auf ihrer Muschi? Den jemand ausleckt? Oder was?

Sie ließ sich auf den Vertrag mit dem neuen DOM-Paar ein, diese waren selbst nicht sonderlich erfahren, strotzten aber vor Phantasien und das regte Natascha ungemein an.

Nun war es so weit, der elfte März nahte und sie sollte das Hochzeitstags-Geschenk sein. Sie bekam ein Päckchen, darin auch einen Brief mit einem Auftrag:

„Nimm die Liebeskugeln aus dem Päckchen, führe sie bei Dir ein, nachdem Du Dich feucht gemacht hast. Dann steige in die S-Bahn. Nimm Dein Smartphone mit Fotofunktion. Suche Dir einen gut aussehenden Mann bis ca. 50 Jahre aus, setze Dich ihm gegenüber. Provoziere keinen Kontakt zu ihm. Öffne langsam Deine Bluse, so dass Deine sexy Brüste gut zu sehen sind. Du trägst einen BH mit freien Nippeln! Lasse sie sehen. Nimm Dein Telefon, schalte die Fotofunktion ein und gebe es dem Mann, der wahrscheinlich schon sehr irritiert sein wird. Bitte ihn förmlich, ein Urlaubsfoto von Dir mit der offenen Bluse in der S-Bahn zu machen. Schicke uns das Foto!“

Natascha las den Auftrag und wurde sehr, sehr heiß. Die Vorstellung fand sie unglaublich erregend. Doch wie würde es weiter gehen?

*„Du verlässt die S-Bahn an der Haltestelle Unter-
haching. Wir werden Dich dort empfangen. Du wirst
neben unserer SIE auf dem Rücksitz des Autos Platz
nehmen und sie leidenschaftlich küssen. Danach fahren wir zu einem Hotel, wo Du ihr dienen wirst und
Lust bereiten. Dabei wirst Du nicht zu kurz kommen!"*
*Zu kurz kommen? Dienen? Natascha war ein wenig
hin und her gerissen. Sie kannte ihre dunklen Seiten,
sie wusste wie eine Frau schmeckte und liebte den
Geruch der Haut wie den Geschmack auf der Zunge,
doch was sollte sie dienen?*
*„Wir werden Dich mit sanften Fesseln von Deinen
Handgelenken an ihren Knöcheln fixieren, Deine Augen verbinden und die Liebeskugeln zärtlich heraus
ziehen. Danach wirst Du fünf leichte Schläge mit einer flachen Peitsche auf jede Po-Backe bekommen,
die Du laut mitzählen wirst. Beim zehnten Schlag wird
Dein Herr, Daniel, Deine feuchte Stelle massieren
und die Liebeskugeln wieder einführen, mit einer ganz
speziellen Fingertechnik, dabei wirst Du Deine Herrin
intensiv lecken!"*

So zum Beispiel könnte es beginnen … interessiert?

***

Diese Geschichte schrieben die Gepa(a)rdin an die
Online-Sklavin Natascha, die nach einem neuen DOM
suchte. Leider entpuppte sie sich als „Fake", wie so
viele andere in der Welt des World Wide Web, die
dort Ihre Späße mit der Leidenschaft anderer treiben.
So suchten die Gepa(a)rden weiter und stellten in ihr
Internetportal ein entsprechendes Gesuch ein:

"möchtest Du ausgebildet werden?"

"Wir suchen einen neuen Sklaven, nachdem unser braver Sklave leider zu weit weg gezogen ist. Nächsten Freitagabend haben wir ein Paar-Date zu dem wir dringend einen Sklaven zum Bedienen, aufräumen und reinigen von Geschirr und bespritzten Frauen brauchen. Wenn Du uns ein Portrait-Foto schickst, kommst Du in die engere Auswahl.

Beeile Dich! Herr Daniel und Herrin Denise ...*"*

Sie fanden ihn in perfekter Form, einen jungen Mann Mitte dreißig, der über beachtliche Sinnlichkeit verfügte und die Mischung zwischen Unterwerfung und Contenance beherrschte. Er durfte vormittags zu ihnen kommen, wenn ihre Kinder in der Schule waren. Dann ließen sie ihn putzen, nackt ... Er liebte es, von den Gepa(a)rden gesagt zu bekommen, was noch nicht sauber genug ist. Seine Strafen waren harmlos, verglichen mit den Bildern, die die Gepa(a)rden schon gesehen hatten. Sie standen nicht auf Schmerzzuteilung, es ging ihnen um die vollkommene Unterwerfung.

"Du darfst maximal zehn Zentimeter in die Nähe ihrer Möse kommen", befahl der Gepa(a)rd dem Sklaven und hielt einen Zollstock zwischen das Gesicht und die Scham. "Jetzt rieche!" ... der Sklave atmete tief durch die Nase ein, ein befriedigtes Lächeln huschte über sein Gesicht. Der Schlag mit der flachen Hand des Gepa(a)rden auf den nackten Po der Gepa(a)rdin ließ sie zucken und nach vorne fliehen, gleichzeitig lustvoll aufstöhnen. Ihre Hände waren an den Stuhl gekettet, der Sklave kniete vor ihr und atmete geräuschvoller, als der Gepa(a)rd ihn zurechtwies: „Du hast den Abstand nicht eingehalten", wohl wissend dass er dafür nichts konnte, „reinige ihre Füße mit der Zunge!"

Der Sklave leckte begierig von den Zehen beginnend die Füße der Gepa(a)rdin aufwärts und musste zehn Zentimeter vor der Vagina aufhören. Sein Glied war extrem angeschwollen und hoffte auf Erleichterung, doch sie wurde ihm versagt. „Putze die Küche", befahl der Gepa(a)rd, der durchaus praktisch dachte und die Lust mit den Nützlichen verband.

Der Sklave liebte diese Arbeiten, manchmal ließ er sich extra viel Zeit, damit er zum Tadel noch weitere Aufgaben bekam. Er wusste, dass er am Ende noch etwas erleben dürfte …

Die Gepa(a)rdin streckte ihren geilen Hintern noch weiter heraus und legte ihren nackten Oberkörper auf die Stuhllehne. Die Hand des Gepa(a)rden sauste erneut aus halber Höhe herab und traf genau das Ziel, ihre Po-Backe vibrierte nach dem Aufprall der flachen Hand und ein weiterer roter Striemen wurde sichtbar. Sie liebte es, von ihm geschlagen zu werden, sich zu unterwerfen. Wenn er dabei mit der anderen Hand vorsichtig einen Finger in ihren Anus gleiten ließ, wurde sie unglaublich geil und zuckte. Deshalb musste er sie anketten, sie würde sich sonst mit ihrer geballten Raubtier-Kraft auf ihn stürzen, ihre Krallen in sein Fleisch hauen und seinen Schwanz fressen, saugen, auslutschen …

Erneut traf die Hand ihren Po, er war rot angelaufen. Der Gepa(a)rd befahl dem Sklaven, die Igel-Walze zu holen und damit der Gepa(a)rdin den Rücken auf und ab zu massieren. Viele kleine rote Punkte entstanden nun, der Schwanz des Sklaven war ein pochendes, geiles Stück hartes Fleisch, bereit endlich zu ficken, aber er würde es nicht dürfen.

Die Gepa(a)rdin war unglaublich nass zwischen ihren Schenkeln und wollte jetzt einen harten Fick. Der Gepa(a)rd öffnete seine Hose und steckte seinen strammen Penis in ihre Möse, kurz stoßend und wieder herausziehend. Dies tat er wieder und wieder, Die Gepa(a)rdin bettelte um ihren Orgasmus, der immer näher rückte, obwohl der Gepa(a)rd sie nur halbherzig nahm.

„Du darfst jetzt Deinen Schwanz wichsen", erlaubte er dem Sklaven, „setz´ Dich auf den Boden dort und wichse ihn! Wenn Du es nicht schaffst, einen Meter weit zu spritzen, wirst Du es auflecken!" Der Sklave war begeistert, eine Belohnung und ein wartender Tadel ließ seine Hoden anschwellen und mit hohem Druck spritzte er seinen Saft aus seinem Schwanz. Mit dem Zollstock maß der Gepa(a)rd nach: „nicht weit genug!". Der Sklave bückte sich nach vorne und begann demütig seinen Samen vom Boden zu lecken, durfte sich dabei nähern und bekam die Erlaubnis, der Gepa(a)rdin die Möse zu massieren. Gleichzeitig nahm die Flagellation ihren Lauf, es kamen fünf laut gezählte, von der Gepa(a)rdin rhythmisch wiederholte Hiebe, jetzt mit einer flachen Leder-Klatsche, auf ihren Hintern nieder.

Die Gepa(a)rdin stöhnte laut auf, riss an ihren Ketten und wollte sich auf den Gepa(a)rd stürzen, wütend über die Schmerzen, dankbar für die Unterwerfung und geil auf seinen verweigerten Fickschwanz. Sie trat mit ihren hohen Absätzen nach ihm, konnte aber nicht weit genug ausholen. „Fessle ihre Füße", befahl der Gepa(a)rd dem Sklaven. Dieser holte die Fußfesseln und umwickelte die Knöchel der Gepa(a)rdin, die aus ihren Raubtieraugen wütende Blitze nach ihm schleuderte. Der Gepa(a)rd genoss diesen Moment der Dominanz – er wollte ihn auskosten, bevor er sein Sperma über sie schießen würde. Ganz genüsslich steckte er einen Finger in ihren Anus, mit etwas Gleitcreme benetzt, drehte er seine Hand und ließ sie aufstöhnen.

„Jetzt fick mich endlich, fick mich!!! FICK MICH!!!" schrie die Gepa(a)rdin…

„Wohin soll ich Dich ficken?", fragte Daniel.

„In meinen Arsch"… flüsterte die Gepa(a)rdin leise.

„Lauter! Ich kann Dich nicht hören" … sagte Daniel.

„FICK MICH IN MEINEN ARSCH!!!" rief sie

„Lauter!"

„DU SOLLST MICH IN MEINEN ARSCH FICKEN!!!" schrie die Gepa(a)rdin, schüttelte ihre gebändigten Beine, ihr Hintern vibrierte geil und ihre Möse schimmerte nass von der schmierigen Spur, die langsam an ihren Oberschenkeln entlangfloss.

Der Gepa(a)rd hatte sie unterworfen. Es war das, was sie wollte, was sie von einem Rudelführer erwartete. Im richtigen Moment sie zu unterwerfen, ihre Stärke zu unterdrücken und ihre sexuelle Energie zu fokussieren. Er fickte sie kurz und heftig und spritzte dann seinen Samen über sie.

Der Sklave weinte vor Glück …

Ein paar Jahre zuvor ...

Ihre Fernbeziehung war ein Gräuel, jedes Wochenende seit der Trennung von ihren Partnern verbrachten Denise und Daniel auf der Autobahn, in Zügen und manchmal im Flugzeug. Ihre Kreativität war grenzenlos beim Erfinden von Ausreden, die Lügen kotzten sie an, es war schrecklich. Doch ihre Lust, ihre Leidenschaft, ihre Sucht nacheinander wurde nur schlimmer. Sie hatten sich als Kinder verloren und als Erwachsene endlich gefunden, sie wollten nicht noch einmal loslassen, diese Chance nicht vertun. Sie wollten leben, lieben, leiden. Wenn sie sich trafen, meistens am Freitagabend zu später Stunde, liebten sie sich stürmisch, gerne schon im Stehen in der Küche, Denise liebte es mit beiseitegeschobenem Slip seinen Schwanz in sich zu spüren. Meist kam er schnell, eine Woche aufgestauter Energie entlud sich in ihr, danach liebten sie sich lange und ausdauernd.

Ein Wochenende ist zu kurz, ein Urlaub ist zu kurz, wann werden wir leben? Dachten sie beide und versuchten immer wieder, ihre Liebe zu ersticken, zu einem normalen Leben zurück zu kehren, die Hölle nicht herauf zu beschwören, wenn ein Alltag eintreten würde. Mit Kindern in einer gemeinsamen Wohnung, mit Ex-Partnern, die hassen würden. Das kann doch nicht klappen …

Sie standen auf der dichtbefahrenen Straße der Stadt, die Sonne schien strahlend an einem kalten Wintertag, ihre Augen leuchteten. Sie blitzten kurz auf, als sie ihm mit einem Kuss sagte „ich will ein Kind von Dir" … und ihn stehen ließ.
Stieg in ihr Auto und fuhr davon. Sein Weinen vor Glück sah sie nicht mehr. Ein Kind mit ihr. Sein Traum würde in Erfüllung gehen?
Seine Freunde hielten ihn für verrückt. Eine solche Beziehung über diese Entfernung konnte nicht gut

gehen, er lehne sich zu weit heraus, irgendwann käme auch dort der Alltag, viele Argumente hörte er sich an und trotzdem konnte er nicht ablassen. Den ganzen Tag strömten seine Gedanken nur um sie, seine große Liebe aus der alten Zeit, die jetzt seine neue große, erwachsene Liebe wurde. Eine Wohnung, wir brauchen eine Wohnung, schoss es ihm immer wieder durch den Kopf. Nächstes Wochenende würde er es mit ihr besprechen!

***

Sie hatten sich wie jedes Mal geliebt, gelacht und ihre Körper gerieben. Den Alltag wollten sie nicht wahr haben, mussten aber irgendwann darüber sprechen, es ließ sich nicht ewig herauszögern. „Wir brauchen eine Wohnung", sagte er zu ihr. Sie nickte mit leicht trübseligem Blick. „Wer wird uns in unserer Konstellation denn eine Wohnung vermieten?", fragte sie ihn. „Dann kaufen wir eben eine", antwortete er, „da kann uns keiner rauswerfen".

Als sie sich das nächste Mal trafen, hatte Daniel seine Hausaufgaben gemacht und eine entsprechende Wohnung gefunden. Die Situation wurde immer auswegloser für Denise, sie wusste, dass es ernst war. Dass sie nicht mehr zurück konnten. Dass die Stunden mit kurzen Liebesfluchten in Hausfluren, im Auto, an kurzen Wochenenden einem neuen Alltag weichen würden. Würden sie standhalten? Oder würde ihre lustvolle Liebe auch im Alltag erstickt werden, wie so viele Träume anderer es schon erlebt hatten?

„Wer nicht wagt, der nicht gewinnt", sagte Daniel zu ihr und küsste sie leidenschaftlich. Sie spürte seine Erektion und nahm sie in sich auf …

***

Die Gepa(a)rdin hatte wieder einmal eine Lüge vorschieben müssen, um mit ihrem Geliebten für ein paar Stunden allen sein zu können. Daniel hatte die Rücksitze aus dem Auto herausgenommen und eine Matte mit einer Decke hineingelegt. Es war kalt, ein Herbsttag, feucht und ungemütlich, die Scheiben beschlugen schnell. „Wärme mich" bat Denise und öffnete seine Hose, fingerte sich durch seinen Slip zu seinem schnell hart werdenden Penis und lächelte erfreut, als sie ihre Wirkung auf ihn spürte. Sie lag auf dem Rücken und spreizte ihre glattrasierten Beine, ließ ihn in sich eindringen und zog die Decke über sie. Draußen gingen Spaziergänger entlang, es war Denise und Daniel egal, im Gegenteil, es erregte sie der Gedanke beobachtet zu werden. Ihre geheimen Fantasien sprachen von Leuten, die durch die beschlagenen Scheiben schauen würden und selbst geil werden, davon, die Autotür zu öffnen und eine sexy Passantin hinzu zu bitten … Daniel flüsterte ihr allerlei schlüpfrige Details ins Ohr und Denise kam kurz und heftig, bevor auch Daniel seinen Höhepunkt erreichte. Sie kamen noch mehrere Male an dem Nachmittag, bevor Denise zurück zu Paul musste und ihr Leben als Mutter und brave Gattin spielen …

Von: Daniel@Gepa(a)rden.com
An: Denise@Gepa(a)rden.com

Thema: Sex im Auto

Danke für Deine SMS, wir waren beide ziemlich heiß. Dein Mann hat einen guten Sinn für´ s Timing, ich musste lachen, denn mir kam dieses Bild wieder in den Sinn, als Du im Auto mit dem Kopf zwischen den Vorderlehnen hingst und fast kamst … und dann ständig Dein Telefon läutete, ob Du die Einkäufe erledigen kannst. Manche Männer sind eben schlechte Liebhaber, haben keinen Sinn für die Sinnesfreuden der Partnerin. Nachdem ich leider wieder mäßig geschlafen habe möchte ich Dir wenigstens sagen, dass Du nicht ganz richtig liegst mit „was macht mich glücklich". Denn ich bin lieber allein als unter Lügen! Das habe ich ja schon oft versucht Dir zu verklickern, durch strenge Erziehung habe ich mich als Kind kaum getraut die Wahrheit zu sagen (schlechte Noten etc.) und heute gehe ich grausam gegen alles vor, was mehr als eine Notlüge ist – die ich im Übrigen aber nicht verurteile, wenn sie angebracht ist. Wir haben gestern drei Stunden telefoniert, und das Ergebnis? Du wirfst mir vor, nach jedem Treffen will ich Dich abstoßen. Nein, Denise, nach jedem Treffen, wenn Du in meinen Armen geweint hast und mir gesagt, dass Du Dir mit mir alles und mit ihm fast nichts mehr vorstellen kannst, kommt das stereotype „aber jetzt muss ich da weiter machen".
Ich bin nun mal einfach gestrickt, ich dulde keine anderen Götter neben mir. Und als Liebhaber kann und will ich mich nicht verstehen, auch nicht als Geliebter. Mit Dir Schluss machen geht auch nicht, denn

ich weiß, dass wir kurz vor unserem Ziel stehen, dass etwas Entscheidendes passieren muss. Tja, und das Problem Nummer zwei ist, wenn ich mit Dir Schluss mache, dann will ich innerlich auch nicht mehr. Im Gegensatz zu Dir, die da den Gefühlen erliegt, kann ich meine Gefühle ab einem gewissen Punkt, den ich zum Glück noch nicht erreicht habe, aber kurz davor stehe, sehr gut kastrieren.

Ich glaube immer noch an uns, enttäusche mich nicht. Setz Dir ein Ultimatum. Alles andere ist Lebenslüge.

Dein Daniel

***

Denise antwortete, wie meistens eher kurz, aber nicht minder schwermütig:

„Lieber Daniel,
manchmal wüsste ich schon gerne, wo ich in zehn Jahren stehen werde …
Deine Denise"

***

Das Horoskop

„2007 – das Jahr des unfreiwilligen Wandels
In der ersten Jahreshälfte sollten Sie sich auf manches gefasst machen. Denn vieles läuft jetzt anders, als Sie es sich vorstellen. Und das meiste davon schmeckt noch nicht einmal. Sehr oft stehen Sie auch unter Termin-, Zeit- und Leistungsdruck. Spielen Sie trotzdem mit! Langfristig werden die Veränderungen für Sie zum Vorteil sein. Passen Sie nur auf, dass Sie

einen persönlichen Ausgleich finden, damit die Seele nicht leidet.

In der Liebe spielen Sie nicht die heile Welt, wenn es in der Partnerschaft kriselt. Gehen Sie Frustpunkten auf den Grund, indem Sie offene und intensive Gespräche führen. Hüten Sie sich vor zu vielen Seitenblicken, Ihr Schatz versteht wenig Spaß!"

Denise las ihr Jahreshoroskop und zitterte … es erinnerte sie an die Wahrsagerin, zu der sie vor ihrer ersten Ehe gegangen war, die ihr gesagt hatte, dass sie Kinder bekommen würde, dass ein Mann zu ihr kommen würde... Die Wahrsagerin hatte sich dann geweigert, weitere Auskunft zu geben, denn die Aussichten waren ihr zu düster, um etwas zu erzählen.

Denise hatte es nicht wahrhaben wollen, als ihre Ehe zerbrach, sie machten weiter und weiter, hatten doch die beiden Kinder Anna und Marie zur Welt gebracht und mussten sich um sie kümmern. Woher sollte jetzt ein drittes Kind kommen? Was für ein Quatsch … und woher der Mann? Sie ahnte es …

Daniel war der Mann, und sie wusste auch, dass sie ihm verfallen war wie er ihr. Und seine Ehe war auch kaputt, sie lebten auch nur nebeneinander her. Was für ein Jahr liegt vor ihr? Denise weinte, ihre Seele war zerrissen zwischen Frust, Lust und Angst vor der Zukunft.

***

Daniel verstand es, die Entfernung zwischen ihnen zu überbrücken. In seinen Briefen sprach er von ihrer Liebe, von den Sehnsüchten seit frühen Jahren und dass er sich nichts anderes mehr vorstellen konnte als mit ihr zusammen zu sein. Dass er ihre Kinder groß ziehen will und mit ihr weitere Kinder haben wolle. Die Wohnung schon da sei und sie einfach kommen soll. Und wenn sie geweint hatten am Telefon, die Tränen trockneten und die Lügen mit Lachen überdeckten, hatten sie auch Telefonsex, erzählten sich ihre Fantasien, die sie sonst mit noch niemandem geteilt hatten. Daniel erfand ein Paar, „Nadine und ihren Freund", die sie kennengelernt hätten, mit denen sie erotische Spiele und Leidenschaft erkundeten. Dabei masturbierten sie immer hörbar, und erzählten sich, wenn sie gekommen waren, wie sich jetzt fühlen.

Wenn sie sich trafen, waren es ekstatische Momente, manchmal kamen sie den ganzen Tag nicht aus dem Bett, allerhöchstens um etwas zu trinken zu holen und dann wieder Liebe zu machen. Denise war so feucht an diesen Tagen, dass Daniel in ihr verfloss, in dem Gemisch aus seinem Saft und ihrer Lust.

***

„Denise, ich habe ein Haus für uns gefunden, mit einem Gewölbekeller, in dem wir unser Schlafzimmer einrichten können! Mit Eisenringen an der Wand, an denen ich Dich anketten werde, am Sklavengalgen, und Du Dich nicht wehren kannst, wenn ich Dich vögele …"

Daniel schrieb Denise fast täglich solche Nachrichten, sie waren beide so scharf aufeinander. Warum konnte er das nicht mit seiner Noch – Frau? Es hatte noch nie so mit ihnen funktioniert, warum mit Denise?

„Denise, klar, irgendwo liebe ich sie immer noch, so wie Du Deinen ... aber eine andere Frau liebe ich einfach mehr, und ich habe mich völlig verrannt. Und nun muss ich erkennen, dass meine Liebe zu ihr einfach nicht mehr ausreicht, um alles zu reanimieren, sondern eine Verzweiflungspause von unbestimmter Dauer bräuchte. Und dass ich dann logischerweise damit rechnen muss, dass sie dann weg wäre. Ich will sie aber so nicht mehr haben oder wiederhaben, und zurück kann man die Uhr nicht mehr drehen."

Denise las die Zeilen und antwortete nur kurz „genauso sieht es leider wirklich auch umgekehrt aus!" und weinte dabei.

Die Jagd wird – scheinbar – erfolgreicher ...

Die Gepa(a)rden waren auf Pirsch, schon seit einigen Tagen lagen sie hungrig auf Beutejagd an ... sie hatten ein Date eingestellt auf ihrem Suchportal im Internet, ein kinderfreies Wochenende stand an und sie wollten ein sexy Paar vernaschen, mit allen Sinnen genießen, ihre Körper schlecken, lutschen, reiben, befeuchten ...

Sie vergaben „Likes" an Fotos von Paaren, die in ihr Beuteschema passten...sie hatten einen Billiardtisch zu Hause, den sie endlich mal wieder benutzen wollten...

***

Hallo Ihr beiden Heißen", „Taiji Tu" gefällt euer Foto "Wir waren in Southhampton...!

Habt Ihr Lust mit uns Billard zu spielen?" Wenn ihr euch über dieses Kompliment gefreut habt und mit „Taiji Tu" Kontakt aufnehmen möchtet, könnt ihr einfach auf diese Nachricht antworten.

***

Die Antwort dauerte nicht lange …

Einstimmiges „Heißen" -Urteil: Lecker seht Ihr aus! Ein Jammer das wir kein Billard spielen können - hihi! Kisses & Licks, Nathalie & Philippe

***

Sie trafen sich, tauschten ein paar nette Allgemeinthemen aus und nach wenigen Schlucken Sekt wurde die Nervosität weniger. Philippe stand auf und sagte, dass er das dringende Bedürfnis habe, Denise zu küssen. Daniel war etwas überrascht, doch Nathalie schob ihr tiefes Dekolletee etwas weiter auseinander und lenkte seinen leicht eifersüchtigen Blick auf ihre festen Brüste, deren Nippel kerzengerade standen.

Daniel winkte sie zum Billardtisch, mit dem Denise und er ab und zu einen erotischen „wer gewinnt, darf sich oral verwöhnen lassen"-Abend einläuteten.

Die Kugeln rollten, Nathalie und Daniel spielten in einem Team, Philippe und Denise in dem anderen.

Flüchtige Begegnungen der Finger bei der Weitergabe des Queue, kurze, fast noch scheue Blicke, Verständigungen zwischen den Partnern … sie waren alle vier bereit für heißen, hemmungslosen Sex.

Philippe schoss die schwarze Acht in das falsche Loch und kommentierte „sonst stehen wir ja noch ewig hier herum", alle kicherten … was würde der Preis sein? Nathalie und Daniel zogen sich kurz zurück, und Nathalie wandelte den eigentlich vereinbarten Auftrag für die beiden Verlierer in „Denise soll Philippe seinen Schwanz blasen, aber er darf nicht kommen!" um.

Denise kniete vor Philippe nieder, der genüsslich die Zunge an seiner Eichel kreisen sah, die leckenden Bewegungen und den Speichel an seinem Hoden herablaufen fühlte.

Sie beschlossen, das Schlafzimmer aufzusuchen und zogen sich langsam gegenseitig aus. Daniel war begierig, Nathalie blies perfekt seinen Schwanz, langsam von den Eiern aus beginnend mit einem saugenden Knutschen am Hodensack hoch bis zur Eichel, er stand vor ihr und sie schaute ihn mit einem geilen Blick aus der Hocke an … er führte sie zum Bett, wo Denise bereits Philippes Stab wichste und die Eichel weiter leckte. Nebeneinander liegend wurden die Männer von den Frauen geblasen und gewichst, es war geil und das Stöhnen wurde lauter. Philippe stand auf, seine Hoden pulsierten, sein Sperma spritzte auf Denise´s Brüste und lief langsam herab. Derweil wurde Nathalie von Daniel jetzt intensiv geleckt. Er spreizte ihre Schamlippen auseinander, führte vorsichtig aber deutlich zwei Finger in ihre Möse und den Daumen in ihren Anus und leckte dabei ihre Klit, Nathalie wurde sehr geil, ihr erst fast unhörbares Stöhnen wurde lauter und lauter, ihre Hüfte vibrierte und sie kam …

Ein paar Minuten Pause, ein Schluck Sekt … Philippes Schwanz wurde wieder hart und er begann Denise zu ficken, während Daniel bereits in der gerade eben erst kommenden Nathalie seinen harten, geilen Holm bewegte. Die Männer waren jetzt voller Lust, ihre Energie schob sich aus ihren Lenden in die Hüften der Frauen, die nebeneinander auf dem Rücken lagen. Daniel explodierte in Nathalie, er stützte sich schwer auf ihr ab, ihre Brüste küssend und seinen Saft in sie laufen spürend, während Philippe noch etwas länger in Denise war, bevor auch er zum zweiten Mal seine Lust entlud. Daniel sah nicht, dass Denise ihn merkwürdig anschaute … und überhaupt nicht angenehm… er sah auch nicht, dass Philippe mit Denise zu grob umging, ihr unbeholfen Schmerzen zufügte, die ihr gar nicht gefielen …

**

Guten Morgen, ☺gut heim gekommen? Geht's Euch gut? Liebe Grüße und einen sexy Sonntag wünschen Daniel und Denise

**

Guten Morgen, ja - wir sind gut nach Hause gekommen. Haben gut geschlafen und Sport getrieben. Jetzt sitzen wir bei einem Gläschen Weißwein auf dem Balkon und genießen den schönen Tag. Nochmals vielen Dank für den witzigen und heißen Abend. Es hat uns sehr gut gefallen. Wenn Ihr wieder ein Date postet und es zeitlich bei uns passt, steht einer "Reunion" aus unserer Sicht nichts mehr im Wege. Hoffe Ihr habt noch ein schönes Restwochenende. Erholt Euch schön und fühlt Euch geknutscht. Cheers, Nathalie & Philippe …

***

Das Haus ...

Eine lange Einfahrt führt hinter dem Zaun zu einem schönen, großen Haus. Der Weg ist schwach beleuchtet ... Ihr seid etwas nervös, was wird Euch erwarten? Das Kaminfeuer prasselt, die Frauen tragen sexy Dessous und ihrem kurzen Kleid. Die Männer tragen einen dunklen Anzug, die Luft flirrt und leise Musik erfüllt den Raum ... Für alle ist die Situation inspirierend, es ist das Haus von Fremden, die eine Betreuung gebucht haben. Wer will mit uns den Abend frivol genießen?

Paar sucht Sie oder Paar für Sex, Freizeit ...

Die Gepa(a)rden hatten ihren Horizont erweitert … nach einigen misslungenen Dates mit merkwürdigen Paaren hatten sie jetzt die scheinbar richtigen Partner für ausschweifende Treffen kennen gelernt. Sie konnten sich mit Abenden in Clubs wenig anfreunden, zu viel Unruhe. Dort konnten sich sie nicht richtig fallen lassen. Sie bevorzugten daher eine eher private Umgebung. Freunde von ihnen hatten ein schickes Haus und waren oft verreist und baten darum, ab und an nach den Pflanzen zu sehen. Da es ein weiter Weg bis dorthin war, durften die Gepa(a)rden im Gästezimmer übernachten und Daniel kam auf die Idee, ein Paar für einen erotischen Abend mit zu nehmen …

Daniel schrieb an Nathalie und Philippe eine Nachricht, um sie anzuheizen…

***

„Hallo Ihr zwei Heißen ☺ heute Abend - Denise ist mit ihrer Freundin unterwegs - schreibe ich für Euch eine kleine Geschichte ☺ love & licks, have fun, liebe Grüße von Denise soll ich sagen, Daniel"

Die Besitzer mussten dringend verreisen und ihr gut eingespieltes Hausbetreuungsteam hatte an diesem Wochenende keine Zeit. So fragten sie in ihrem Freundeskreis nach und baten Denise und Daniel, sich um Haus und Pflanzen zu kümmern. Die beiden nahmen die Bitte ihrer Freunde gerne auf, zumal eine Nacht in einem schönen anderen Haus etwas von einem Hotelbesuch hat, sinnlich, erotisch, mit vielen Spielvarianten.

Sie fragten ihre sexy Freunde Nathalie und Philippe, ob sie nicht abends dazu kommen wollen. Ein schönes Wohnzimmer-Ambiente, erotische Stimmung und viel-

leicht zusammen ins Gästezimmer? Die beiden fackel-
ten nicht lange und an dem Abend trafen sie um 21
Uhr zusammen. Es war schon dunkel und so störte es
auch nicht, als mit dem Hauptschalter alle Jalousien
gleichzeitig nach unten fuhren. Oder wäre es sinnli-
cher zu wissen, dass die Nachbarn zuschauen, wenn
das erotische Spiel beginnt? Nathalie hatte nach ei-
nem langen Tag das Bedürfnis nach einem Cappuci-
no, den Daniel ihr auch sehr gerne zubereitete.
Denise servierte ihn ihr und hob dabei ein wenig ihr
ohnehin kurzes Kleid an. Nathalie lief ein wohliger
Schauer über den Rücken – würde Denise heute
Abend aktiv werden und ihre Neigung zu Frauen aus-
leben wollen? Es schien so, trug sie doch unter dem
Kleid kein Höschen und schien auch erregt zu sein,
dem schimmernden Bild nach zu schließen. Denise
ließ wie zufällig einen kurzen Moment ihre Hand auf
Nathalies ruhen, bevor sie die Tasse los ließ. Philippe
war von diesem kurzen erotischen Moment wie elek-
trisiert, er liebte es Frauen bei sinnlichem Spiel zu
beobachten. Würde er es heute Abend erleben dürfen?
Seine Spannung war nicht zu übersehen und Denises
andere Hand glitt an seiner Hose herunter. Er stöhnte
kurz auf, es würde nicht lange dauern, Denise fühlte
es ... aber sie wusste auch mit einem Mann umzuge-
hen, um seine Kraft ein weiteres Mal zu fordern.
Langsam öffnete sie seinen Reißverschluss, nahm mit
einer Hand seinen Schwanz heraus und begann ihn zu
reiben, während sie mit der anderen Hand ihre Möse
streichelte. Er kam in wenigen Sekunden, zu lange
hatte er sich auf diesen Abend gefreut. Ein Tuch ...
einen Moment Pause ... sein Schwanz wurde schon
wieder hart ...

Daniel hatte diese Szene lustvoll beobachtet und lehnte an der Küchentheke. Nathalie hatte ihren Cappucino ausgetrunken und ihr Gesicht war leicht gerötet. Sie ging zu ihm und legte seine Hand zwischen ihre Beine, es war unglaublich feucht und warm durch den Slip hindurch. Alle vier gingen zurück zum Sofa, setzten sich eng aneinander und begannen sich gegenseitig auszuziehen. Im Kamin prasselte das Feuer und der Wohnraum war nicht nur davon heiß ....

Die Antwort ließ nicht lange auf sich warten, Nathalie und Philippe waren für erotische Gespräche weniger geeignet, aber ließen sich gerne auf die Geschichte ein.

***

„Hi Daniel, wenn Denise nicht da ist, kannst Du Deinen freien Abend aber auch für Dich nutzen und Dich nicht mit der Schreiberei beschäftigen. Nathalie freut sich schon auf Deinen „Stift". Sie wird ein sehr feuchtes kleines Töpfchen für Dich bereithalten. Hier kannst du den Stift ruhig "reinstecken", damit er irgendwann so richtig viel Tinte aufs Papier bringt. In dieser Hinsicht ist Verlass auf Nathalie - keine Sorge. Derweil überlegt Philippe sich, wie er sich mit der heißen Denise sinnvoll beschäftigen kann. Nicht, dass sie sich während deiner Lesung anfängt zu langweilen. Vielleicht hat Denise einen kleinen Rat für ihn oder verrät ihm einen vielleicht versauten Wunsch, den es gilt zu erfüllen. So, jetzt überlegen wir uns noch was wir am Wochenende so alles anstellen.

Euch bzw. dir einen schönen erholsamen Abend. Hoffen bald von Euch zu hören. Kiss Kiss Nathalie & Philippe"

***

„Hi Nathalie und Philippe, ich freue mich auf die Signatur mit dem Stift. Am besten schreibt er nach alter Federkiel - Art, wenn er mit der Zunge befeuchtet wird. Das beherrschst Du, Nathalie, perfekt...

Euer Daniel"

***

„Hallo Nathalie und Philippe,

Hihiii ... ich habe jetzt ein heißes Bad genommen und mich etwas entspannt ... und noch ein nettes Ende für die Geschichte gefunden. Ist ja Fi(c)ktion ☺ bis bald hoffentlich in real life

...Teil 2 ...Nathalie hatte sich schon auf die Chaiselounge zurückgezogen und ihr kurzes Kleid wirkte noch knapper als es ohnehin schon war. Die Ansätze ihrer Strapsstrümpfe waren zu sehen genauso wie die noch rötlichen Stellen von der harten Nummer kurz zuvor, als Philippe sie mit seinen Händen an den Hüften gehalten hatte. Sie stand langsam auf, richtete ihr Kleid und küsste Daniel auf den Mund und Denise auf die Wange, wie rein zufällig begegneten sich dabei ihre Hände und hielten sich kurz. Philippe küsste Denise und sie erwiderte den Kuss mit leicht geöffne-

ten Lippen. Denise wusste, dass er gerade gefickt hatte, eine Frau spürt das und so war ihr klar, dass er nicht gleich spritzen würde, wenn sie seinen Schwanz massiert. Es dauerte keine Minute, als sie mit der Hand bereits seine Kugeln umspielte. Wie aus Zauberhand hatte sie eine kleine Flasche Massageöl bereitgehalten und ein paar Tropfen davon flossen jetzt in ihre Handfläche und verteilten sich auf dem harten Schaft. Nathalie wurde sehr geil bei diesem Anblick und drehte ihren Rücken zu Daniel, streckte ihm ihre vibrierende Taille entgegen – er hob das Kleid hoch und fühlte mit kurzem Handstreich, dass sie kein Höschen trug und noch vom letzten Orgasmus völlig nass war.

Sie nach vorne drückend leckte er ihre Möse und Po-Spalte genüsslich aus, wohl seine Kleidung in Ordnung haltend und nichts ablegend. Das Licht war abgedunkelt und Nathalie wurde zum Bett geführt. Philippes Schwanz war in Denises Mund und pulsierte im harten Takt. Nathalies Augen waren verbunden und Daniel leckte sie jetzt ausgiebig und streichelte dabei ihre Klit sanft von außen, dabei einen Finger auch um ihren Anus kreisend. Sie stöhnte geil auf, denn eigentlich wartete sie auf einen harten Stoß. Denise schob Daniel sanft zur Seite und begann sie zu lecken. Nathalie merkte wohl, dass irgendetwas anders war, die Zunge war zu geschmeidig und verlockend, sie stöhnte „oh, ist das Geil" ... und zeigte ihr Verlangen durch ihre wippende Hüfte. Daniel war jetzt auch nicht mehr zu halten, schob Denises Kleid hoch und begann sie von hinten heftig zu ficken. Sein Stoß brachte Denises Körper zu ruckartiger Vibration, die sich auf Nathalies Muschi übertrug. Philippe *verstand schnell und stieg mit seinen Oberschenkeln über Nathalie, die jetzt seine Eier in ihrem Mund hatte, dann seinen Schwanz ... ein Stöhnen, Gurren, Saugen und Ficken ... Wenig später kamen alle vier fast gleichzeitig mit lautem Orgasmus, übereinander und miteinander ... und danach wieder und wieder ...*

Na, wie geht´s weiter? Schreibt uns Eure Fantasie …"

***

„Guten Morgen Ihr Zwei,

sorry - für die verspätete Meldung. Wir waren am Freitagabend noch im Einsatz und mussten uns gestern erst mal auskurieren von den ganzen Strapsen äh Strapazen. Vielen Dank für eine weitere Vorstellung in unserem Kopf-Kino. Die heiße Kurzgeschichte ist Euch sehr gut gelungen. Falls es einmal in Euren jetzigen Berufen nicht mehr so gut laufen sollte, machen wir uns keine Sorgen. Als Autoren für prickelnde Erotik-Geschichten seid Ihr ein Fall für die Bestsellerliste. Zumindest wir beide kommen zur Lesung in einer einschlägig bekannten Location und bitten um ein Autogramm mit Widmung – hihi. Nathalie & Philippe"

***

„Hallo Ihr zwei Gestrapsten, äh Gestressten ☺ war Nathalie auch gestrapst? eine wunderbare Vorstellung! Das freut uns, dass wir Euch eine Kinovorstellung schenken konnten, mich besonders, da ich sie

128

geschrieben habe ☺ die Lesung findet dann statt, wenn Ihr einen Termin vorgeschlagen habt, bis dahin schreibe ich an der Fortsetzung... Ich frage jetzt mal ganz direkt und ehrlich Nathalie, wie es ihr gefallen hat und worüber wir eine Fortsetzungsgeschichte schreiben können ☺ bislang schreiben ja immer Philippe und Denise sich niedliche Nachrichten (und machen sich über mich lustig ☺) bin gespannt ... sexy Grüße von Denise und mir, habt einen ... Abend".

***

„So Ihr Zwei Bestseller-Autoren, jetzt kommen wir dazu Euch zu schreiben. Also Nathalie hat die Geschichte sehr gut gefallen. Knackige Kurzgeschichten mögen wir sehr. Besonders wenn es so heiß wie bei deiner Geschichte zugeht. Nur Mut - Ihr habt damit voll ins Schwarze getroffen. Sind auf Teil 2 gespannt. Wenn Ihr mögt, dann können wir die nächste Lesung bei uns stattfinden lassen. Wünschen Euch einen schönen Abend. Nathalie und Philippe"

***

„Hi Daniel, hallo schöne rassige Frau, die Geschichten werden ja immer besser. Da ist so einiges gestern Abend nachgespielt worden. Nur beim Part mit den beiden heißen Ladies mussten wir etwas improvisieren. Was Denise wohl dazu sagen wird, wenn sie Nathalie so nah kommen würde - lechz. Was so ein erholsames Bad so alles bewirkt. Scheint Deine Kreativität mächtig anzukurbeln. Vielleicht ein gutes Mittel gegen akute Schreibblockaden. Wo "treibt" Denise sich eigentlich rum? Wir hoffen sie macht keinen Unsinn ☺ Fühlt Euch geknutscht, Nathalie & Philippe"

***

„Ihr „Dater", die Antwort war ja ohnehin noch ausstehend ... Denise ist weiter „on tour" und wird heute nicht mehr rechtzeitig da sein, um Philippe von ihren wirklich sehr versauten Wünschen erzählen zu können ... der Termin ist dafür reserviert, sie wird es Dir ins Ohr flüstern ... und ich freue mich auf die Kalligraphie mit Nathalie, habt ein tolles Date heute Abend und wir freuen uns auf Euch übernächste Woche. liebe Grüße, Daniel und von der reisenden Denise"

***

„Hallo Daniel,

Auf Denises Stimme nah an Philippes Ohr ist er schon sehr gespannt. Er wird sehr, sehr aufmerksam sein und genauestens zu hören, was für schmutzige Fantasien es in die Tat umzusetzen gilt. Hab einen schönen Abend, Strohwitwer, Nathalie & Philippe"

***

„Hallo Nathalie & Philippe,

Von der schönen rassigen Frau geile Grüße aus Wien, von mir einen Trauerflor dass ich bis zum Date warten muss. Aber gut, wenn Ihr Euch so schön bis dahin beschäftigen könnt ... und es ist mir eine Ehre, wenn ich Euch ein bisschen Gedankenspiel geben konnte ...Denise möchte Nathalie sogar sehr gerne nahe kommen, wir wissen aber ja auch, dass Nathalie nicht BI ist, dennoch ... sehr sexy für Denise und sie würde sie sehr gerne vernaschen. Denise hat auch einen ziemlich spannenden Lady-Dildo ... mit zwei Enden ... für die Jungs eine Wonne anzuschauen und die Mädels können dann noch andere Dinge tun, die Hände sind ja noch frei ☺ Daniel"

***

„Hier Euer Wochenendhupferl ... Denise kommt übrigens wahrscheinlich schon morgen wieder zurück ... viel Spaß ... die zweite Geschichte:

Es war kein Tag wie jeder andere. Auch wenn der Wecker schon morgens wie immer viel zu früh geklingelt hatte und Nathalie mit ihren verwuschelten Haaren und der Kaffeetasse an Philippe gelehnt einfach zu müde war, um diesen anderen Tag schon um diese Zeit genießen zu können, wusste sie genau, dass etwas Besonderes in der Luft lag. Auch Philippe hatte dieses bestimmte Gefühl, es verstärkte sich, als ihre Hand an seiner Morgenlatte entlangfühlte und mit einem sinnlichen Gurrlaut Nathalie verkündete, dass noch alles in Ordnung sei und er so zur Arbeit gehen könne – Hauptsache, er käme so auch wieder nach Hause. Philippe zog sich an und fuhr los. Zu dieser Zeit hatte Nathalie noch ein paar Minuten für sich, und diese kostbare Reserve nutzte sie weidlich. Mit ihren Fingern streichelte sie ihre Brüste und die Pobacken, kniff sich leicht in den Hintern, drückte das Fleisch zusammen und stellte sich vor, wie sie das letzte Mal von hinten genommen worden war. Wie von selbst glitt ein Finger über ihre Klit und begann eine leichte Massage ... Die Tür ging auf, Philippe hatte etwas vergessen. Er sah Nathalie auf dem Bett liegen, ihre Augen lüstern zu einem Schlitz verengt und sehr geil. Instinktiv wollte er sich zu ihr legen und seinen Schwanz zu ihr reichen, aber er beschloss das seltene Vergnügen voyeuristisch zu genießen. Er versteckte sich halb hinter der Tür und schaute ihr zu, wie sie es sich machte. Nathalie benutzte sehr gerne ihre Spielzeugkiste und leicht glitt der Dildo in ihre Möse. Es war ein Vergnügen ihr dabei zu zuschauen, wie sie kam. Was auch nicht lange dauerte, und mit einem hörbaren Atemzug, übergehend in ein lautes Stöhnen und dann einem leisen spitzen Laut, feierte Nathalie den Höhepunkt am Morgen. Philippes Stab war hart durchblutet und er wusste, dass er es so nicht aushalten würde. So konnte er nicht zur Arbeit gehen und jetzt stand Nathalie auf, ging in Richtung Bad auf seine Tür zu. Sie erschrak, als sie ihn so sah und noch während ihre Augen aufgerissen auf ihn schauten, verstand sie schon die Situation und griff zu. Es dauerte nur wenige Sekunden, bis Philippes Saft über ihre Hände lief und er erleichtert war. Doch das war nur der Anfang des Tages – die beiden waren verabredet zu einem heißen Date mit ihren neuen Freunden Denise und Daniel. Mit ihnen hatten sie kürzlich einen erotischen Abend verbracht, und nun, sich besser kennend, würden sie noch viel mehr miteinander anstellen können. Philippe wollte es wissen – wie würde Denise am besten kommen? Sie wirkt so schüchtern, aber ist sie es auch? Nein, das kann nicht sein, eine so zeigefreudige Frau mit so feuchten Stellen kann nicht schüchtern sein. Zurückhaltend vielleicht, abwartend auf die Eroberung und die subtile Erotik, nicht einfach platt anmachen und mit dem Schwanz die Möse suchen, nein, mit sanfter Massage über Rücken, Nacken und mit Öl die Haut einreibend, ja, das würde ihr gefallen. Mit einem Finger über das Po-Loch massierend die Po-Ritze zur Muschi entlang, mehr außen als innen und auf keinen Fall mit zu viel Finger ... ja ... ja ... jaaaa ... sie würde kommen. Etwas Zunge, nicht zu viel, sanft aber mit Nachdruck ... Würde sie seinen Schwanz wieder lutschen? Er war schon wieder hart, der Gedanke allein war unerträglich, wie soll man die Stunden bis zum Abend konzentriert arbeiten, wenn immer wieder die Bilder von Strapsen, hohen Absätzen und einem feuchtgeilen Blick im Kopf sind ... Nathalie freute sich auf Daniel, und sie wusste, dass es ihm auch so gehen würde. Sie erinnerte sich an das letzte Mal, als er sie von hinten genommen hatte, und danach eine entspannte Zungenmassage gegenseitig geschenkt, mit wollüstigem Schmecken und Fühlen hatten sie sich ihre Säfte herausgeschleckt und genießerisch über die Lippen fließen lassen. Nur noch wenige Stunden bis zum Abend, der Sex lag fühlbar in der Luft. Nathalie und Philippe fickten noch einmal miteinander, weil sie es einfach nicht mehr aushalten konnten ... da klingelte es an der Tür ... es war soweit ... Denise und Daniel waren da ...

und jetzt genieße ich meinen freien Abend ..."

***

„... schön das Ihr wieder vollzählig seid. Tja - unser Date gestern war mal wieder ein Satz mit x - nix. Es fing an mit einem sehr süßen Pärchen aus Köln, was zu uns kommen wollte, dann aber leider bemerkt hat, dass sie an einer Brusthaar-Allergie leidet. Dann gab es ein Pärchen - weit in den 50ern - was uns erklären wollte, dass wenn wir in München ein Date einstellen, dass dies dann bedeutet, dass wir nach Nürnberg zu ihnen kommen müssen. Logisch - warum sind wir nicht von selbst drauf gekommen? Gefolgt von einem Single-Herren, der sich als Paar ausgegeben hat, und wie so oft, leider kein Bild des weiblichen Parts zur Hand hatte. Blöd aber auch. Aber das Highlight kam dann um 00:30 Uhr!!! Ein Paar - beide gerade erst 20 - wollte sich dann noch mit uns treffen. In absoluter Stalker-Manier wurden wir dann mit Mails bombardiert, in denen uns die Vorzüge von einem jungen Paar aufgezeigt wurden. Eins steht fest: wenn wir noch mal in so einer misslichen Lage sind, dann buchen wir den Entführungsdienst und holen den zu Hause gebliebenen Strohwitwer oder -Witwe bei Euch ab. Keine Sorge, es besteht kein finanzielles Interesse, es geht wirklich nur um Sex. Lösegeldübergaben sind immer so kompliziert - haben wir gehört. Naja - so ist das hier. Wir waren gestern "drauf und dran" das Profil u löschen. Macht doch alles keinen Sinn ☺ Aber nach ein paar Cocktails haben wir es sportlich genommen und sind dann irgendwann ins Bett gegangen. @ Denise: wir sind zudem sehr gespannt was du zu Daniels Kurzgeschichte und deren Handlung sagst. Eine Stellungnahme zum Thema "Bi" folgt in Kürze. Einen Knutsch auf Denises Prachtarsch und einen Zungenschleck auf Daniels pralle Eichelspitze senden wir Euch ☺ Nathalie & Philippe"

„Hi Ihr zwei, ja, ich bin wieder da und ich habe viel (oder gar nichts?) zu erzählen hahaha... Näheres persönlich...und zwar mitten im Gewühl, was ich hoffe zu erleben, wenn wir uns wiedersehen. Ja, Daniels Geschichte gefällt mir gut. Schade ist nur, dass ich von der süßen Nathalie nicht noch eine Scheibe ab haben kann (grins)… Und Philippe, wenn ich dich das nächste Mal sehe, dann werde ich nicht mehr so "schüchtern" sein ... das kann passieren, wenn der andere männliche Part auch erstmal zurückhaltender ist. Aber glaube mir, das ist nur der ein Teil von mir, der andere Teil ist eher wild und zügellos, liebt DOMINANTE Männer, die wissen, was sie wollen und das auch zeigen. Wobei ich neben hartem Sex es auch mag, mit Gefühl deine Finger an den richtigen Stellen zu spüren (nicht zu tieeef).. ich bin überzeugt, dass du das gut kannst (!) und wir richtig viel Spaß haben werden... ooooder? Daniel alleine lass ich übrigens nicht ziehen. Auch wenn ihm Nathalie ausnehmend gut gefällt und auf dem Portal noch so viel Irre rumrennen..- . so wenig wie er mich ... denke ich... ..;o) Bis bald, Denise"

***

„Hey Denise ...das klingt ja... unbeschreiblich heiß. Bei solchen Ankündigungen freuen wir uns jetzt noch mehr auf unser Wiedersehen. Hoffentlich bekommt Philippe Denise dann noch gebändigt... die Geister die ich rief - fällt uns da ein. Aber bitte macht Euch keine Sorgen. Beim ersten Mal ist es immer etwas komisch bzw. die Leute sind eher zurückhaltend. Wir kriegen das schon hin. Davon sind wir fest überzeugt. Zudem hat es uns jetzt schon sehr gut mit Euch gefallen. Alles weitere kommt on-Top. Schön, dass du das Thema noch mal ansprichst. Aber willst du wirklich nur eine Scheibe von Nathalie abhaben? Willst du nicht eher ihre kleinen festen Brüste anfassen und küssen? Oder wissen wie sie schmeckt, wenn sie ganz nass ist, nachdem Daniel sie von hinten rangenommen hat? Oder dir mit ihr Deinen geilen Doppel-Dildo teilen - Daniel hat da was erwähnt - während du Philippes Schwanz in den Mund nimmst? Einmal Kopf-Kino bitte - danke! ☺

Nathalie ist definitiv nicht Bi. Das hatten wir schon erwähnt. Die Kennung "Bi-interessiert" haben wir bewusst vermieden, da wir nicht auf Paare stehen, bei denen das Thema über den Abend hinweg im Vordergrund steht. Diese Erfahrung haben wir schon gemacht und fanden es irgendwie eintönig. Wir hatten aber auch erwähnt, dass Nathalie durchaus Lust auf Frauen verspürt - erinnert Ihr Euch an unsere Geschichte in Madrid? - wenn es passt. Nathalie ist eher "schwanzgesteuert" - komischer Ausdruck eigentlich - aber gegen einen kurzen Ausflug hat sie nichts einzuwenden. Insbesondere wenn die Frau so sympathisch und rassig . grrr - ist wie du liebe Denise - einstimmiges Urteil - übrigens. Mach dir bitte keine Sorgen. Um mehr als eine Scheibe von Nathalie zu bekommen, musst du nur den Anfang wagen. Den ersten Schritt wird sie nie tun, da musst du dir schon ein Herz fassen. Also nur Mut. Du wirst weder enttäuscht sein bzw. abgewiesen werden. Das können wir Dir versprechen. Bye bye Nathalie & Philippe"

Der Abend entwickelte sich anders als erwartet. Die Gepa(a)rden waren im Haus ihrer Freunde angekommen, es war für sie ein besonderer Tag, ein Jubiläum, den sie jedes Jahr zu zweit besonders feierten.

Im Jahr zuvor hatten sie ein Erotik-Appartement angemietet mit Candle-Light-Dinner, auf Daniels Wunsch hin ohne die von der Gepa(a)rdin gewünschte zusätzliche sexy Frau für Spiele zu dritt, mit Wasserbett, Whirlpool und vielen Spielsachen auf zwei Etagen. Der Gepa(a)rd hatte nach langer Zeit im Rudel endlich wieder Zeit für sein Weibchen, das er ans Andreas-Kreuz fesselte, die Rute auf ihrem bestrapsten Hintern klatschen ließ und dabei erotische Filme mit ihr genoss, bevor er sie heftig vögelte. Sie trieben es eine ganze Nacht, immer wieder schliefen sie ein, wachten auf, fickten weiter und weiter bis zum nächsten Mittag. Es kam schon lange kein Samen mehr, so sehr hatte sie ihn herangenommen, aber sie verstand es seinen harten Holm immer wieder aufzurichten.

***

Mit den Erinnerungen an das vergangene Jahr hatte der Gepa(a)rd das Date im Internet eingestellt und Ihre Freunde Nathalie & Philippe eingeladen für eine kleine Orgie. Die Gepa(a)rdin, sonst lüstern und rollig, war enttäuscht, dass er plötzlich Wert auf die Anwesenheit anderer Beteiligter legte. Eifersüchtig, da er sich zu sehr um das andere Weibchen kümmerte und den nahezu den ganzen Abend Ihres Jubiläums keinen

Blick mehr für sie hatte. Ihre Augen blitzten, sie wollte auch nicht mehr die Finger des anderen Männchens an sich haben, sie ließ es zu, dass dieser versuchte seinen Penis in ihren Anus zu schieben, aber auch das würde zu weiteren Ärgernissen führen, denn hier wurde der Gepa(a)rd eifersüchtig … alle fickten irgendwie, der Gepa(a)rd lüstern und auf das andere Weibchen fixiert beachtete die Gepa(a)rdin kaum … Auch als schon alle gegangen waren, stand er noch immer unter dem Nachklang Nathalies und zeigte kein Interesse für Denises Bedürfnisse. Der Abend ging zu Ende und Streit blieb.

***

In seiner Aktentasche fand Daniel wenige Tage später einen Brief von Denise, die in der Nacht zuvor im Gästezimmer geschlafen hatte. Entsetzt las er …

„Lieber Daniel,

ich kann leider nicht einschlafen, darum schreibe ich einfach mal auf, was mir so durch den Kopf geht. Leider kenne ich Dich viel besser als Du Dich, glaube ich. Und ich weiß und spürte es die ganze Zeit: Du hast Dich in Nathalie verguckt. So sehr, dass Du mich ausgeblendet hast, keine Zärtlichkeit übrig hattest und mit Deinen Kommentaren, Reaktionen dabei, danach und auch noch jetzt, mein Gefühl absolut bestätigst. Das kann passieren, ja, aber es ist destruktiv für eine Fantasie, eine Lust, die uns beide bereichern sollte und nicht zu Endlos-Diskussionen führt. Frauen, die Du laut Deiner Aussage schon wieder vergessen hast, mit denen wir aber in diesem Moment viel Spaß hatten, sind dagegen genau DAS Richtige! So sollte es sein! Nicht mehr und nicht weniger. Ich möchte Deine Nummer 1 bleiben, davor, dabei und danach. So wie Du das für mich bist. Und auch willst, dass es so bleibt. Ich würde mich aber freuen, wenn wir einen Level erreichen, wo Du diesbezüglich in Dir ruhst. Ich möchte morgen Abend gerne für mich allein sein und den Kopf frei kriegen. Ich liebe Dich, Denise".

P.S.: Du fragtest mich, wie Nathalie und Philippe das so hinbekommen? Ich kann es Dir sagen: Als ich zu ihm sagte, er solle doch mal „böse" zu mir sein, sagte er „das kann ich nur bei Nathalie". Er macht es richtig. Er lässt sich nur bei seiner Frau fallen. Und nur so funktioniert es. Er sucht den ultimativen Kick nicht woanders, wenn er ihn schon gefunden hat.

***

Der Gepa(a)rd erklärte der Gepa(a)rdin, dass sie seine Nummer 1 ist und bleibe. Dass auch sofort alle Jagd beendet sein könnte, dass es nicht sein Haupttrieb sei. Sie irre sich, wenn sie glaubte, er habe sich in Nathalie verguckt. Sie glaubte ihm. Die Freunde aber sahen sie nicht wieder.

Über Männerfantasien ...

Daniel und Denise hatten sich über die vielen Jahre des sich Kennens immer wieder neu entdeckt. Lange bevor sie zusammen zogen, als ihre Ehen am Ende waren und es Zeit war, Entscheidungen zu treffen. Als sie noch in getrennten Städten lebten und sich erhitzte Briefe schrieben, lernten sie sich noch intensiver kennen. Intensiver vielleicht, als es ihnen gelungen wäre, hätten sie die Zeit gleich unbelastet miteinander verbringen können. Es war ihnen verwehrt, einfach ins Kino zu gehen oder einen unbeschwerten Nachmittag am Badesee zu verbringen. Immer musste etwas organisiert werden, Zeit war kostbar, dadurch entdeckten sie sich selbst und einander neu.

***

„Denise, ich muss heute Abend zu einer Veranstaltung, mit Anzug! Ich hasse Anzüge! Aber eigentlich sehe ich gar nicht so schlecht darin aus …"

Denise las die Nachricht und antwortete „ich würde Dich gerne mal im Anzug mit Krawatte vernaschen … langsam die Krawatte lockern, meine Hand zwischen Deinen Beinen, das Sakko ausziehend … mein Mund an Deinem Ohr knabbernd … meinen Po an Dir reibend … bis ich merke, dass da ein Feedback kommt und dann werde ich Dir langsam den Reißverschluss aufziehen …"

Daniel konterte „ich würde die Anzughose rutschen lassen, aber nur bis zu den Knien, und Dich mit dem Oberkörper auf den Tisch werfen und mit starkem Arm festhalten, und dann bekommst Du meinen harten Schwanz zu spüren, bis ich in Dich hineinspritze, Du geiles Stück!"

Denise zitterte, als sie ihre letzte Antwort an Daniel richtete „warum weißt Du immer, was ich geil finde?"

Daniel musste an einem der folgenden Tage beruflich an einem Assessment-Center als Beobachter teilnehmen und schrieb danach für Denise eine erotische Phantasie …

Das Assessment-Center – eine Fantasie

20 Kandidaten waren angekündigt, 20 junge Menschen, die nach ihrem Studium jetzt ins Berufsleben starten wollen. 20 Menschen voller Lust auf Neues, voller Energie, Enthusiasmus und dem Willen zur Karriere. 20 attraktive, junge Menschen, die bald vor ihm stehen würden. Sich seiner guten Beobachtungsgabe aussetzen müssten, ihre Seele einem Striptease par excellence unterziehen, ihre Redegewandtheit beweisen und ihre Erscheinung mit nicht zu viel und nicht zu wenig Darstellung genau ausbalanciert präsentieren müssten.

Er hatte schon häufig Bewerbungsgespräche geführt, es machte ihm Spaß, Menschen mit Eignung und Charakter eine Perspektive für ihre Zukunft bieten zu können. Es machte ihm aber auch Spaß, diesen kurzen Moment der absoluten Macht der Entscheidung auskosten zu dürfen. Im Auftrag seines Unternehmens, einem bei Hochschulabsolventen beliebten Konzern, durfte er für den richtigen Nachwuchs sorgen.

Ein Lächeln huschte über sein Gesicht, als er den Ordner mit den Kandidatenprofilen aus dem Postkasten zog.

20 Kandidaten … 20 mal Curriculum Vitae, 20 mal ein Anschreiben mit dem verzweifelten Versuch, einen besonderen ersten Einstieg beim Empfänger zu erreichen. 20 mal Hoffnung. 20 Fotos …

Er hatte sich durch die ersten zwölf Profile gearbeitet, mit unterschiedlichem Eindruck. Sofortige Ablehnung für den einen wie Begeisterung für den anderen, neutral zum Geschlecht und nüchtern in der Bewertung, professionell wie es sich für dieses wichtige Amt gehört. Beim dreizehnten Profil stockte ihm der Atem. War das ein Nacktfoto in der Bewerbungsmappe?

Er rieb sich die Augen, draußen war es bereits seit langem dunkel, er hatte seiner Frau geschrieben, dass es spät werden würde an diesem harten Arbeitstag. Nein, das Foto war eindeutig ein normales Passfoto, was ging in ihm vor? Wie kam er zu dieser absurden Vorstellung, dass jemand ein Nacktfoto in seine Bewerbungsmappe legen würde? Er las das Profil aufmerksam weiter, rieb sich erneut die Augen.

Die Kandidatin war 28 Jahre alt und überaus attraktiv. Er konnte sich nicht auf ihre Zeugnisse konzentrieren, irgendetwas von „sie kam mit Kollegen und Vorgesetzten gleichermaßen gut zurecht" konnte er sich noch behalten, seine Sinne setzten aus.

Sie hatte ein Diplom in Pädagogik und trug auf dem Bewerbungsfoto eine überaus sexy Brille mit einem ausgeprägten schwarzen Rand, der ihr makelloses Gesicht besonders betonte.

So hatte er sich immer eine sexy Sekretärin vorgestellt … seine Hand glitt langsam zwischen seine Schenkel, als er sich die Kandidatin beim Assessmentcenter vorstellte, mit einem geöffneten Knopf ihrer Bluse und einem zarten Duft von Parfum. Seine Erektion war gewaltig, sein Kopf dröhnte und er musste sich jetzt und sofort Erleichterung verschaffen. Zu viele Kollegen waren noch im Büro, hier konnte er sich jetzt nicht wichsen … oder doch? Er stellte sich an seinen Schrank, öffnete die Tür und ejakulierte in kürzester Zeit in seine freie Hand, die er schnell mit einem bereitgelegten Taschentuch reinigte.

Seine Assistentin stand in der Tür, irritiert, dass er hinter dem Schrank raschelte. Sie räusperte sich, er riss den Reißverschluss hoch und klemmte dabei die Haut seines feuchten, noch halbharten Schwanzes ein, was ihm sichtliche Schmerzen bereitete.

„Die Kandidaten sind da", sagte sie, „Sie haben doch heute Abend das Abendessen zum Kennenlernen". Er riss sich zusammen, warf das Taschentuch schnell in den Schrank, murmelte etwas von „ich komme gleich", ging zur Toilette und brachte seine Lage wieder in Ordnung. Hatte seine Assistentin etwa gesehen, dass er seinen Schwanz entleert hatte? Um Gottes willen, dachte er noch, aber sie konnte es nicht gesehen haben. Jetzt keine Panik …

Auf seiner Hose war am inneren Teil des Reißverschlusses ein großer feuchter Fleck, der zum Glück nicht von außen sichtbar war. Er musste grinsen. Was für eine Situation. Nun, wenn die Kandidatin so attraktiv war wie auf den Fotos, würde er jetzt wenigstens entspannt mit ihr plaudern können.

Das Abendessen wurde als Stehimbiss serviert, so konnten alle Kandidaten und Betreuer gut miteinander plaudern, ohne an einem Platz zu lange verharren zu müssen. Wie ein Speed-Dating, ging es ihm durch den Kopf. Er hatte die attraktive Dame sofort entdeckt, sie sah in Natura noch besser aus als auf dem Bewerbungsfoto.

Die Brille stand ihr unglaublich gut, sofort schoss die Energie wieder in seine Lenden, er wusste, dass er heute noch mit seiner Frau ficken müsste, um seine prallen Hoden ertragen zu können.

Sie grüßte ihn förmlich mit einem perfekt festen Händedruck, das Lächeln wirkte ehrlich, nicht aufgesetzt, und gab einen kurzen Moment ihr makellos weißes Gebiss frei. Der Duft ihres Atems strömte zu ihm, frisch, nicht mit einem Minzbonbon kurzfristig erzeugt wie bei den vielen Leuten, die ihn täglich mit ihrem Mundgeruch quälten.

Sie war frisch. Sie roch frisch. Sie war … er schaute in ihre Augen und sah eine nackte Frau vor sich, mit Brille, die Dessous von sich streifend und die Beine leicht spreizend auf seinem Schreibtisch sitzend. Die Strapse waren zerrissen, ihre Zunge strich leicht über die sinnlich geöffneten Lippen …
„Herr …? Ich kann Ihr Namensschild leider nicht lesen", sagte die Kandidatin und beugte sich zu ihm vor. Ihr dunkler Hosen-Anzug saß perfekt um ihre nicht zu schlanke Figur. Er mochte diese Model-

Figuren gar nicht, ein paar Pfunde zu viel machten eine Frau in seinen Augen erst richtig sexy. Mit ihren ungefähr 1,70 Metern reichte sie ihm bis zum Kinn, er schaute auf sie herab und nahm mit seiner sensiblen Nase den Duft ihrer frisch gewaschenen Haare auf. Unglaublich …

„Ähm, Entschuldigung, ich war unhöflich, Müller ist mein Name", sagte er hastig und zog seine Hand zurück. Er versuchte zu lächeln, aber ihm war klar, dass es eher wie ein sabberndes, geiles Grinsen auf sie wirken musste.
„Ich hole Ihnen etwas zu trinken", fügte er hinzu und bemühte sich, die professionelle Distanz wieder her zu stellen.

Der nächste Tag brachte die Kandidaten morgens in einem Seminarraum zusammen, sie wirkten müde, dennoch wach, aufgeregt, bemüht um eine auszustrahlende Ruhe. Die Spannung lag deutlich in der Luft, heute würde sich für die Hälfte von ihnen die Zukunft positiv entscheiden, die andere Hälfte würde erneut irgendwo buhlen müssen.

Die Kandidaten wurden in verschiedene Gruppen aufgeteilt, auf ihn, Herrn Müller, warteten zwei anstrengende Stunden in persönlichen Interviews mit diversen Herren, die ihm ihre besondere Eignung und Befähigung jetzt beweisen wollten. Sehnsüchtig schaute er nach der Kandidatin, die aber mit einer Kollegin in einem Seminarraum verschwand.

Drei Stunden später trafen sich alle Beteiligten im großen Seminarraum zu einer Kaffeepause wieder.

„Guten Morgen Herr Müller", sprach die Kandidatin ihn von der Seite an und reichte die Hand. Einen kurzen Moment zu lang hielt er sie fest, aber als er seine Hand löste, folgte sie mit ihrer und griff erneut kurz fest zu, lächelte dabei etwas schelmisch und nickte ihm freundlich zu.

Hatte er das richtig interpretiert? Versuchte sie ihn anzumachen, hatte sie bemerkt, wie angezogen er von ihr war? Kokettierte sie mit ihren Reizen in der Hoffnung, den Job zu bekommen? Den Blowjob kann sie gleich haben, schoss es ihm durch den Kopf und er musste sich sehr zurück halten, kein zu süffisantes Grinsen aufzulegen.
Sie tranken gemeinsam Kaffee, er versuchte das Allgemeingeschwätz zu ertragen und dabei nicht ständig auf ihre schmollmundig vollen Lippen und das Dekolletee schauen zu müssen. Irrte er sich oder hatte sie einen Knopf zu viel offen?

Sein Blick entging ihr nicht und als wäre es unbewusst, knöpfte sie einen weiteren Knopf kurz auf, genoss seinen deutlichen Blick zwischen ihre vollen Brüste und schloss ihn wieder.

Er war sichtlich erregt, in dem Raum war es ohnehin warm und stickig, der Schweiß begann ihm unter dem Jackett zu laufen und wurde ihm sichtlich unangenehm … zum Glück hatte ihm seine wirklich sehr attraktive und immer geile Frau zu Hause am Abend vorher volle Befriedigung verschafft, seinen Hobel gelutscht und ihn hart geritten.

„Wir machen dann weiter", rief die Moderatorin in die Gruppe.

„Bitte die folgenden Kandidaten mit uns zur Gruppenübung", rief die Moderatorin und warf Herrn Müller einen Blick zu. „Jetzt sind sie auch dabei", sagte sie zu ihm und geleitete ihn mit leichter Berührung am Arm aus dem großen Tagungsraum in einen kleineren Seminarsaal.

Acht Kandidaten saßen jetzt an einem runden Besprechungstisch, die Moderatorin wies ihm seinen Beobachterstuhl zu. Jeder Kandidat hatte einen Beobachter, eine skurrile Situation, wie sie so umringt waren. Ihm wurde die Kandidatin zugeordnet, die einzige Frau an dem runden Tisch.

„Ihre Aufgabe ist es, eine Lösung für unsere schlechten Geschäftszahlen zu finden" erläuterte die Moderatorin den Kandidaten. „Sie finden alle Angaben in den Unterlagen vor sich, haben jetzt fünf Minuten Zeit zur Vorbereitung und werden dann in einer Gruppendiskussion versuchen, ihre Kollegen von ihrer Lösung zu überzeugen".

Die Moderatorin setzte sich, schlug ihre Beine übereinander und zeigte dabei für einen kurzen Moment den Saum ihrer halterlosen Strümpfe. Es entging ihr nicht, dass er aufmerksam ihren Rocksaum beobachtete, und er konnte erkennen, dass es ihr sichtlich nicht unangenehm war.

Die fünf Minuten Vorbereitungszeit überbrückte er mit genießerischem Blick auf die Kandidatin und den Rocksaum der Moderatorin, welchen diese ab und an mit einem leisen Lächeln nach oben schob und manchmal die Beine kurz anders stellte. Hatte er eben etwa ihre zart behaarte Muschi gesehen? Sie trug keinen Slip …

„Die fünf Minuten sind jetzt um, bitte beginnen Sie mit der Gruppendiskussion", sagte die Moderatorin und strich im Aufstehen ihren Rock glatt. Nein, sie trug einen Slip, der Rock zeichnete klar die Konturen ab. Was war mit ihm los? Konzentriere Dich, sagte er sich, konzentriere Dich!

Die Kandidaten begannen zu diskutieren, dummes Gelabere wurde durch ziellos eingeworfene Argumente torpediert. Das waren also die Alphatiere der Zukunft, dachte er sich, nun gut, sie würden auch lernen, wie es wirklich später ist.

Seine Kandidatin erhob sich, räusperte sich und begann mit ihrer kehligen, angenehmen Stimme ihre Argumentation. Gleichzeitig schritt sie zur Tafel und begann mit einem Stift eine Skizze zu zeichnen.
Ihr Hosenanzug saß perfekt, doch vor seinen Augen glitt er herab.

Ihre Skizze war ein umschlungenes nacktes Paar in der Phase ekstatischer Vereinigung, in Wirklichkeit zeichnete sie eine mathematische Koordinate zur Entwicklung des Unternehmens.

Sein Schwanz war erigiert … KONZENTRIERE DICH, ermahnte er sich selbst. Die Kandidatin ging nun zurück zum Tisch, stieg auf ihn und begann ihre Bluse zu öffnen.

Die männlichen Kandidaten entblößten sich ebenfalls langsam, als ihr Slip zu sehen war. Ihre Hose glitt auf den Tisch und umwickelte ihre hohen Absätze, die Jacketts der Männer fielen achtlos auf den Boden.

Sieben harte Schwänze standen zum Tisch gerichtet, bereit zum wilden Gruppensex, während die Kandidatin mit ihrer scharfen Brille leicht gespreizt auf dem Tisch stand und nun langsam in die Hocke ging, dabei ihn genau fixierend und mit einem Finger ihre klatschnasse Möse massierend …

„Herr Müller, darf ich bitte ihren Bewertungsbogen haben", sagte die Moderatorin energisch. Das erste Mal hatte er ihre Ansprache nicht gehört, sein Bogen war nahezu leer, etwas Krikelei war zu sehen, aber das konnte er nicht abgeben.

Die Kandidaten saßen alle um den Tisch herum und schauten ihn erwartungsvoll an. Ihre Krawatten saßen perfekt geknotet, alles trugen ihre Jacketts. Die Kandidatin hatte ihre Bluse ordentlich geknöpft und lächelte. Der Spermastreifen in seiner Hose war feucht-kalt und unangenehm …

Zwei Tage später erhielt er mit der Hauspost einen Umschlag ohne Absender. Er öffnete ihn, ein Kandidatenprofil erschien. Es war seine Kandidatin. Mit einem Nacktfoto …

Begegnungen im Morgenland ...

Wir möchten die Freundschaften gerne dauerhaft beibehalten, am liebsten mit lebensbejahenden Menschen. Unser „ER" ist beschnitten. Unsere „Sie" steht da drauf ... muss aber nicht zwingend notwendig sein...

Die Gepa(a)rden fanden diese Nachricht im Internet und hatten sofort Interesse, die Menschen dahinter kennen zu lernen ... sie schrieben ihnen:

„Hallo Ihr zwei, wir wurden Euch gerne bei Disco, Essen, Trinken, Urlaub und Schwimmen begleiten. notfalls erfolgt auch eine Beschneidung, wenn es nicht weh tut ☺ Freuen uns auf Eure Antwort, Sexy Sunday wünschen Denise und Daniel"

***

„Hallo ihr zwei,danke für die nette Mail. Wir kommen auf euer Angebot gerne zurück. Wenn es passt schon morgen☺. Da haben wir nämlich beide Zeit. Das mit der Beschneidung muss nicht sein☺. Alles hat seinen persönlichen Reiz. Liebe Grüße Hülya und Mehmet"

***

Sie trafen Hülya und Mehmet ...

Hezâr Afsâna, Tausend Mythen

Hülya war noch nicht richtig wach, sie rieb sich die Augen. Ihr Mann Mehmet war bereits sehr früh aus dem Haus zur Arbeit gegangen und würde am Nachmittag früh zurück sein. Sie freute sich schon auf ihn, denn ihre Kinder waren mit Freunden verabredet und sie würde das warme Laken mit ihm sinnlich neu aufheizen bis zum frühen Abend. Ihre Lust kam mit dem Erwachen mehr und mehr in ihr herauf, ein sanftes Streicheln mit der eigenen Hand ...

An der Tür klingelte es – Hülya war verstört, der Postbote wirft die Post sonst immer um 11 Uhr nur in den Briefkasten, einen anderen Besuch erwartete sie nicht. Mit einem leichten Negligee, schnell übergestreift, huschte sie an die Tür und öffnete einen Spalt. Ein elegant gekleideter Fremder stand davor und reichte ihr mit einem seriösen Lächeln einen großen Briefumschlag. „Dieser Brief kommt von meinem Herrn", sagte er, neigte den Kopf kurz mit einem devoten Lächeln und verabschiedete sich.
Ein Schauer durchlief Hülya, „Was ist das?" fragte sie sich und fühlte den Umschlag mit den Fingern. Sie ertastete mehrere Kanten in dem Brief und öffnete ihn vorsichtig. Zwei weitere Briefe fielen heraus, adressiert einmal an „Hülya" und einmal an „Mehmet". Dabei ein mit Siegellack verschlossener Zettel ...
Hülya brach das Siegel auf und las auf dem Zettel:
„Hülya, wir erwarten Dich am Freitagabend in einem schicken schwarzen Kleid, nicht zu kurz, unter einem Mantel. Du trägst keinen Slip zu Deinen Strapsen! Mehmet wird dabei einen Auftrag haben, den er

Dir nicht verraten darf! Lasse es zu! Wir freuen uns auf Deine Lust, Denise und Daniel."

Hülya war völlig irritiert. Natürlich kannte sie Denise und Daniel und sie wusste auch, dass die beiden Freunde es faustdick hinter den Ohren hatten. Aber was würde das jetzt werden? Ihre Irritation wich der Lust, immer noch war sie feucht von ihrem Aufwach-Traum und legte sich jetzt wieder in das noch warme Bett, rieb sich langsam und dann immer schneller an ihren Lieblingsstellen und kam bald zu einem Höhepunkt, sich dabei vorstellend, wie Mehmet einen Auftrag habe und sie zu einem frivolen Ort mit besonderem Erlebnis bringen würde ...

Mehmet kam am Nachmittag nach Hause, er war etwas müde von dem langen Tag, doch Hülya ließ ihn nicht zur Ruhe kommen. Bevor sie ihm den Umschlag reichte, öffnete sie seine Hose, rieb seinen schnell hart werdenden Penis und beugte sich liebevoll hinab, um mit ihrer Zunge kurz und flink seine Eichel zu lecken. Dann küsste sie ihn und gab ihm den Brief.

„Den musst Du alleine lesen, Schatz", hauchte sie und ließ ihn alleine, legte im Schlafzimmer ihre Kleidung bis auf ihre sexy Dessous ab und rekelte sich mit High-Heels ins Bett.

Mehmet las den Brief und wurde unglaublich geil: „Mehmet, wir haben Hülya einen kleinen Wunsch aufgetragen. Dein Auftrag ist es, auf dem Weg zu uns auf dem Beifahrersitz zu sitzen und sie während der Fahrt mit Deinen erfahrenen Fingern feucht zu machen. Wir sind uns sicher, dass es Dir gelingt und Euch gut gefallen wird. Fahrt vorsichtig! Denke daran, dass Hülya davon noch nichts weiß! Sie hat den Auftrag, keinen Slip zu tragen!!! Es sollte Dir also

nicht schwerfallen ...Sexy Grüße von Denise und Daniel"
Mehmet musste sich kurz setzen ... so etwas hätte er nicht erwartet ...Er trank schnell ein Glas Wasser und wollte dann zu Hülya, um sie nach dem Boten des Briefes zu fragen, fehlte doch eine Briefmarke auf dem Umschlag. Er öffnete die Schlafzimmertür und fand Hülya sehr nass zwischen ihren Schenkeln auf ihn wartend ....

„Ab jetzt dürft Ihr weiter schreiben … wir schreiben gemeinsam, ist sehr geil … Wir sind auf Eure Phantasien gespannt …"

***

Und tatsächlich, sie schrieben die Geschichte weiter … ein erotischer Gedankenaustausch, bei dem alle vier sehr scharf wurden …

„Trotz leichter Irritation waren Hülya und Mehmet so erregt von dieser Botschaft, das sie es kaum abwarten konnten, das sich ihre Körper umeinander schlingen und sie teils sehr heftigen und teils sehr liebevollen Sex miteinander haben. Aber immer im Hinterkopf behaltend, dass die Kinder jeden Moment nach Hause kommen würden, was die Sache doch noch um einiges spannender macht. Aber auch die Vorfreude auf den Freitag mit Daniel und Denise brachte sie schon vorher zum Höhepunkt, so dass Hülya und Mehmet an nichts mehr anderes denken konnten...

In der wenigen Zeit, nur so viel geschafft. Wie geht es weiter? ..."

***

Ersten Test bestanden ☺ Schreibt Ihr bitte noch die Fortsetzung? Bis Freitag komme ich nicht mehr dazu …

Liebe Grüße, Daniel"

***

Am folgenden Tag setzten Hülya und Mehmet die Geschichte fort:

„Nun ist es so weit. Es ist der 31.10., Halloween, nach einem Streifzug mit den Kindern um die Häuser haben Mehmet und Hülya ihre Kinder bei Bekannten untergebracht. In voller Vorfreude und gespannter Atmosphäre machen sich Hülya und Mehmet fertig für den Abend. Wie auch in der Botschaft vorgegeben, zieht sich Hülya ihr schwarzes Abendkleid an, was nicht zu kurz, aber auch nicht zu lang ist, unter ihrem Abendkleid trägt Hülya ihre Strapse, aber kein Höschen. Da sie ja weiß, dass Daniel es nicht mag, dass der natürliche Geruch einer anziehenden Frau durch Parfüm überdeckt wird, trägt sie keins auf. Sie hat sich lediglich nach dem duschen mit Kokosnussöl eingerieben. Da Mehmet sehr eigenwillig ist, hält er sich nicht direkt an die Botschaft und zieht sich etwas sportlicher an, mit einer schwarzen feinen Hose und einem dunklen Hemd. Gegen 22.00 Uhr verlassen Hülya und Mehmet ihre Wohnung. Sie haben die Adresse bekommen und geben es in ihr Navigationsgerät ein. Hülya ist verwundert, als Mehmet sagt, dass sie fahren soll. Ohne es zu hinterfragen, setzt sich Hülya hinter das Steuer und sie fahren los. Während der Fahrt zündet Mehmet sich und Hülya eine Zigarette an, das Radio hat er ausgemacht.

Die Stille im Wagen wird nur durch die Anweisungen des Navis unterbrochen. Je näher sie ihrem Zielort kommen, desto angespannter werden sie und es macht sich ein Kribbeln in der Bauchgegend breit. Nachdem Mehmet und Hülya ihre Zigarette fertig geraucht haben, fängt Mehmet ganz zärtlich an Hülyas Wange zu streicheln und sagt ihr, sie soll nur auf die Straße schauen. Er geht mit seiner Hand ganz langsam runter, über ihr Kleid, an den schönen Brüsten vorbei, wobei er ihre Brüste natürlich leicht berührt hat. Mehmet geht noch weiter mit seiner Hand runter und berührt Ihre wunderschönen Schenkel, aber immer noch ganz sanft. Hülya ist so erregt davon, dass sie ihre Beine leicht öffnet. Mehmet streichelt jetzt tiefer zwischen den Beinen. Als er merkt, dass Hülya kein Höschen trägt, schauen die beiden sich kurz an und ein kleines Lächeln verschönert ihre Gesichter. Er massiert sie zwischen den Beinen, an ihrer Klitoris und führt auch ab und zu seine Finger in Hülya ein. Sie ist so erregt, dass sie am liebsten irgendwo rechts ran fahren würde, weil sie den erregten und harten Penis von Mehmet in sich spüren möchte. Da merken sie, dass sie fast am Ziel sind. Mehmet fordert Hülya auf irgendwo kurz zu halten, damit er noch eine Zigarette rauchen kann. Sie folgt seinem Wunsch, im gleichen Moment zündet Mehmet sich und Hülya schon eine Zigarette an. Es herrscht Stille im Auto. Man hört nur das leise Knistern der Zigarette und die Luft ist in Rauch und Erotik eingehüllt. Nach der Zigarette fahren sie weiter, sie wollen auch nicht zu spät kommen, da sie ja wissen und hoffen, das Denise und Daniel auf sie warten. Endlich sind sie an diesem wunderschönen und großen Haus angekommen. Sie fahren die leicht beleuchtete Einfahrt langsam hoch.

Man hört nur die Reifengeräusche von ihrem Auto. Vor dem Haus wird die Dunkelheit kurz von den Bremslichtern ihres Autos aufgehellt. Hülya stoppt den Motor, sie schauen sich kurz an und steigen dann aus dem Auto aus. Denise und Daniel haben sie schon bemerkt. Denise huscht noch schnell zum Spiegel, richtet sich noch einmal die Haare und schaut sich an. Sie weiß ganz genau, dass sie eine sehr schöne und attraktive Frau ist. Genau wie Hülya liebt Denise es von Männern begehrt zu werden. Sie fragt sich innerlich, wird es heute passieren? Im gleichen Moment bekommt sie auch ein leichtes Kribbeln im Bauch und ihre Wangen werden rot. Wird sie Hülya küssen? Werden sie sich ganz sanft am ganzen Körper berühren? Wird sie sich Mehmets Händen komplett ausliefern? Ja, das würde sie...

Im gleichen Moment klingelt es auch schon an der Tür. Daniel macht die Tür auf. Denise steht knapp hinter ihm... Da sind sie, dieses sympathische Pärchen, welches sie vor ein paar Tagen kennengelernt haben, und stehen nun mit einem Lächeln an der Tür."

***

Daniel schrieb weiter …

„Im Flur war nur schwaches Licht zu sehen, im Hintergrund war chillige Musik zu hören. Daniel öffnete die Tür weiter und geleitete zuerst Hülya mit einer leichten Berührung ihres Armes und dann Mehmet mit einem freundlichen Nicken und Händedruck ins Haus. Hülya war sehr unruhig, einerseits eine sehr selbstbewusste Frau, andererseits von dem Tag mit den

Briefen und dem Sex mit Mehmet geil und hin- und hergerissen und wollte sich ihren geheimen devoten Wünschen hingeben. Denise nahm sie an der Hand, zog sie sanft zu sich und löste ihre erste Spannung durch einen sanften Kuss auf ihren Mundwinkel ... So seitlich, dass Hülya verwirrt war, ob Denise sie auf die Wange geküsst haben wollte und dabei versehentlich ihren Mund berührt hatte, oder ob sie absichtlich so verrucht küsste. Daniel half ihr aus dem Mantel und Mehmet aus der Jacke und brachte nach der Garderobe vier Gläser mit Champagner mit. Der weiche, perlige Genuss löste den kleinen Knoten und sie begaben sich ins Wohnzimmer, wo das Kaminfeuer sinnlich knisterte. Hülya suchte Mehmets Hand, der aber jetzt seine Fassung zurück gewonnen hatte und mit einem listigen Blick ihre Hand zu Denise führte. Sie setzten sich, es wurde nicht viel gesprochen, immer noch lag die sinnliche Atmosphäre des Blinddates zum Sex über allem.

Denise streichelte Hülyas Hand und wanderte mit ihren Fingernägeln die Haut entlang.... Hülya schauerte unmerklich, sie wurde sehr heiß dabei und hoffte, dass Denise nicht aufhören würde. Denise nahm einen Schluck Champagner in den Mund, beugte sich zu Hülya und küsste sie jetzt richtig mit ihrer Zunge, spülte mit dem sanften Kreisen den gemeinsamen Speichel und Champagner herunter, beugte sich dann weiter vor und leckte Hülya am Hals entlang zu ihrem sexy Dekolleté ... Hülya schnurrte wie eine Katze, zum Glück hatte Mehmet sie nachmittags wunderbar gefickt, befriedigt und diese geile Stimmung wie beauftragt bis hierher aufrecht erhalten. Denise öffnete sanft den Reißverschluss an Hülya' s Kleid und strei-

157

chelte ihre wunderbaren Brüste. Hülya konnte unglaublich gut genießen, war jetzt aber in Stimmung
eine aktive Rolle einzunehmen und begann ihrerseits
Denise zu streicheln. Denise flüsterte ihr ins Ohr, ob
sie mit ihr allein ins Gästezimmer kommen möchte
und eine erotische Massage gegenseitig zu genießen.
Eigentlich ... ging es Hülya zu schnell, sie schaute zu
Mehmet, aber er nickte leicht mit wohlwollendem
Blick, „genießt Euch" sollte er sagen ... Die beiden
verschwanden, mit ihren sexy Kleidern und Schuhen
die bewundernden Blicke ihrer Männer hinter sich
habend ...."

***

Hülya antwortete…

„Hülya warf Mehmet noch einen letzten Blick zu und
schon waren sie verschwunden. Es war für die zwei
ein ungewöhnlicher Moment. Sie hatten sich vorge-
nommen, sich nie alleine zu lassen. Die Frauen gingen ins Gästezimmer. Denise hat die Tür einen Spalt
offen gelassen. Sie standen sich gegenüber, nahmen
noch einen Schluck von ihrem Champagner, legten die
Gläser weg und küssten sich leidenschaftlich. Während sie sich berührten, zogen sie sich gegenseitig
aus. Denise führte Hülya zum Bett, sie solle sich auf
ihren Bauch legen. Streichelte sie am ganzen Rücken
und küsste sie ganz zärtlich. Hülya spürte dies alles
sehr intensiv, auch die Haare von Denise, wie sie
nach jedem Kuss ganz sanft ihren Rücken berührten.
Die Hände wanderten von oben nach unten, so dass
jede weibliche Kurve berührt wurde. Denise küsste
Hülya zwischen den Beinen, immer mit der Richtung
nach oben. Hülya wurde so heiß, konnte es kaum ab-

warten. Drehte sich herum, zog Denise zu sich, intensive Küsse und Berührungen am ganzen Körper gebend. Ihre Beine umschlangen sich... Beide Frauen waren jetzt so geil aufeinander, dass sie sich gegenseitig mit ihren schönen Lippen oral befriedigten. Währenddessen konnten die Männer es nicht mehr aushalten ... sie gingen auch zum Gästezimmer und beobachteten an der Tür die beiden Liebenden. Natürlich wurden die Männer von den Frauen schon vorher bemerkt. Und sie wussten ganz genau wie sie Daniel und Mehmet scharf machen würden, warfen Ihnen lüsterne Blicke zu. Man konnte bei beiden dieses Feuer und Verlangen in den Augen sehen. Die Männer gingen zu dem Bett. Hülya richtete sich zu Daniel auf wie Denise zu Mehmet."

***

Daniel antwortete:
„wunderschön! Ihr passt zu uns ☺ ich werde hervorragend schlafen (zumindest bis Denise nach Hause kommt ...) zur Belohnung für Eure Schlafhilfe schreibe ich noch ein paar Zeilen ... „

***

„Hülya trug ihre Korsage mit Strapsen, die Mehmet so gerne an ihr sieht. So fühlte sie sich bekleidet und dennoch nackt unter Daniel´s Blicken ... Daniel schaute nicht frivol oder gierig nach ihr, eher nachdenklich und ging zu seiner Frau Denise hinüber, dabei Mehmet sanft aber bestimmend zu Hülya führend. Daniel küsste Denise leidenschaftlich und Mehmet begriff sofort, er drang ebenfalls gierig mit seiner

Zunge in Hülya´ s Mund ein und ein sehr geiles Knut-
schen dauerte eine ganze Weile an. Unbemerkt wan-
derten dabei die Hände von allen überall entlang,
Hülyas Hand über Mehmet´ s Rücken, dessen Hemd
vor Geilheit leicht verschwitzt war, dann über Denises
Beine und zwischen ihre Schenkel, wo sie auf Daniels
Hose traf und die Erregung von ihm mit der Hand
spüren konnte. So ging es umgekehrt mit Denises
Händen, die langsam Daniel´ s Hose öffnete und
Hülyas Hand hineinführte. Mehmet erkundete vorsich-
tig Hülyas feuchte Grotte und führte einen Finger ein,
massierte ihre Schamlippen ein wenig mit Daumen
und Zeigefinger und glitt mit der anderen Hand zu
Denise hinüber. Sie waren jetzt alle sehr eng anei-
nander und küssten sich immer noch intensiv, als
Denise es nicht mehr abwarten wollte und Mehmets
Hemd auszog - sie wollte endlich die Tätowierung
sehen, die sie auf den Fotos schon so spannend fand.
Mit ihren Fingernägeln zeichnete sie die Linien nach,
Mehmet schauerte, die Berührung war nicht zärtlich,
sondern elektrisierte ihn und sein Schwanz wurde
schlagartig hart. Hülya schob sich derweil zwischen
Denise und Mehmet hindurch und öffnete Daniels
Hemd, fand seine Brusthaare und krallte sich darin
fest. Normalerweise stoßen Brusthaare Hülya ab, aber
hier empfand sie die Männlichkeit und Dominanz von
Daniel anziehend und erregend, sie zog ihn zu sich
hinunter und küsste ihn mit feuchten Lippen und
zärtlicher Zunge, während Denise seine Hose auszog
und dies dann auch mit Mehmet tat ...

Hülya beherrscht die Kunst der orientalischen Mas-
sage perfekt und begann Denise zu massieren, bis
Mehmet übernahm und die ersten lustvollen Stöhner

aus Denise herausknetete. Daniel allerdings ist eben-
falls nicht unbewandert und massierte Hülyas Nacken
unter ihrem vollen, vitalen Haar, bis ihre Lippen
leicht auseinander gingen vor Wollust. Sie führte sei-
ne Hand an ihrer Korsage entlang zu ihren Brüsten
und deutete ihn ihre Nippel leicht zu massieren.

....soooooooooo ☺ gute „Nackt"!!! ich muss jetzt bald
mal Heia machen"

***

Tatsächlich begann eine erotische Freundschaft. Und
schrieben zusammen die Geschichte, wie sie wirklich
war …

Daniel begann:

„Der Abend begann wie in den Briefen beauftragt,
allerdings hatte Hülya entgegen des Befehles keine
Strümpfe angezogen. Sie wollte unartig sein und hoffte
auf eine sanfte Bestrafung mit führender Hand. Kurz
vor ihrer Abfahrt wurden sie noch getestet … ob sie
sich auch Sex mit weiteren Paaren an diesem Abend
vorstellen können, lautete der Text der Nachricht, die
sie am späten Nachmittag erreichte. Nein, sie wollten
sich voll und ganz mit dem Paar hingeben, welches
mit ihnen diese erotischen Geschichten ausgetauscht
hatte. Sie fuhren los und kamen wie verabredet zu dem
dunklen Haus. Daniel stand am Tor und öffnete, er
trug anders als avisiert keinen Anzug sondern nur ein
schickes Hemd und eine feine Hose mit Schuhen. Er
führte sie mit einladender Geste in das Haus, welches

nur schwach beleuchtet war. Das Kaminfeuer loderte und eine behagliche Wärme empfing die neuen Gäste. Denise servierte Sekt und geleitete Hülya und Mehmet zum Wohnbereich, wo sie lasziv auf dem Teppich Platz nahm. Sie trug ein raffiniertes Kleid mit teilweise durchsichtigen Stellen, auf einen Slip hatte Denise verzichtet. Eine kurze, etwas verkrampfte Konversation begann, dann lockerte sich die Stimmung und nach wenigen Minuten nahm Denise Hülya an der Hand und zeigte ihr das Haus. Mehmet und Daniel wussten sich nicht wirklich viel Interessantes zu erzählen, die Situation war bizarr und beide waren sehr neugierig zu wissen, was Hülya und Denise im Haus taten ... sie folgten ihnen und fanden sie auf dem Bett liegend liebevoll küssend, nahezu nackt.

Hülya und Denise luden die Männer ein sich zu ihnen zu legen und öffneten ihnen die Hemdknöpfe. Es war genau wie in der Phantasie vorgestellt, Hülya grub ihre Hände fest in Daniels Brustmuskulatur, um direkt danach mit einem zärtlich festen Griff sein Hemd von ihm zu streifen. Daniel fasste Hülya in ihr volles Haar und zog sie zu sich, sie küssten sich, dann wandten sie sich Mehmet und Denise zu, wobei Mehmet ebenfalls bereits nur noch leicht bekleidet war. Ein lustvolles Stöhnen war zu hören, als Daniel an Hülyas Lustgrotte wie zufällig entlang strich, auf dem Weg von den Waden zu den Hüften hatte er mit seinen Fingernägeln jede Stelle ihres Körpers berührt und ihre sexy Tätowierung nachgezeichnet. Denise griff derweil Mehmet an den Schultern und zog ihn zu sich, seinen Penis mit einer Hand umfassend und dabei mit der flachen Hand unter seinen Hoden durchgreifend, die Hand zurück ziehend und seine Hoden massierend ...

Mehmet stöhnte erregt auf und stieß seine gierige Zunge in Denises Mund ...

Er war bereit sie zu ficken, er war seit Tagen so geil darauf und wollte jetzt Denise stoßen, aber Denise wollte zunächst mit Händen und Zunge begehrt werden. Mehmet musste sich gedulden, sonst würde ihm seine Beute verloren gehen ... er leckte zärtlich wie geil, von innen an der Pussy entlang und führte ab und an einen Finger in sie ein. Gleiches geschah direkt daneben bei Hülya, Daniel hatte sie neben Denise drapiert und leckte und rieb ihre Muschi. Die Frauen zuckten, ihre Hüften bebten und ihre Hände kreuzten sich, Küsse und leckende Zungen, Stimmen im Rausch und lustvolle Stöhner waren neben der leisen Musik zu hören.

Mehmet konnte es jetzt nicht mehr aushalten, zog das Kondom über und stieß in Denises Lusthöhle ein. „aaaah....." entfuhr es Denise und sie krallte ihre Hände in Mehmets Po-Backen ... Hülya hielt es ebenfalls nicht mehr aus, forderte endlich gefickt zu werden, sie wollte einen harten Schwanz, sie bettelte mit den Augen und ihre Hüften federten unter Daniels Händen ... bis er endlich auch mit einem Kondom in ihr war, aber sanft und langsam bewegend zog er seinen Schwanz fast wieder hinaus und schob ihn sehr vorsichtig tief in sie hinein. Hülya war voller Lust, sie wollte es jetzt härter, sie forderte es, sie rief „ja, tiefer, härter, stoß mich!" ... Daniel fickte sie jetzt härter und presste seinen Körper fest an sie, zog ihre Schenkel hoch und stieß tief in sie hinein, Hülya krallte in seinen Rücken und Daniel kam mit einem hörbaren Orgasmus tief in ihr, seinen aufgegeilten Saft von *den Stunden voller Fantasien in einem Strom in sie hineinlaufen lassend ...*

Der Abend nahm so seinen Verlauf, eine Pause, ein Fick ... eine Massage, Daniel massierte Hülya während er rittlings verkehrt herum auf ihr saß, sie mit seinem Gewicht dominierte und dabei ihre Waden bis zu der Vagina massierte und ihre Lust immer wieder neu hervorholte, einen Dildo benutzte und Hülya's Höhepunkt erkundete. Die Frauen leckten und lutschten die Schwänze der Männer, immer bis kurz vorm Höhepunkt und das mit perfekter Zunge, mit einem lüsternen Blick aus ihren wunderschönen Augen vom Schwanz hoch zu den Augen des Partners ... devot und geil.

Sie verabschiedeten sich in der Nacht, Hülya und Mehmet wussten, dass sie Denise und Daniel bald wiedersehen würden. Was würde beim nächsten Mal passieren? Wo würden sie sich treffen?

Ihr schreibt weiter? - Fortsetzung folgt ☺"

***

„*Nachdem sich Hülya und Mehmet verabschiedet hatten, fuhren sie mit einem strahlenden Gesicht gemütlich nach Hause, ließen den Abend nochmal Revue passieren und die Lust kam wieder hoch. Hülya wurde am ganzen Körper heiß, wollte nur noch den harten Penis von Mehmet in sich spüren. In dem Moment kam Mehmet von hinten, umarmte sie, drehte sie zu sich und schaute in ihre funkelnden und förmlich nach Sex schreienden Augen. Während des sehr leiden-*

schaftlichen Kusses knöpfte Hülya langsam sein Hemd auf. Passend zur Musik schlängelte sie immer weiter nach unten und öffnete auch die Hose und sah, wie Mehmets Schwanz immer härter wurde. Ihr Atem wurde immer stockender und mit Lust und Leidenschaft nahm sie seinen harten Penis in ihren Mund. Sie weiß genau, wie sie Mehmet verrückt machen kann und nutzte das jetzt aus. Mehmet spürte diesen schönen und warmen Mund an seinem Penis. Das langsame gleiten von der Eichel bis zu den Hoden genoss auch sie. Ganz tief bis zum Anschlag hat sie seinen Schwanz gelutscht und wollte jetzt nur noch ganz hart gefickt werden. Mehmet ließ sich das nicht zweimal sagen und zog ihr gierig das Kleid aus, warf sie aufs Bett und dann wurde er ganz langsam, was sie verrückt machte.

Mit leidenschaftlichen Küssen ging Mehmet mit seiner Hand an ihren Arsch und ihre Lusthöhle und spürte, wie feucht sie war. Mehmet fand es so geil, dass sein Atem stockte. Küssend rutschte er nach unten und leckte sie richtig GEIL. Jeder einzelne Muskel von Hülya zuckte. Sie wollte es jetzt nur noch hart besorgt bekommen, er aber ließ sich Zeit. Er sah gerne zu, wie sie litt. Mehmet drehte sich lediglich während des Leckens mit seinem Schwanz zu Hülya, damit sie ihn ganz tief in den Mund nahm, bis kurz vor ihrer Ekstase. Am Ende drang Mehmet langsam in Hülya ein. Sie war so feucht... Mit abwechselnder Geschwindigkeit fickte er sie und ließ dann seinen Saft in Hülya rein laufen...

Diese Fortsetzung haben wir zusammen geschrieben. Für die neue Geschichte müsst ihr uns aber einen Ansatz geben! Wir warten auf eure lustvolle Geschichte! Küsschen von uns an euch beide. Hülya und Mehmet"

***

„BEKOMMT IHR!!!
Küsschen zurück schönen Sonntag"

Unterwürfiger Mann?

Nicht immer gefiel dem Gepa(a)rd das Bild, wenn sich seine Gepa(a)rdin einem anderen Mann hingab. Es gab Momente, in denen das Gefühl übermächtig war, nicht teilen zu wollen.

Da passte die Beschreibung eines Cuckold-Paares gut zu seinen Vorstellungen – bei dem der Mann (auch Cucki oder Cuck genannt) Gefallen daran fand, seine Frau – die Cuckoldress - anderen Männern anzubieten. Der Cuckold hatte Spaß daran und zog seinen sexuellen Lustgewinn daraus, wenn seine Frau Sex mit anderen Männern oder Frauen hatte. Der allgemeinen Beschreibung nach kann der Cuckold dabei sowohl dominant als auch devot sein und auch am Liebesspiel teilnehmen. Eine devote Veranlagung in Kombination mit einer weiblich dominierten Beziehung (**Femdom**) ist aber eher die Regel.

So verhielt es sich bei diesen beiden...

Weiter gefiel dem Gepa(a)rden der Gedanke, dass der Cuckold sich dabei in mehreren Stufen der Enthaltsamkeit bis hin zu einem Peniskäfig von der anderen

Frau fernhält oder sie zumindest nicht bedrängt. So konnte der Gepa(a)rd sich ein Date gut vorstellen, am besten noch mit einer Bi-Frau, so dass die Gepa(a)rdin trotz zurückhaltendem Mann voll auf ihre Kosten kommen würde.

Sie nahmen Kontakt auf und tatsächlich passte es zunächst zusammen. Die Gepa(a)rden ließen sich auf das Spiel ein.

Das erste Date verlief recht entspannt, der Cuckold bewunderte seine Frau in den Armen der Gepa(a)rden und hielt sich zurück, ein wenig spielen, aber nicht mehr als wandernde Hände auf fremder Haut. Der Gepa(a)rd freute sich für seine Gepa(a)rdin, die recht ausgeglichen die Situation genießen konnte. Die Cuckoldress war mittendrin, wurde gefickt und geleckt und füllte ihre Rolle bestens aus.

Es folgten noch ein paar weitere Dates, doch die Gepa(a)rden erlebten in dieser Zeit die Verwandlung des Cuckold aus seiner demütigen voyeuristischen Haltung heraus zu einem dominanten aktiven Part. Hatte er doch seinen Erzählungen nach eine Zeitlang bis zur völligen Enthaltsamkeit gelebt, verwandelte er sich durch die für ihn besonders reizvolle Gepa(a)rdin wieder in einen lüsternen Mann.

Der Gepa(a)rd war von dieser Metamorphose nicht gerade begeistert. Sie verstanden sich jedoch gut genug, um es dulden zu können. Die Gepa(a)rden waren in dieser Zeit über ihre Erfahrungen gewachsen. Es gab viel Neues und auch andere spannende Spielarten kennenzulernen. Ihre Wege trennten sich.

Die Gepa(a)rden glaubten, mittlerweile die Höhen und Tiefen des erotischen Miteinanders mit anderen Paaren erlebt zu haben. Auch glaubten sie mit den damit verbundenen Emotionen umgehen zu können.

So trauten sie sich an ein sehr erfahrenes Paar heran, interessante Menschen mit einer besonderen Ausstrahlung. Menschen, durch die sie erst wirklich zu sich finden sollten. Zu ihrer Position als Jäger und Gejagte.

Sie hatten sich mit Celine und Roger in einer sündig dunklen Bar getroffen, etwas Wein getrunken und schon nach kurzer Zeit erotische Gespräche geführt. Es dauerte nicht lange und Celine´s Hand glitt wie unbeabsichtigt über die Hose des Gepa(a)rden und landete kurz unterhalb seines Schritts. Roger plauderte mit der Gepa(a)rdin und streifte wie zufällig mit starker Hand ihren Rücken. Er war ein großer, stattlicher Mann mit viel Erfahrung, hatte vor seiner Liebe zu Celine schon einige Jahre im sexuellen Rausch des Portals verbracht, mit Clubbesuchen und privaten Feiern…

Für den Gepa(a)rden war er eine Spur zu dominant und Celine, nun, sehr sexy, sehr attraktiv und sehr intelligent, aber leider auch sehr groß – für ihn etwas zu groß, übertroffen nur durch Roger, der noch einen halben Kopf größer war als sie. Die Gepa(a)rdin fand ihn umwerfend sexy und freute sich mehr von ihm zu sehen … seinen muskulösen Körper, sie wollte jede Faser seines Leibes mit ihren Händen erkunden. Und sich an Celine laben, einer Vollblut-Frau, Bisexuell und ein Luder vor dem Herrn.

Celine begann den Gepa(a)rd zu küssen, mit leidenschaftlicher Zunge spielte sie mit ihm im Halbdunkel der Bar und leckte sein Ohrläppchen, mit der Hand an seinem Schritt entlang gleitend die Erektion testend. Welche da war, und wie! Der Gepa(a)rd hätte mit ihr direkt ins Hotel nebenan gehen können, ebenso ging es Roger mit der Gepa(a)rdin. Aber zu Hause warteten die Kinder, es sollte nur ein Kennenlernen an dem Abend sein, zu einer leidenschaftlichen Nacht wollten sie sich danach verabreden …

Ein paar Tage später schrieb der Gepa(a)rd eine erotische Geschichte für sie, um ihre Gesinnung weiter kennenzulernen, denn es war ihm wichtig, die Erotik im Kopf zu spüren, bevor eine sexuelle Prise entstehen konnte.

„Celine und Roger stiegen an dem Parkplatz in das gemietete Cabrio zu, Celine setzte sich neben Denise auf den Rücksitz und strich mit ihrer Hand ihr Haar glatt, bevor sie es zu einem Pferdeschwanz zusammenband. Der Wind würde es gleich zerzausen, vor ihnen lag ein erotischer Ausflug durch die sommerliche Landschaft. Roger nahm auf dem Beifahrersitz Platz, nachdem er Denise einen flüchtigen Kuss auf den Mund gegeben hatte. Daniel fuhr los, wendete vom Parkplatz auf die schmale Landstraße und nahm Kurs in Richtung freies Land.

Mit dem schnellen Wagen glitten sie bei fast 30°C durch die Sonne, Celine hatte sich auf diese Tour sehr gefreut und ihre Strapse angezogen, die jetzt bei flat-

terndem Rock ab und an zu sehen waren. Denise beobachtete es aus dem Augenwinkel und ihre ohnehin vorhandene Erregung nahm zu, sie streckte ihre Arme in die Luft, genoss den warmen Wind und als wäre es Zufall ließ sie ihren Arm hinter die Kopfstütze bei Celine sinken und begann sanft in ihren Haaren zu zupfen, ein wenig am Nacken zu kraulen und mit ihren Fingernägeln den Hals zu streifen.

Celine streckte ihren Oberkörper und brachte damit den Knopf an ihrem Dekolletee fast zum Aufspringen. Mit einem kleinen Griff öffnete sie den Knopf und ließ damit den Blick auf ihre Dessous frei. Im Rückspiegel konnte Daniel genau erkennen, was Celine trug und es gefiel ihm sehr. Roger klappte die Sonnenblende herunter und konnte jetzt auch heimlich im Schminkspiegel das Treiben der Frauen im Fonds betrachten. Wenn es heimlich gewesen wäre ... das Treiben war kalkuliert, die Ladies wussten genau, dass sie jetzt beobachtet wurden. Denise zog lasziv ihren Slip unter dem Kleid hervor und legte mit zwei geöffneten Knöpfen ihre Brüste frei. Celine legte den Gurt ab und beugte sich hinüber, um die steifen Nippel zu lecken und mit ihren spitzen Fingernägeln zu kneifen. Denise stöhnte kurz auf und genoss diesen geilen Moment, als Celine's Finger herabwanderten und angefeuchtet aus ihrer Möse wieder heraus kamen. Sie steckte die schimmernden Finger in Denise's Mund und gab ihr dann sogleich einen leidenschaftlichen Zungenkuss, intensiv kreisend und dennoch sanft leckte sie Denise an der Wange entlang über das Ohr zum Hals hinunter bis zu den Brüsten und zurück, dabei mit ihrer Hand das Kleid hochschiebend und die Scham frei legend.

Denise war sehr erregt und drückte sich gegen Ce-
lines Hand, zwei Finger öffneten sich aus ihrer leicht
geballten Faust und drangen in sie ein. Die Männer
auf den Vordersitzen waren sehr geil geworden bei
diesem Anblick, kaum noch konnten sie sich auf den
Straßenverkehr konzentrieren. Ein Schild wies zu ei-
nem Waldparkplatz, Daniel lenkte den Wagen mit
zitternden Beinen in die Einfahrt und parkte ein gehö-
riges Stück von der Straße entfernt auf dem leeren
Platz. Er betätigte den Fensterheber und ließ die
Fenster versinken, stieg dann aus und hieß Roger das
gleiche zu tun.

Sie gingen ein Stück vom Auto weg und weideten sich
voyeuristisch an dem Schauspiel, das die Frauen im
Auto vorführten. Celine hatte aus ihrer Handtasche
ihr Spielzeug hervorgeholt, einen kleinen Dildo, den
sie jetzt in sich ein- und Denises Hand zu ihm führte,
ihre Klit massieren ließ und schon kurz danach laut
stöhnend in einer schnellen Welle von Vibrationen
kam.

Das war zu viel für die Herren, sie gingen an das Auto
heran und ließen sich von ihren Frauen die Hosen
öffnen, die Schwänze herausnehmen und über die
Karosserie hinweg blasen und massieren.

Beide Männer spritzten sehr kurz danach ab, direkt
auf ihre Frauen, die den Saft begierig aufnahmen und
den Rest auf ihren Brüsten verrieben.

Daniel öffnete den Kofferraum und holte eine Pick-
nick-Decke hervor, gab mit einem Zwinkern das Zei-
chen den Wagen zu verlassen und ihm zu folgen. Nach
wenigen hundert Metern erreichten sie eine ver-

schwiegene Lichtung im Wald und ließen sich zu viert auf der Decke nieder. Die Männer, eben gerade erst gekommen, waren schnell wieder geil und nun begann ein wildes lecken, wichsen und ficken. Selbst wenn jetzt Passanten oder ein Förster gekommen wären, sie hätten es nicht gemerkt, das Blut rauschte durch ihre Köpfe wie durch ihre Geschlechtsteile, sie waren feucht, hart, geil und wollten es wieder und wieder ...

Langsam wurde es dunkel und damit Zeit, den Heimweg anzutreten. Sie fühlten sich noch nicht nach einem Ende und fuhren noch bei Celine zu Hause vorbei, sich kurz frisch machen und fanden sich dann auf dem Bett wieder, wo die Party weiter ging ... "

Roger und Celine reagierten prompt auf die Geschichte und sie vereinbarten einen zeitnahen Termin, an dem leider das Wetter nicht mitspielte. Der Ort des Geschehens verlagerte sich daher in die Wohnung von Daniel und Denise, schon kurz nach dem Betreten des Flures fummelte Celine an Denises Po und ließ gurrend verlauten, dass diese kein Höschen trage. Ihr Finger schimmerte zum Beweis vom Mösensaft, den sie beim Herausziehen aus Denises Muschi angefeuchtet hatte.

Roger küsste Celine und kurz danach lag sie auf dem schweren Eichentisch im Essbereich, die Beine gespreizt und sechs Hände streichelten sie am ganzen Körper, öffneten ihre Bluse, zogen den Rock aus und stimulierten ihre Brustwarzen. Alle begannen sich zu küssen und Finger begegneten sich auf dem Weg zu den Körperöffnungen und Schwänzen, die härter und härter wurden. Denise beugte sich nach vorne und begann Celine zu lecken, erst zaghaft und mit kurzer Zunge, aber nachdem Celine lustvoll aufstöhnte, heftiger und mit langem Schlecken.

Gleichzeitig hielt sie die beiden harten Keulen der Männer in ihren Händen und rieb sie auf und ab, wobei deren Hände an den Körpern der Frauen entlang eilten, ziellos wirkend bei der Erregung, die ihre Leiber durchfloss.

Celine wollte mehr und zog Roger an sich, seinen Schwanz in sich hinein, aber nur kurz, dann wollte sie Daniel spüren, tief in sich und sie bekam was sie wollte, während Denise den Mösensaft von Roger´s Schwanz leckte. Langsam wurde es zu unbequem für Celine und sie wechselten auf das Bett im Schlafzimmer, wo ein heftiges Ficken begann, ausdauernd und laut. Celine ejakulierte, wie es nur wenige Frauen können, sie spritzte ihr Wasser aus ihrer Möse, so dass es den Männern an den Beinen herunter lief, als beide sie genommen hatten. Das Durcheinander war so intensiv, dass kaum noch auseinander gehalten werden konnte, wer was mit wem machte, hier ein Schwanz im Mund, ein Finger im Po, eine Muschi im Gesicht, feucht, hart, nass, laut … das Licht schummrig und das Laken nass, alle geil … der muskulöse Körper von Roger klatschte heftig und heftiger gegen Denise´s Pobacken, als er sie final fickte und laut kam. Daniel war abgelenkt von Celine, die ihn mit lautem Stöhnen und „oh, FUCK!" – Rufen beschäftigte, doch eine besondere Form von Eifersucht kam in ihm herauf.

Er merkte, dass dieses ausdauernde Ficken auch seine Schattenseite hatte, versuchte es zu überspielen und dennoch wurde er den Gedanken nicht mehr los. War dieser Mann Konkurrenz? Ging es hier nicht nur um Sex? Sie würden bald gehen, dann wäre die Eifersucht doch unbedeutend?

***

Sie hatten eine Chatgruppe gegründet und schickten sich jetzt täglich sexy Nachrichten, distanziert genug, um professionell mit ihrer Lust umgehen zu können, dennoch nah genug um ihre erotischen Gedanken auszutauschen. Daniel wurde der Eifersucht dennoch nicht Herr, er las gerne die Nachrichten von Denise und Celine, doch Roger war ihm ein Dorn im Auge. Zu stattlich, zu groß, zu maskulin und auch, ja, er musste zu viel von Denise hergeben. Sie zu teilen war ohnehin nicht einfach für ihn gewesen, es war Denises Traum, mit anderen Paaren oder einer Bisexuellen Frau Sex zu haben und sie hatte die Idee vorangetrieben. Sie hatte auch gelernt, dass Paar-Sex mit einer Hetero-Frau bei ihr nicht funktionierte.

Er folgte ihr, neugierig und auch immer bereit sich den erotischen Erlebnissen hinzugeben, aber eifersuchtsfrei, nein, das war er nicht. Wenn sie in seinen Augen zu sehr Lust verspürte und befriedigt wurde, keimte die negative Energie in ihm.

Jetzt las er, wie Roger deutliche Komplimente an Denise schickte, sie als sehr deutlich sexuell herausragend beschrieb. In Daniel brodelte es, zumal Celine wie beschrieben nur bedingt für ihn passend war. Er mochte sie, und der Sex war sehr geil, aber für eine dauerhafte Sex-Beziehung musste es auch mit Roger passen, und das tat es nicht.

Eine neue Verabredung stand an und Daniel versuchte Denise gegenüber seine Beweggründe darzulegen, die sie aber wegwischte wie das Raubtier mit der Kralle den Feind abwehrt. Die Gepa(a)rdin … da war sie wieder, auf Beutejagd, sie wollte ihre Beute nicht los lassen, sie wollte sie haben, fressen, mit ihr spielen wie die Katze mit der Maus, bevor sie sie verschlingt. Daniels Emotionen störten hier nur, der Gepa(a)rd trollte sich und rollte sich in einer Ecke des Bettes ein. Eine weitere Nacht ohne Schlaf …

Das Treffen war nah, es sollte wieder bei ihnen zu Hause stattfinden, die Gepa(a)rdin war im Blutrausch und wollte nichts mehr von negativen Emotionen hören, dekorierte das Schlafzimmer, sorgte für Kerzenlicht und Musik und sie empfingen ihre Beute …

Da sie sich schon kannten, fiel das Gespräch über die Belanglosigkeiten kürzer aus als beim ersten Treffen, und sie fielen auf dem Sofa übereinander her. Daniel war sauer, einerseits wurde sein Schwanz von Celine hart geblasen, aber gleichzeitig gefiel es ihm einfach nicht mehr, wie Denise sich mit Roger vergnügte. Roger ließ sie blasen und wichsen und genoss in Machoartiger Haltung, was Daniel auch durch Celine widerfuhr. Eigentlich Gleichstand, sagte Daniel sich, aber er konnte es nicht genießen. Die Gepa(a)rdin wollte wieder ins Schlafzimmer wechseln, doch hier wehrte sich der Gepa(a)rd, die Stimmung wurde schwierig, die Krallen waren ausgefahren, die Gepa(a)rdin wollte ihre Beute endlich haben, in sich, sie war feucht und sehr geil auf den maskulinen Hobel vor ihr, und der Gepa(a)rd fauchte zurück. Die Gäste merkten davon nichts, sie waren erregt und mit den

Gedanken noch abgelenkt, als der Gepa(a)rd sich leise zurück zog und in einem Nebenzimmer in den Bademantel gehüllt sich zusammen rollte, das Licht löschte und nicht mehr hervorkommen würde …

Denise war auf die Suche nach ihm gegangen, irgendwann war es ihnen aufgefallen, dass Daniel nicht mehr wieder gekommen war. Sie war sauer, sie wollte es nicht akzeptieren, dass die Lust nicht gleichmäßig verteilt war. Sie bat Daniel wieder zu ihnen zu kommen, sie seien wieder bekleidet, sie wollten nur noch etwas plaudern und dann würden die Gäste gehen.

Die Stimmung war hinüber, es wurden noch ein paar nette Worte getauscht, auch kam es nochmal durch geschickte Hände zu Erektionen und feuchter Lust, aber die negativen Emotionen lagen jetzt in der Luft.

Die Chat-Gruppe löste sich ein paar Tage später auf, die Diskussion zwischen den Gepa(a)rden aber hatte jetzt Klarheit bekommen. Der Umgang zwischen ihnen war ehrlicher geworden, sie wussten jetzt beide, womit der andere verletzt werden könnte und dass dies nicht passieren darf.

Nach Ladenschluss … - eine Fantasie

Mit ihren Freunden Hülya und Mehmet trafen sie sich jetzt häufiger. Es waren erotische Begegnungen, die im Spiegelbild der Pornografie vielleicht fast brav wirkten, aber sehr zärtlich und dennoch leidenschaftlich fand hier eine besondere Begegnung statt, die ihnen allen gefiel. Hülya arbeitete als Friseurin in

Starnberg. Bei dem Gedanken an ihre frisierenden Hände überkam Daniel eine Phantasie, die er ihnen aufschrieb …

„Hülya reinigte gerade ihr Handwerkszeug, ein langer Tag im Laden lag hinter ihr und sie war erschöpft. Mehmet kam in den Laden um sie abzuholen, sie wollten noch eine Kleinigkeit zusammen essen gehen bevor ihre Lieblingssendung im Fernsehen anfängt. Er streichelte ihr durch das lockige Haar und raunte, dass er statt Fernsehen sich auch etwas sehr viel erotischeres vorstellen könnte. Hülya schnurrte, die Fingernägel an ihrer Nackenhaut ließen sie wach werden. Ihr Telefon läutete, Denise und Daniel waren am Apparat. Ob sie, es sei ihnen sehr unangenehm, aber Daniel sei die ganze Zeit unterwegs gewesen und hätte es nicht rechtzeitig geschafft, ihm noch kurz die Haare schneiden könne. Sie seien gerade in der Gegend und das wäre ganz lieb! Hülya wollte eigentlich nicht, sie freute sich gerade auf ihr Abendessen mit Nachtisch Mehmet, aber irgendwie, sie ist einfach zu gutmütig, also ok ...
Wenige Minuten später saß Denise neben Mehmet, der hin und her gerissen war, was er jetzt von dieser Situation halten solle, und Daniels Haare wurden unter Hülyas Händen gewaschen. Ihre Fingernägel setzte sie etwas mehr ein als sonst und Daniel bekam eine Gänsehaut, ein Vibrieren ging durch seinen Körper. Er spürte eine leichte Erektion ... Hülya spülte die Haare aus und begann mit der filigranen Schneidetechnik, es dauerte nicht lange und Daniel war frisch frisiert. Hülya war sein entspannter Blick wegen seiner aufkommenden Geilheit nicht entgangen und ihre Lust, das Fernsehprogramm ausfallen zu

lassen, wurde stärker. Sie schaute kurz zu Mehmet, lächelte ihn an. Mehmet ließ die Jalousie herunter, als Hülya Daniel's Hemd öffnete und von hinten mit ihren Händen seine Brust herabglitt. Mehmet wurde bei dem Anblick sichtlich nervös, während Denise noch interessiert in einer Frauenzeitschrift blätterte. Sie las gerade einen Artikel über Sex an besonderen Orten, als sie aufblickte und sie Hülyas Hände in Daniels Hemd sah. Sie grinste, war das doch eine heimliche Fantasie von ihnen ...

Hülya öffnete Daniels Gürtel, dafür musste sie sich weit nach vorne beugen und aus ihrem leicht geöffneten Dekolletee rutschte eine Brust lecker auf Daniels Zunge, der diese auch sofort zu liebkosen begann. Mehmet und Denise begannen sich ebenfalls auf den Wartestühlen zu streicheln. Mehmet war jetzt sehr erregt ...

Daniel hatte zuvor keine Gelegenheit gehabt, seinen Schambereich für Hülya frisch zu machen und bat sie jetzt leise, ihn zu rasieren. Sie zuckte kurz, aber die Idee fand sie sehr geil... Sie rührte etwas Rasierschaum an, zog seine Hose herunter und begann sein Geschlecht einzuseifen ... "

Hülya gefiel diese Geschichte gut, aber sie wollte sie nicht nachspielen. Stattdessen dachten sie über einen gemeinsamen Urlaub nach.

Angespornt von ihrer orientalischen Herkunft schrieb Daniel eine neue Geschichte für sie …

Die Karawanserei – eine Fantasie

Es war ein Relikt aus der alten Zeit der Seldschuken, das Hülya mit Mehmet, Denise und Daniel betrat. Sie waren für ein verlängertes Wochenende mit einem günstigen Angebot nach Anatolien aufgebrochen, um neben der gelebten Sinnlichkeit gemeinsam auch die Spuren der alten Zeit zu besichtigen. Hülya hielt Denise zärtlich an der Hand.

Schon im Flugzeug saßen sie nebeneinander, zweieinhalb Stunden verstohlene Erotik unter der wärmenden und blickhemmenden Decke, Hände auf und zwischen Oberschenkeln, beide mit einem nicht zu kurzen Rock bekleidet, der aber weit genug war um ihn unter der Decke hochzuschieben und mit den Fingern die feuchte Stelle der Sitznachbarin massieren zu können.
Die Stewardess schaute ab und an etwas skeptisch nach ihnen, aber sie waren so leise, dass die übrigen Passagiere nicht gestört wurden. So ließ sie sie auch in Ruhe, als sie mit einem innigen, langen Kuss leicht stöhnend und etwas zittrig einen Orgasmus erlebten.
Mehmet und Daniel saßen in der Reihe hinter ihnen und grinsten über die geile Lust der Damen.

Nun standen sie in der Karawanserei, dem großen Innenhof in dem arkadengesäumten Gebäude. Das eisenbeschlagene Tor im Eingangsbereich hatte Denise' Sinne beflügelt, sie liebte alte Festungsgemäuer und träumte davon, an einem solchen Tor angekettet auf Reisende zu warten, die sich an ihrem nackten Körper bedienen würden.

Heute war nur eine Gruppe Touristen in der Wehranlage des 13. Jahrhunderts unterwegs, überwiegend ungefähr 40 Jahre alt, meistens Paare, die sich nach der einführenden Ansprache des Fremdenführers verteilten.

Ein Teil der Karawanserei war noch bewirtschaftet, hochwertige, weiche orientalische Teppiche waren ausgelegt und auf Sitzkissen servierte der Tee-Junge Getränke und Gebäck. Hülya und Denise setzten sich, soweit ihre Röcke es zuließen, bequem auf eine Seite, Mehmet und Daniel beobachteten sie von der gegenüberliegenden Seite des Patios.
Sie hatten sich eine erotische Idee ausgedacht, ein Spiel wie aus Scheherazade. Hülya war Meisterin im orientalischen Bauchtanz und begann nun, langsam aufstehend, mit der Hüfte zu wiegen. Denise folgte ihr, nicht so geübt aber im Takt der im Hintergrund von der Theke kommenden Musik. Der Tee-Junge schaute irritiert, aber es gefiel ihm und einige Touristen kamen näher, um sich die Show anzusehen in dem Glauben, hier eine kommerzielle Bauchtanz-Gruppe vorzufinden wie in den Touristen-Hotels an der Küste. Doch in den Hotels endet die Show dort, wo sie hier erst richtig begann. Der Mann hinter der Theke drehte die Musik amüsiert lauter, auch er erlebte in diesen Räumen selten abwechselndes und so kam ihm die Einlage sehr recht…

Vor der Karawanserei war ein Basar, von dort strömten jetzt auch Touristen, von der Musik angelockt. Mehmet und Daniel filmten heimlich das Spiel und genossen die Blicke der Touristen zu ihren Frauen.

Hülya beherrschte die Kunst, mit leichtem Hüftschlag und vibrierenden Schultern die Kleidung zum Rascheln und die Bauchkette zum Klingeln zu bringen. Mit ihrer sexy Figur war sie wunderschön anzuschauen und öffnete jetzt langsam ihr Kleid, ließ es sinken und tanzte in Dessous weiter, öffnete dann Denise′ Kleid, zog es der ebenfalls tanzenden Frau langsam aus und streichelte dann von hinten mit den Händen sanft ihre Brüste bis zur Scham. Die Touristen waren etwas irritiert, die Kulisse war wie aus einem Spielfilm, anregend … war so in der alten Zeit der Sultan verwöhnt worden?

Die ersten Gäste gingen, spießig, langweilig, verärgert oder in ihrer religiösen Ansicht verletzt. Andere Gäste schauten interessiert, doch dann lösten sich einige Touristinnen aus der Gruppe und begannen mit Hülya und Denise zu tanzen, sich ebenfalls langsam zu entblößen. Das warme Sonnenlicht schien auf ihre Körper, enger und enger kamen sie zusammen und ihre Haut berührte sich immer häufiger. Die Musik war laut, energisch und durchdringend.

Sichtbar erregt standen die männlichen Touristen angespannt auf der Stelle und wussten nicht, was sie nun tun sollen. Die Spannung zwischen den mittlerweile sieben Frauen stieg, Küsse wurden geküsst und Hände glitten in Hände, in Slips und BH′s … die dann zu Boden fielen und den Blick frei gaben auf rasierte wie behaarte Scham, große und kleinere Brüste und einer unbändigen Lust …

„Polizei", rief der Mann hinter der Theke alarmierend, „schnell weg hier" …

Hülya und Denise schnappten ihre Kleidung und rannten mit Mehmet und Daniel so schnell sie konnten in das obere Geschoss, wo sich wie in einem Han die Gästezimmer befanden.

Kahle Räume, wie in einer Trutzburg aus längst vergessener Zeit… sie flüchteten in eines der Zimmer, konnten aber keine Tür finden, suchten ein anderes und tatsächlich gerieten sie am Ende des Ganges in einen größeren Raum mit einer Tür. Gerade wollten sie sie hinter sich schließen, als hinter der Tür ein Paar stehend die Klinke drückte und den Schlüssel von innen drehte.

„Pssst!!!" sagte sie zu ihnen, „seid leise, gleich werden sie vorbei sein. Hier sucht niemand, die anderen unten sind schon verhaftet worden."

Tatsächlich konnte Mehmet aus dem Fenster heimlich beobachten, dass unten die Touristen von der Polizei abgeführt wurden und der Mannschaftswagen mit der gesamten Besatzung davon fuhr.

„Pfff …" entfuhr es Daniel, der normalerweise recht locker war aber auf diesen Ärger nun wirklich keine Lust gehabt hätte. „da haben wir ja nochmal Glück gehabt. Danke Euch! Wie können wir uns denn revanchieren?" fragte er.

Das Paar schaute sie verschmitzt an und deutete auf das riesige Bett, belegt mit vielen großen und kleinen Kissen. „Wir werden uns jetzt dorthin legen und Eure Show noch einmal genießen", sagte die Frau und öffnete ihrem Mann das Hemd. Sie sahen gut aus, fanden alle vier …

***

Bis zu ihrem Urlaub würde es noch dauern … Hülya war mittlerweile sehr heiß geworden und hatte sich mit Denise bestens angefreundet. Sie fuhren gemeinsam zu Konzerten und trafen sich gleichermaßen gerne zu frivolen Spielen zu viert. Hülya liebte die weiche Haut einer Frau wie den pochenden Schwanz eines Mannes und ließ ihr Temperament spüren. Daniel wurde mehr und mehr angespornt, weitere Geschichten zu schreiben …

Die Tantramassage – eine Fantasie

Mehmet und Hülya hatten einige anstrengende Tage hinter sich, Mehmet war spät von der Arbeit gekommen und Hülya spürte nach stundenlangem Stehen ein gemeines Ziehen und Zwicken im Rücken und schwere Beine. Selbst der sonst heißgeliebte Quicky blieb aus, die Woche plätscherte dahin und dazu noch viele Themen mit den Kindern – sie freuten sich auf ihr Wochenende, an dem der Nachwuchs bei der Oma schlafen würde und sie endlich Zeit füreinander hätten. Mehmet freute sich besonders auf Hülya´s geile Zunge, sich verwöhnen zu lassen und sie von seinen Hoden aufwärts langsam saugend bis zu seiner Spitze zu spüren. Darauf stand er ungemein und konnte in der Regel es kaum abwarten, Hülya dann nehmen zu dürfen, wieder und wieder. Hülya liebte seine Geilheit, aber ihr Sinn stand dieses Wochenende nach anderem.

Von einer Freundin hatte sie von einer besonderen Form der erotischen Massage gehört, einer Tantra-

183

Massage. Hier sollte es nicht nur um kurzes streicheln und anschließende Konzentration auf den Höhepunkt gehen, sondern um ein langes, intensives Anschwellen der Sinne und Entladung der Energien. Wie das klang … Hülya war schon sehr aufgeregt und hoffte, dass Mehmet überhaupt dafür empfänglich wäre.

Sie hatte einen Plan … Samstagvormittag lockte sie Mehmet ins Bad, er solle ihr bitte eine Halskette umlegen helfen. Sie hatte ansonsten nichts an und als Mehmet hinter ihr stand, griff sie seine Hand, legte sie um ihre Hüfte herum an ihre Scham und bat ihn sie zu stimulieren. Mit ihrer freien Hand öffnete sie hinter sich seine Hose, zog seinen Schwanz heraus und begann ihn sanft zu wichsen, schneller und schneller werdend. Mit einem Stöhnen brach die gesamte gestaute Energie aus Mehmets Schwanz heraus und spritzte auf ihren blanken Hintern …
Hülya lächelte … so hatte sie seine Geilheit kontrolliert abgelassen und in wenigen Stunden würde sie mit ihm diesen Gipfel der Lust erklimmen, von dem ihre Freundin erzählt hatte.

Von Lingam und Yoni hatte ihre Freundin berichtet und von Energiefluss und, und, und…
Hülya hatte Mehmet gebeten, den Abend frei zu halten, um 19 Uhr fuhren sie los. Mehmet wusste nicht, wohin sie fahren würden … es war schon dunkel und die Landstraße nur schwach beleuchtet, als sie vor einem älteren Fachwerkhaus parkten. Unweit entfernt konnten sie das Auto von Denise und Daniel erkennen. Hülya wusste was sie jetzt tun musste. Die heimlich in den Kofferraum gepackte Tasche schnappend küsste sie Mehmet und klingelte an dem Türschild

„Massagepraxis". Die Tür öffnete sich, ein paar Treppenstufen emporsteigend … Mehmet ging hinter Hülya und konnte erstaunt feststellen, dass sie unter ihrem kurzen Rock keinen Slip trug. Täuschte er sich oder konnte er tatsächlich das feuchte Schimmern ihrer Muschi erkennen? Mehmet war sehr erregt, aber dank der Entladung am Nachmittag trotzdem entspannt genug das Kommende abzuwarten.

Denise und Daniel trugen nur einen kurzen Bademantel und begrüßten ihre Freunde mit einem leidenschaftlichen Kuss. Eine Frau in Mitte der Vierzig trat mit herbei und stellte sich als ihre Tantra-Lehrerin vor. Sie würde sie in das Wesen der Tantra-Massage einführen und dann im fortgeschrittenen Stadium der Energieflüsse leise den Raum verlassen, sagte sie.

Unsere vier Freunde begaben sich zu einem großen Futon-Bett auf dem Boden, viele Kerzen waren aufgestellt und eine sanfte Musik spielte im Hintergrund. Die Lehrerin hieß sie ihre Kleidung abzulegen und die Frauen sich auf den Bauch zu begeben, so geschah es auch.

Mehmet begab sich zu Denise und Daniel zu Hülya und mit etwas Massagemilch begannen sie nach Anleitung der Lehrerin sanft die Füße und Fußgelenke zu massieren, mit Druck auf den belasteten Punkten, immer sanft am Bein ausstreichend. Die Ladies stöhnten leicht auf, der Druckpunkt zu fest oder zu weich, es ist schwer herauszufinden aber es gefiel ihnen sehr gut. Mit den Fingernägeln an der Haut entlang streifend verlängerten die Männer ihre Massage bis zu den leicht zuckenden Po-Backen, immer an der Außenseite bleibend. Sie massierten an den Beinen entlang langsam höher und umgingen die Hüfte mit einer kurzen Berührung der Po-Ritze.

Denise und Hülya stöhnten nahezu gleichzeitig lustvoll auf und die Lehrerin nickte lächelnd „ihr Yoni wird vorbereitet" … sagte sie leise zu den Männern und gab ihnen ein Zeichen, jetzt zu dem Rückenbereich vorzudringen. Mit kreisenden und kraftvollen Bewegungen brachten Mehmet und Daniel ihre Frauen in Entspannung, strichen durch das volle Haar und ließen mit den Fingernägeln bei der Rückkehr zur Körpermitte eine sichtbare Spur auf der Haut zurück, die noch Minuten später zu erkennen war. Ihre Glieder waren erregt, doch es war untersagt, sich sexuell zu betätigen, außer mit der manuellen Stimulation am Yoni durfte kein Kontakt bestehen.

Zeitgleich begannen Mehmet und Daniel die immer noch auf dem Bauch liegenden Frauen zwischen ihrer Po-Ritze mit den Fingernägeln leicht zu kratzen, ihre Lehrerin gab ihnen klare Anweisungen mit Zeichensprache und Blicken … Denise und Hülya waren sehr geil und freuten sich auf einen bald folgenden Fick, doch das sollte noch sehr lange warten müssen. Erneute Massagemilch und ein leichtes Spreizen der Schenkel, mit leichtem Druck auf dem Anus massierend und einem Finger in die sehr nasse Spalte eindringend massierten Mehmet und Daniel gleichzeitig mit der anderen Hand den Nacken und Rückenbereich und strichen an den Beinen entlang aus.
Die Frauen waren sehr, sehr geil geworden und die Lehrerin gab das Zeichen sich auf den Rücken zu wenden. Nun wurden Schultern, Brüste und Oberschenkel massiert, immer vom Zentrum entfernt strei-

chend, vom Venushügel aufwärts Richtung Kopf wie von der Scheide zu den Füssen.

Mittlerweile waren rund 45 Minuten vergangen und Denise und Hülya konnten es nicht mehr erwarten mehr zu spüren als Füße und Nacken, sie flehten mit ihren Augen nach einer manuellen Befriedigung … Die Lehrerin erlaubte den Männern nun die Stimulation der Yoni bis zum Höhepunkt, der auch nicht lange auf sich warten ließ. Hülya krampfte und packte Denise an der Hand, die ihrerseits sich an Mehmets Bein festhielt und laut kam, was Hülya wiederum noch geiler machte und noch mehr krampfen ließ, bis sie unter Daniels geschickten Fingern mit einem lauten Orgasmus die Energiewelle herausfließen ließ.

Sie bebte noch einige Male nach, die Finger ihres Masseurs noch tief in sich fühlend, und atmete schwer.

„Wasser", stöhnte Denise und nippte an dem gereichten Glas, und gab es an Hülya weiter, sie dabei mit einer sehr feuchten, geilen Zunge küssend.

„Wir brauchen jetzt eine Pause", kokettierte Hülya, „aber dann seid Ihr dran!" und deutete auf Mehmet und Daniel. „Ihn habe ich heute extra schon mal erleichtert", sagte Hülya zu Denise, „hast Du DANIEL auch schon mal heute befreit?"

Denise lächelte, denn natürlich hatte sie sich heute schon von Daniel kräftig durchvögeln lassen, sie liebte es ja, tagsüber zwischendurch am Türrahmen stehend in ihre Möse gespritzt zu bekommen … „Ja, keine Frage", sagte sie halblaut zu Hülya, „das wird nachher sehr geil sein, ihre „Lingams" zu massieren … besonders, wo ich doch weiß, wie sehr DANIEL auf meinen Finger in seinem Anus steht … dann kommt er mit einer starken Fontäne, es ist unglaublich wie er dann abspritzt …"

Schon vom zuhören wurde Hülya wieder ganz wässrig nass zwischen ihren Schenkeln und wollte es baldmöglichst ausprobieren und sehen … das würde eine lange Nacht voller Lust werden.

Der Whirlpool

Vor ihren Augen wurde das Wasser im Whirlpool blutrot … die Beute lag nackt und ungeschützt in dem herrlich warmen Wasser und rekelte sich genüsslich. Die Gepa(a)rdin fuhr langsam und unsichtbar ihre längst geschärften Krallen aus und leckte sich kaum merklich mit ihrer rauhen Raubtierzunge die Lippen. Ihre Augen wurden zu schmalen Schlitzen, ihre Muskulatur spannte sich an … Der Gepa(a)rd war noch in der Küche und trug mit Momo den Wein und das Mineralwasser ins Souterrain. Der Whirlpool war sinnlich in der Nähe des großen, einladenden Bettes in eine Nische eingelassen. Die Gepa(a)rdin glitt langsam ins Wasser, kokettierte mit dem Nass, bevor sie zu ihrer Beute hinüber rutschte. Ihre Krallen kaum spürbar in die Haut der Beute schlagend küsste sie sie leidenschaftlich und ließ dabei ihren Mittelfinger gezielt ins Herz der Vagina dringen. Die Beute stöhnte lustvoll auf … sie war erlegt.

Wochen zuvor schon hatten die Gepa(a)rden ihren Beutezug begonnen, mit frivolen Anschreiben ihren Köder ausgeworfen, das Profil der Beute genau analysiert und zu ihren Angaben aus dem Internetportal ihre Lust gezogen. „Fuck wild", der Name ihrer Beute passte perfekt zu ihrem Leben in der Savanne, ihrer Lust auf das Unbändige, das Neue und nicht kontrollierbare.

Fast wäre die Pirsch misslungen, zuerst wurde die Gepa(a)rdin krank, ihr Rudel brauchte Versorgung, die Zeit drängte. Der Gepa(a)rd führte heftige Revierkämpfe und verlor fast die Lust auf neue Exkursionen, ein Löwe umringte sie in zu kurzem Abstand und versuchte in ihr Revier einzudringen, ihn zu töten und das Rudel zu vernichten. Mit geschickten Schachzügen konnte der Gepa(a)rd sein Rudel und sich sichern, den Löwen ablenken und ihn zuletzt mit einem finalen Schlag in eine Falle locken, von einem Felsen stürzen, auch wenn es der Gepa(a)rdin nicht gefiel. Sie wäre gerne von einem Löwen genommen worden, auch wenn die Gattungen nicht zusammen passen, sie hätte gerne einmal das Gefühl gehabt, von einer mächtigen Raubkatze zum Gipfel der Lust getrieben zu werden. Der Gepa(a)rd jedoch wusste um alle Gefahren, die von dem Löwen für sie in ihrem Revier ausgehen würden, und verteidigte es erfolgreich.

Momo und der Gepa(a)rd glitten zur Gepa(a)rdin und ihrer Beute in den Whirlpool. Die Beute war schon leicht angetrunken und ließ willig die Hände und Füße aller um sich herum an sich streicheln. Ihre Hand ausstreckend kokettierte sie mit den Geschichten von schlaffen Schwänzen anderer Räuber und griff gekonnt zwischen des Gepa(a)rden Beine, drehte mit zwei bis drei Fingern zärtlich seine Hoden hin und her und genoss die spontan eintretende Schwellung des Penis.

Der Gepa(a)rd konnte nicht sehen, was die Gepa(a)rdin mit Momo unter Wasser machte, es erregte ihn aber zu sehen, wie die Beute sich mehr und mehr den Raubtieren anbot, ihren Po streckte, ihre schlanke Figur drehte und rekelte, ihre lange, auffällige Tätowierung zeigend. Der Gepa(a)rd zeichnete mit seinem Fingernagel ihre Tätowierung nach, ein Baum mit vielen Ästen. Die Beute zuckte begierig nach mehr dieser Berührungen … sie verließ den Pool und lockte die Gepa(a)rdin hinter sich her zu den Kissen. Die Männer genossen den Anblick der beiden im Bett, wie sie küssend und zuckend das Liebesspiel eröffneten. Die Gepa(a)rdin hatte ihre Beute endgültig erlegt, jetzt konnte sie ihr nicht mehr entkommen, nicht wie die Maus, die nach dem ersten Tatzenschlag hochgeworfen und hin und her geschleudert wird, im tödlichen Spiel der Jagd als Opfer eines bizarren Lustgewinnes. Nein, hier würde sie ihre scharfen Zähne in den Hals bohren, die Vulva mit ihren Krallen festhalten und in sie eindringen. Genießen zu sehen, wie die Beute gefickt werden würde, es bereitete ihr unglaubliche Lust, diesen Gedanken auszuleben.

Die Männer stiegen aus dem Pool, trockneten sich flüchtig ab und kletterten zu den Frauen in die Laken. Ihre Schwänze waren hart, geil und wollten jetzt dem

Trieb gehorchen, ihre Lust zeigen und ihre Säfte zu den feuchten Mösen fließen lassen. Ein enges Treiben begann, Schenkel verknoteten sich, Hände glitten ineinander, die Beute stöhnte, als Momo es ihr von hinten machte, mit seinem mächtigen Glied erst ihre Vagina stieß und dann ihren Anus öffnete, sein Rohr in sie schob und hart vögelte. Der Gepa(a)rd weidete sich am Anblick dieser Lust, ließ seine Zunge ungestüm im Mund der extrem geilen Gepa(a)rdin kreisen, steckte seinen Finger abwechselnd in Mund, Möse, Arsch ... in welchen war kaum noch feststellbar. Die Beute, durch den Alkohol endgültig enthemmt, schrie auf, als zu dem Schwanz in ihrer Möse der Finger in ihren Po kam, sich drehte und hakte ...

Der Abend verstrich wie im Flug, die Lust war groß und sie freuten sich auf die nächste Pirsch.

Der Ferienjob – eine Fantasie ...

Die Arbeiter hatten ihre Leiter zur Seite gestellt und widmeten sich jetzt einer ihrer Lieblingsbeschäftigungen. Neben Frauen hinterher pfeifen gehörte eine zünftige Frühstückspause zu dem kollegialen Morgenritual. Der Vorarbeiter Heinrich nahm seine Brotdose und griff nach dem dick belegten Wurstbrot, biß ein großes Stück heraus und kaute schmatzend. Ein paar Fußballthemen, ein Männerwitz, ein Tritt nach dem Lehrling, der jeden Morgen seine Portion Veräppelung abbekam. Ein gut aussehender Lehrling übrigens, Xavier war sein Name. Sein dunkler Teint, seine lockigen, schwarzen Haare, seine von der harten Arbeit ausdefinierten Bizeps ...

Das Mädchen in der Schuhabteilung schaute zu den Arbeitern hinüber. Seit halb sieben am Morgen stand sie in der Schuhabteilung des großen, anonymen Kaufhauses und sortierte diese grässlichen Schuhe. Das Ladenlokal noch in Spar-Beleuchtung, zwischen den Regalen die Container mit der Ware. Das Mädchen sortierte, die Arbeit eintönig, eine unglaubliche Menge an Schuhen wartete noch auf sie. Dies würde mindestens noch drei Stunden dauern. Ihr Blick fiel von den meist schwarzen Schuhen auf die Bauarbeiter. Sie musste sich etwas zur Seite neigen, um den jungen Mann ganz sehen zu können, er stand halb hinter einer Trennwand verborgen.

Gerade eben machte wieder einer der älteren Arbeiter einen üblen, frauenverachtenden Witz. Alle lachten laut, nur der Lehrling konnte nicht richtig mit lachen. Sie hörte etwas von „besorge es ihr richtig, wenn Du nach Hause kommst". Er verzog keine Miene und biss in einen Apfel.

Das Mädchen war selbst gerade mal maximal 22 Jahre alt. Von den schwarzen Schuhen mittlerweile total abgenervt begann sie die bunten Sandalen zu sortieren. Größe 38 … Größe 39 … sie gähnte. Warum hatte sie diesen bescheuerten Ferienjob eigentlich angenommen? Wegen der 6 Euro Stundenlohn? Hart verdientes Geld …

Ein weiterer Blick verriet ihr, dass neben dem jungen Mann und dem Vorarbeiter noch weitere sechs Männer anwesend waren. Sehr attraktive Männer übrigens … die alle zu ihr hinüber schauten und anerkennend ihre gute Figur betrachteten. Einer der Männer leckte sich anzüglich die Lippen.

Sie schauderte, sie war allein im Flur, kurz nach halb sieben morgens mit einem Berg Schuhen und einer Truppe geiler Bauarbeiter…

Kinderschuhe … grässlich – noch kleiner, noch bunter, noch mehr Durcheinander. Sie bückte sich und ihr sommerlich kurzer Rock rutschte hoch, die Arbeiter schauten auf ihren blanken Po. Seit zwei Monaten hatte sie kein Höschen mehr getragen – ihr Freund liebte es zu wissen, dass sie unten blank zur Arbeit ging. Und sie machte es immer an, wenn der Wind um ihr weiches Paradies strich …

Hatten sie sie wirklich beobachtet? Nein, das bildete sie sich nur ein. Die Pause war zu Ende, sie werkelten und beachteten das Mädchen mit keinem Blick. Eine Fantasie? Hatte der Mann nicht eben seine Lippen geleckt? Der hatte doch eben seine Hose geöffnet … ? Hatte sie nicht seinen dicken, harten Schwanz eben gesehen? Wie er ihn offensiv in ihre Richtung gedreht und eine eindeutige Handbewegung gemacht hatte?

Sie war feucht zwischen den Schenkeln. Durch das fehlende Höschen fiel es ihr noch mehr auf, wie feucht es war … sie streichelte mit einem Finger sanft ihre Perle und versuchte dabei, weiter die Schuhe in die Regale zu bugsieren.

Das wäre jetzt doch geil … gestern hatte sie sich mit ihrem Freund gestritten und anschließend den Mega-geilen Versöhnungssex gehabt. Auch wenn sie Anal-verkehr nicht mochte, genoss sie es am Abend zuvor, wie er mit dem Finger ihren Po penetrierte und dabei mit seinem Schwanz ihre Muschi füllte. Wie er ge-kommen war … laut, mächtig … geil. Ja, das wäre geil, wenn jetzt dieser Bauarbeiter mit seinem harten Schwanz zu ihr hinüber kommen würde …

Ihr feuchter Finger sprach Bände, sie hielt sich ver-krampft am Regal fest, ein paar Schuhe fielen aus einem Karton. Die Bauarbeiter wurden aufmerksam, schnell bückte sie sich, packte die Kartons und ging zum nächsten Regal. „So eine Scheisse" dachte sie sich, „fast wäre ich gekommen, nur noch ein paar Sekunden haben gefehlt …" der junge, gutaussehende Bauarbeiter schaute zu ihr hin und lächelte vielsagend. „oh Mann, wenn der jetzt hierher käme und meine feuchte Fee lecken würde", dachte sie sich und ächzte bei dem Anblick der vielen noch aufzuräumenden Schuhe. „Von dem würde ich mich lecken, vögeln und zum Höhepunkt bringen lassen, das würde keine zwei Minuten dauern bis ich fliege", fantasierte sie weiter. „Dann würde ich mir den nächsten von denen holen, einen nach dem anderen. Und zum Schluss diesen Vorarbeiter, der soll mal warten für seine blöden Witze, aber dann lutsche ich ihm seinen Schwanz hart und lasse ihn erstmal stehen, Strafe muss sein, bevor ich ihm den Saft raus wichse" … ihre Gedanken waren nur noch auf Strom, sie würde jetzt alles tun, um von diesen bescheuerten Schuhen weg zu kommen und am Regal geklammert zu blasen, zu ficken und Schwänze zu wichsen.

Ein Eimer kippte um, alle drehten sich zu dem Eimer, eine Leiter fiel hinterher, zwei Arbeiter hielten den Kollegen im letzten Moment fest, bevor er sich ernstlich verletzt hätte.

Sie sah sich als Krankenschwester mit einem sexy Kostüm, öffnete ihre Bluse, ließ ihn ihre Nippel drehen und lecken, während die anderen Arbeiter ihre Hosen öffneten und die Schwänze hart wurden. Ihre Zunge war an allen Schwänzen, die in einer Reihe nebeneinander von ihr auf den Knien entlang rutschend gelutscht wurden. Alle schmeckten unterschiedlich, streng, saftig, wie frisch gewaschen und wie frisch gefickt vor der Arbeit. Sie war sehr geil darauf, alle diese Schwänze zu blasen, zu vögeln und am liebsten überhaupt nicht mehr … „oh shit, immer noch so viele Schuhe"

Die Rückkehr in die Wirklichkeit war schrecklich, ihre Muschi tropfte mittlerweile, auch der Samen ihres Freundes von der Nacht zuvor lief jetzt heraus. „Das halte ich nicht aus", dachte sie, „ich muss jetzt ein paar von denen da drüben rannehmen". Sie legte den Karton mit den bunten Kinderschuhen zurück zum Stapel und machte sich auf wackeligen Beinen auf den Weg zu den Arbeitern.

„Oh Gott, lass mich nicht umfallen, ich bin so geil, ich will die jetzt alle haben" dachte sie sich, „zuerst will ich einen blasen, während der andere mich von hinten in meine saftige Grotte vögelt, danach nehme ich mir die nächsten zwei ran" … sie war noch fünf Meter von der Gruppe entfernt. Die Jungs machten immer noch blöde Witze über den gestürzten Kollegen „na, dass Du Dir mal nicht Deinen Hobel gebrochen hast", sagte der eine. „Ach was, der nutzt den doch sowieso nur zum pissen", rief einer dazwischen. „ich nehme meinen lieber für die junge Dame dort, die auf uns zu kommt und es bestimmt jetzt gerne morgens um sieben Uhr mit acht Kerlen treiben will", sprach einer.

Der Lehrling stellte sich in den Weg. Die Erektion in seiner Hose war unübersehbar. So mächtig ausdefiniert beulte sich seine Jeans wie die Bizeps unter seinem Hemd.

„Na, wer kommt denn da", sprach er zu ihr, machte einen ganz anderen Eindruck auf sie, als sie es aus der Entfernung vermutet hätte. Gar nicht schüchtern … gar nicht zurück haltend. Eher wie ein Chef …

Das Licht im Verkaufsraum ging an. Vor ihr stand ihr Chef, mit einem ekligen Bauchansatz, die Wampe über der Hose hängend. „Das Geschäft öffnet jetzt", sagte er und grinste feist. Sie ging schnell zu ihren Kartons, die noch immer im Mengen auf dem Boden standen. „Diese feuchte Stelle zwischen meinen Beinen", dachte sie sich und zog mit einem Finger tief durch ihre Lippen …

Danach führte sie ihre Hand zum Mund, leckte den Finger ab… der Geschmack von Sperma an ihrem Finger ließ sie kurz schaudern.

Sie war immer noch geil …

Die Einarbeitung – eine Fantasie

Nach dem Tod ihres Hundes war sie seit Monaten unglücklich. Filou hatte sie über Jahre begleitet, ihr Ruhe gegeben, als sie sich von ihrem Partner nach vielen Jahren getrennt hatte. Sie getröstet, als ihre Kinder erwachsen wurden und das Haus verließen, „danke, Mama" … sie sahen sich zwar regelmäßig und hatten auch ein gutes Verhältnis untereinander, aber abends war ihre Bude leer. Gähnend leer, und Filou hatte Leben hinein gebracht. Jetzt war es mehr als leer, wenn man den Superlativ überhaupt erfinden kann. Tödliche Leere …

Marie stürzte sich mehr und mehr in ihre Arbeit, eine langweilige Routinetätigkeit in einem anonymen Bürokomplex. Überstunden hatten ihr nie viel ausgemacht und für ihren Chef, einem stadtbekannten Sklaventreiber, war es ein Genuss, ihr noch mehr von der ungeliebten Arbeit aufladen zu können. Braun gebrannt war er, während Marie täglich unglücklicher und bleicher wurde.

Der Morgen hatte es in sich, erst verpasste sie ihren Bus, dann den Anschluss mit der Schnellbahn. Ihr Absatz brach auf dem Trottoir ab und so humpelte sie in ihr Büro. Hier lagerten immer ein Paar Ersatzschuhe. Genauso wie in der kleinen privaten Kiste in ihrem Schrank ein Ersatz-Slip und BH lagen, eine Bluse auf einem Bügel hing und etwas Taschengeld für alle Notfälle.

Ihre zwei Kolleginnen waren noch nicht angekommen, in den letzten Wochen war sie die erste morgens und die letzte abends gewesen. Sie richtete ihr Haar, schaute in den Spiegel. „Jetzt bin ich 52 Jahre alt, meine Haare sind noch vital, aber ich werde immer blasser und habe zugenommen. Eigentlich kann ich mich auch gleich vor den Zug werfen", sagte sie halblaut zu sich selbst.

„Na, nicht doch", hörte sie eine freundliche Stimme hinter sich. Eine junge Frau stand hinter ihr und lächelte leicht verlegen. „Mein Name ist Anita Feilhuber, ich bin die neue Trainee. Die nächsten drei Monate werde ich bei Ihnen eingesetzt sein. Sie sind Frau Marie Bonnhöfer?"

Marie zuckte, ja, sie ist Frau Bonnhöfer. Wie gerne hätte sie diesen Namen damals eingetauscht, geheiratet. Aber die Trennung vor zwei Jahren hatten alle ihre Träume zunichte gemacht.

„Ja, Bonnhöfer ist mein Name. Freut mich Sie kennen zu lernen!" Marie log nicht, ihr gefiel das Lächeln der jungen Frau. Sie könnte ihre Tochter sein … und hatte etwas magisches an sich, etwas, was sie inspirierte, etwas, was sie wach rüttelte aus ihrem traumatischen Lebensunglück.

Sie bot ihr einen Platz an, Anita setzte sich, schlug die Beine übereinander und lachte fröhlich. Dabei zeigte sie ihre makellose Haut an den Oberschenkeln und den leichten Ansatz eines Spitzenpanties.

Marie schauerte leicht, als sie sich bei dem Gedanken ertappte, wie lange sie wohl schon keine Spitzenunterwäsche mehr getragen hatte. Für wen auch? Der Slip im Schrank war üble Baumwolle vom Wühltisch, der BH hätte selbst ihre Großmutter gegruselt. Aber dafür garantiert diebstahlsicher hässlich in einem Büroschrank, und sollte jemand diese Scheußlichkeiten finden, würde keiner auf die Idee kommen, ihr nachzustellen. „Wann habe ich das letzte Mal solche Unterwäsche getragen", fragte sie sich.

Anita schaute sie intensiv an „warum sind Sie so unglücklich? Sie können doch nicht ernsthaft daran denken, vor einen Zug zu springen! Sie sind doch mitten im Leben, so vital. Und so hübsch!" sagte sie.

„Hübsch, jung? Sie schmeicheln mir! Und meine Vitalität verbrauche ich hier an diesem Arbeitsplatz. Nun, kommen Sie, ich mache uns einen Kaffee und dann zeige ich Ihnen etwas, was sie in den nächsten Tagen bearbeiten können".

Sie nahm Anita beiläufig am Arm, ging mit ihr in die Teeküche und kredenzte von ihrem Kaffee aus der mitgebrachten Thermoskanne. Diese Berührung, diese weiche, zarte Haut von Anita. Maries Fingernägel waren spröde, sie hatte sich nicht mehr um sich selbst gekümmert seit Filou … leichte Tränen schossen ihr in die Augen, als sie in Anita sah, was sie selbst einmal gewesen war. Eine schöne, junge, sexy Frau, am Anfang ihres Lebens. 25, 27, 28 Jahre alt? Vital, mit Visionen, Ideen… ob sie sie auch eines Tages verraten würde, ihre Ideen und Visionen? Oder ob sie durchhalten würde wie so wenige? Marie trank ihren Kaffee, schaute Anita an und sagte unvermittelt „Sie sind schön!"

Anita lächelte verlegen „so was sagen mir sonst nur Jungs" und kicherte. Dann legte sie ihre Hände ineinander und beugte sich nach vorne. „Ich habe davon gehört, dass ihr Hund gestorben ist. Das tut mir sehr leid." Marie seufzte „ja, Filou … erst der Kerl weg, dann der Hund tot. Was soll da noch kommen?"

Anita stand auf, ging um Marie herum und begann sanft ihren Nacken zu massieren. „Ich weiß es nicht", sagte sie und knetete mit den Daumen zwischen Hals

und Schultern. Nicht fest, aber auch nicht zärtlich. Marie streckte sich unmerklich. Eine Berührung, die sie schon so lange vermisste. Ihr Geld langte nicht dafür, sich ab und zu eine professionelle Massage zu leisten. Und einen Kerl für eine Nacht, darauf hatte sie genauso wenig Lust wie auf eine neue Beziehung. Und einen Callboy , der sie regelmäßig besucht… tja, darüber hatte sie mal nachgedacht, aber der würde wahrscheinlich noch Schmerzensgeld verlangen, hatte sie überlegt und den Gedanken verworfen. „Entspannen Sie sich, ich tue Ihnen gerne den Gefallen", flüsterte Anita. Jeden Moment würden die Kolleginnen kommen, dachte Marie, konnte sich aber nicht mehr entwinden. Der Bann war groß, der Duft der jungen Frau, die ihr Haar verführerisch lang an ihrem Kopf entlang hängen ließ. Die Hände, die jetzt von der Schulter leicht nach vorne glitten und ihren obersten Knopf der Bluse öffneten. Marie war heiß – dieses Gefühl hatte sie schon lange nicht mehr erlebt, dass sie heiß wurde. Dass ihr Mund trocken wurde und die Oberschenkel zu glühen begannen. Irgendwie hatte diese junge Frau es geschafft, ihre Seele zurück zu holen. „Wir müssen jetzt arbeiten", sagte Marie abrupt und schloss ihren Knopf. „Vielen Dank!"
Anita lächelte sie nett an „kein Problem, Sie können sich jederzeit melden, wenn ich Sie weiter verwöhnen soll". Marie war ziemlich verwirrt. Ihr Slip war feucht, besonders lästig, weil es so ein billiges, hässliches Baumwoll-Lappenteil war, das sich jetzt spürbar vollgesogen hatte. Damit hätte sie jetzt eine Weile Stoff für Erinnerungen, lachte sie in sich hinein. Der Gedanke an einen Zug für einen Selbstmord war verflogen. Ja, sie würde gerne diese junge Frau näher kennen lernen. In früheren Jahren hatte sie eine feste

Geliebte gehabt, mit der sie sich regelmäßig getroffen hatte. Als sie dann mit ihrem Ex-Partner zusammen gezogen war, hatte sie die lustvolle Zeit beenden müssen. Aber dieser Altersunterschied … „ach, egal", dachte Marie, „das soll nicht meine Sorge sein, die alten Säcke holen sich doch auch die jungen Mädels". Sie schaute nochmal kurz in den Spiegel. Vor ihr sah sie eine vitale, gut aussehende Frau Anfang 50, die nach Sex schrie … Anita grinste. Das Grinsen war nicht mehr so verhalten wie das Lächeln zuvor. Dieses Früchtchen wusste genau, welche Wirkung sie ausgelöst hatte.

„Sagen Sie, Frau Bonnhöfer, Ihr Absatz ist ja abgebrochen!" sagte Anita, als sie im Schrank den ruinierten Schuh liegen sah. „Ich rufe mal meinen Freund an, der arbeitet in einer Werkstatt, die vielleicht auch Schuhe reparieren könnte. Vielleicht hat er ja heute Abend Zeit, sich mal ihren Schuh näher anzuschauen"

„Monet, Chagalle, Renoir …" Marie stöhnte. Immer Ausstellungen, Kultur. Wenn sie überhaupt noch von einer Freundin angerufen wurde, dann für eine Ausstellung. Wohl, weil deren Männer keine Lust dazu hatten, sich stundenlang in Galerien herum zu treiben und Interesse heucheln zu müssen. Dann nimmt man auch die alte Marie mit, trinkt hinterher noch einen Cappucino und „dann bis bald wieder" – zum nächsten Rembrandt.

Sie legte auf, morgen also Rembrandt. Löschte das Licht, sie war müde, es war draußen gerade erst dunkel geworden, aber der Tag nagte an ihr. Der Tag … Anita … die Massage… der feuchte Slip.

Ihre Gesichtsmuskeln entspannten sich, als ihre Hand endlich den Weg zwischen ihre Schenkel fand. Sie nahm sich Zeit für sich selbst, es war ihr Moment, den sie jetzt genießen würde. Die Männer, mit denen sie versucht hatte sich in den letzten Jahren einzulassen, sie waren zu ungestüm gewesen, zu notgeil, hatten an ihr herum gerubbelt, sie hart genommen und dann nicht mehr angerufen. Nicht, dass sie etwas gegen die „harte Gangart" hätte, aber ihren Orgasmus bekam sie immer noch am besten bei einer langsamen, sanften Stimulation. Die unzähligen ihr immer wieder empfohlenen Geräte hatten außer der Batterie-Industrie niemanden bereichert. Irgendwer musste Gefallen daran haben, sonst gäbe es den ganzen Kram ja nicht. Ihres war es nicht. Ihre Finger fanden die Stelle, aus der sie die Feuchtigkeit nach oben zu ihrer Perle ziehen konnten. Massierten langsam und mit leichtem Druck.

Marie sah Anita, sie küssten sich. Leidenschaftlich, geil, unbändig. Anitas Haar fiel über ihre Schultern, als sie sich an Maries Brüsten entlang leckend über den Bauchnabel zu ihrem Venushügel vor arbeitete und dann mit einem tiefen Stöhnen ihre Zunge in ihrer Muschi eindringen ließ.

Der Gedanke machte Marie unglaublich an, sie stellte sich vor, wie Anita es ihr besorgte, langsam und zärtlich, aber mit einem Druck, der keinen Widerstand zulassen würde. Das Becken fest auf das Laken drückte, so dass ihr Beben beim Orgasmus direkt über ihren Rücken zu ihrem Kopf und dort in einen lauten Lustschrei verwandelt werden würde. Marie tauchte noch einmal ihren Finger tief in ihre feuchte Grotte ein, kreiste nur noch wenige Sekunden über ihr Zentrum und kam dann mit einem heftigen Schub. Ihr Körper bebte, durch das offene Fenster schwebte der Schall ihrer Lust in die Nachbarschaft.

Seit Filou tot war, hörten die Nachbarn das erste Mal Leben in Marie´s Wohnung.

Anita stand pünktlich am Morgen bei Marie am Schreibtisch, strahlte und grüßte fröhlich. „Den Absatz kann Felix reparieren, ich soll den Schuh heute mitbringen. Es ist ja morgen Wochenende und dann kann er es machen", sagte sie zu Marie.

„Das ist sehr lieb von Ihnen, Anita", sagte Marie, „was bekommt er denn dafür?"
„Machen Sie sich keine Gedanken, Marie, er macht das nebenher, ein Gefallen für mich an Sie. Nur, ich bin nächste Woche nicht hier im Büro, sie müssten den Schuh morgen bei uns abholen kommen."
„Hmm…" Marie wurde schon wieder warm, ihr Kopfkino ging mit ihr durch. Sie sollte doch nur einen Schuh abholen. „Ich bin bei einer Ausstellung, Rembrandt. Kennen Sie Rembrandt?"

Wie blöd ist denn die Frage, dachte sich Marie und hätte sich am liebsten die Zunge abgebissen und wurde noch irritierter bei dem Gedanken, dass die abgebissene Zunge ihr dann beim Kuss mit Anita fehlen würde. Oh Gott, dachte sie, ich bin hier völlig abwegig unterwegs.

„Aber freilich kenne ich Rembrandt", sagte Anita. Mein Vater ist Freund der Musen, wir haben schon in frühen Kindesjahren alle Werke der großen Meister kennen gelernt. Ebenso die klassische Musik, Sinfonien – das ganze Universum sozusagen.

Marie staunte nicht schlecht. Fast alle jungen Leute um sie herum interessierte das nicht die Bohne, was Kultur aus alter Zeit anging. Und diese junge Frau hier verkündete ihr Interesse mit einer solchen Selbstverständlichkeit, als gäbe es für ihre Generation nichts anderes.

„Also kommen Sie doch einfach nach der Ausstellung bei uns kurz vorbei, dann holen Sie ihren Schuh. Felix mag übrigens Schokolade, falls Sie sich fragen, was Sie ihm als Dankeschön mitbringen können."

Anita ging, strich dabei noch einmal leicht über Maries Hand und ließ eine sehr verwirrte, sehr aufgeheizte Marie zurück. Der Tag wollte nicht vorübergehen, die innere Hitze bei Marie stieg mehr und mehr an. Das aufziehende Gewitter draußen würde sich erst in den Abendstunden entladen, solange würde sie auch noch ausharren müssen, bis sie endlich ihre Lust entfesseln können würde…

Maries Freundin war zu der Ausstellung dann gar nicht erst erschienen. Das waren die Verabredungen, wie Marie sie leider schon öfter erlebt hatte. Eine alte Jungfer, das war sie wohl für die anderen. Jetzt war sie aber schon mal hier, die Karte hatte sie gekauft – also würde sie jetzt auch diese Ausstellung anschauen.

„Der Mann mit dem goldenen Helm" – Sie sehen hier diese besondere Pinselführung, diesen Strich. Rembrandt war ein Meister der Schatten…" Marie hörte der Stimme nicht richtig zu. Die Kunstführerin war zu schön für sie, als dass sie sich dem Inhalt ihres Vortrages widmen konnte. Halblange, dunkle Haare, ungefähr vierzig Jahre alt, erotische Rundungen unter dem korrekt sitzenden Kostüm. Volle, schmollmündige Lippen… In der Nacht zuvor hatte Marie bei dem tosenden Gewitter ihre Nippel geknetet, ihre Lustperle massiert und sich vor lauter Geilheit dann doch auch nach langer Zeit wieder eines dieser Geräte eingeführt. Das offene Fenster, die Nachbarn … es war ihr egal geworden, sie war geil, geil, geil, sie wollte es endlich raus lassen.

Ja, diese Kunstführerin machte sie an. Mehrmals hatte die Frau ihr tief in die Augen geschaut, während sie von Rembrandts Pinsel schwärmte. Wie würde sie ihr näher kommen können? Ein Gespräch im Anschluss war sinnlos, die nächste Führung wartete in der Regel schon wenige Minuten danach. Eine Visitenkarte zustecken? Wie plump … Marie stahl sich ein paar Schritte nach hinten, hinter die letzte Reihe der Zuhörer, zog verstohlen ihren Slip aus und steckte ihn in ihre Handtasche. Er war feucht … sehr feucht… Draußen braute sich schon wieder das nächste Gewitter zusammen.

Die Führung endete, die Gäste gingen auseinander, die Kunstführerin stand noch einen Moment mit ein paar interessierten Leuten zusammen, als Marie ihr mit einem Lächeln den zusammengeknäuelten Slip in die Hand drückte.

„Sie finden mich in der Cafeteria", sagte sie zu ihr und ging. Das Wippen ihrer Hüfte betonte sie etwas mehr als sonst, drehte sich auch nicht mehr um. So konnte sie auch nicht sehen, dass die Kunstführerin den Slip kurz ausrollte, dann lächelte und ihn in ihrer Handtasche verschwinden ließ.

„Sie haben mir da etwas gegeben, ich bin mir nicht sicher, ob Sie mich verwechselt haben", sprach die Kunstführerin Marie in dem Museums-Café an. „Möchten Sie einen Kaffee mit mir trinken? Mein Name ist Marie, Ihr Vortrag hat mir ausgesprochen gut gefallen" Marie sagte diese Worte und konnte selbst kaum glauben, dass sie ihr aus dem Mund glitten, geölt, einfach, lustvoll. Bis vor drei Tagen hatte sie wie eine graue Maus auf ihrem schrecklichen Bürostuhl die Überstunden der anderen gearbeitet und sich als trockene alte Frau gesehen. Und jetzt quoll der Saft aus ihrer Lustzone, sobald sie die Augen aufschlug. Und das alles, seitdem sie Anita kennen gelernt hatte. Anita, die sie nachher sehen würde.
Ihre Hüfte zitterte leicht auf dem Stuhl, vielleicht auch, weil der kleine Vibrator, den sie seit vier Stunden beim Gehen in sich trug, seine Wirkung nicht verlor. Ihre Augen schienen diese Geilheit auch auszustrahlen. Die Kunstführerin schaute mit einem Blick zwischen Verlegenheit und unverhohlener Neugier in ihre Augen.

„Nun, ich habe jetzt zwei Stunden Pause, wir können gerne einen Kaffee zusammen trinken – was genau hat Ihnen denn an meinem Vortrag so gut gefallen? Ach, und Entschuldigung, ich bin Jasmin, Kunstlehrerin.

„Wie sie über den Pinsel von Rembrandt gesprochen haben …" Marie versuchte irgendetwas sinnvolles von sich zu geben, denn in Wirklichkeit hatte sie nichts mit bekommen von dem Erzählten. Dafür hatte sie in ihrem Tagtraum zu heftig die Kunstführerin gefickt, als dass sie das hätte hören können.

„Tja, Rembrandt und sein Pinsel…" – Jasmin schaute sie lächelnd an „ich habe doch nicht viel über seinen Pinsel gesagt…" und schaute Marie jetzt tief in die Augen. „Was möchtest Du mir denn eigentlich mit Deinem kleinen Geschenk vorhin sagen? Möchtest Du Kaffee trinken? Und warum dann hier? Ich wohne nur ein paar Minuten von hier entfernt – und eine Espresso-Maschine habe ich zu Hause". Marie zitterte vor Erregung. Der Vibrator in ihrer Muschi tat volle Wirkung, als sie aufstand und langsam ihre Handtasche nahm.

„Es wäre mir eine Freude, den Espresso bei Dir kennen zu lernen, Jasmin", sagte sie, nahm sie flüchtig an der Hand, ließ ihre Fingerspitzen kurz an Jasmins Handrücken entlang gleiten, bevor sie zusammen mit angemessenem Abstand zum Ausgang aufbrachen.

Jasmins Wohnung lag im gleichen Quartier, eine überhitzte kleine Dachwohnung. Unordentlich aber gemütlich, ein kleiner Frühstückstisch an einem Gaubenfenster, auf dem noch das Geschirr vom Morgen stand. Ein breites Bett mit zerwühlten Laken befand sich unter der Dachschräge.

Das kleine Sofa war mit kuscheligen Kissen drapiert. Jasmin bedeutete Marie sich hinzusetzen. Jetzt fiel

Marie erst richtig auf, dass sie keinen Slip mehr trug – ihr Rock rutschte hoch und gab die Sicht frei auf die schimmernden Innenseiten ihrer Oberschenkel. Verheißungsvoll feucht schien es, Jasmin schauten einen Moment zu ihr, bevor sie fragte „möchtest Du wirklich einen Espresso, Marie? Oder magst Du nicht einfach hier herüber kommen?" Sie streifte sich ihr Kleid über den Kopf und trug darunter überhaupt nichts.

„Es ist diese Hitze da draußen, da kann ich keine Dessous vertragen", sagte sie verschmitzt zu Marie. „Komm rüber zu mir" Jasmin legte sich auf das Bett, schob das Laken zur Seite und öffnete leicht ihre Schenkel. Maries Atem stockte, sie schaute auf diese wunderschöne Muschi, gepflegt rasiert mit einem leichten Haaransatz. Wie nannten sie das noch gleich? Brasilian Landing-Strip? In Gedanken sah sie sich mit ihrer Zunge auf dieser Landebahn landen … und noch während ihre Gedanken kreisten, begann ihre Zunge zu kreisen.
Die wenigen Schritte hatte vom Sofa zur Liegestatt hatte sie wie in Trance zurückgelegt, unterstützt von dem immer noch tief in ihr pulsierenden Vibrator.

Jasmin entdeckte das Gerät schnell und zog es lachend heraus. „Das brauchst Du bei mir nicht mehr", sagte sie und ließ langsam und bedächtig zwei Finger stattdessen in Maries Höhle gleiten. Marie stöhnte auf, draußen blitzte und donnerte es schon wieder, noch weit entfernt zwar, aber die Schwüle der Nacht war zurück gekehrt und feuerte die beiden in ihrer Lust jetzt noch mehr an. Es dauerte nicht lange, bis Maries Zunge die Geilheit von Jasmin zum Höhepunkt geleckt hatte und Jasmin mit beiden Händen an der

Dachschräge abstützend, das Becken auf Maries Gesicht reibend, ihre Lust auf Marie entlud.

Ihr Kommen begleitete sie mit einem Schwall geilem Saft, der sich über Marie verteilte und dann mit dem näher kommenden Gewitter und Jasmins Hand an Maries Möse beiden zusammen mehrmals hintereinander einen heftigen Orgasmus schenkte. Sie glitt von Marie herunter, nahm ihre Hand an ihre Pussy und ließ sie sanft zu Ende kommen. Noch einige Male stöhnten beide Frauen, bevor sie mit einem innigen Kuss aneinander kuschelten.
„Ich glaube, das ist der Beginn einer wunderbaren Freundschaft", kicherte Jasmin. „Wow, Du zitierst Casablanca, einen meiner Lieblingsfilme" lächelte Marie und beugte sich erneut mit ihrem Mund über Jasmins Lustzone …

Marie schaute auf die Uhr „Du musst zur nächsten (Ver)führung" sagte sie zu Jasmin und küsste sie mit leicht geöffneten Lippen. Jasmins Zunge glitt ihr sanft entgegen, sie waren beide für einen Moment eingeschlafen, lagen jetzt wie ein vertrautes Liebespaar eng umschlungen auf dem Bett und küssten sich erneut leidenschaftlich.

„Oh Gott, in sechs Minuten geht´s weiter – hier, Dein Slip! Oh Scheiße … sehen wir uns heute noch? Ich will Dich sehen, Marie!" Jasmin stülpte sich das Kleid über, schlüpfte in ihre Schuhe und hastete zur Tür.
„Zieh hinter Dir zu, lass mir Deine Telefonnummer da – egal wie, halt so wie man das so nach einem One-Day-Stand so machen könnte", hauchte ihr noch einen Kuss zu. Die Tür schloss sich, Marie streckte ihre

Arme über den Kopf, dehnte sich, genoss dieses Ge-
fühl in ihrem Körper. Dieses wohlige, warme Gefühl.
Das Gewitter war verzogen und eine frische, kühle
Luft drang durch das Fenster in die Dachwohnung.

Marie schrieb einen lieben kurzen Brief an Jasmin,
ihre Telefonnummer dazu und machte sich dann auf
den Weg zu ihrem Schuh.

Es waren rund vierzig Minuten zu Fuß oder vier Stati-
onen mit der Straßenbahn – Marie entschloss sich zu
gehen. Die letzten Jahre seit Filou hatte sie viel zu
wenig zu Fuß gemacht. Sie hatte die Leute nicht sehen
wollen, die so gut gelaunt aussahen, Eiscreme
schleckten, lachten, sich küssten. Sie hatte einfach nur
schnell von einem Punkt zum anderen kommen wollen. Schnell, pragmatisch. Ohne Lebenslust.

Jetzt lief sie, sie schlenderte durch die Gassen. Ein
Flohmarkt, sie stöberte zwischen Kram und Trödel,
hier ein kleines Geschäft – war das neu? Eine Eisdiele
– neue Sorten!

Sie leckte lustvoll an einer Kugel Bacio-Eis.
„Bacio, ich küsse Dich, wie passend", dachte Marie.
Und schleckte die Kugel noch lustvoller, wie die Spitze einer Eichel, bis sie die Eiskugel ganz in ihren
Mund schob und dann langsam heraus zog. Ein Mann
beobachtete sie und grinste unverschämt. Bis jetzt
hätte Marie sich versteckt, herum gedreht und sich
angewidert abgewendet. Seit heute nicht mehr. Erneut
schob sie die Eiskugel langsam in den Mund und zog
sie mit einer Drehung ihrer Hand sehr langsam wieder
heraus, begleitet von ihrer Zunge.

Es sah aus, als hätte sie einen harten Schwanz bis zu den Eiern in ihren Mund gezogen und beim Blasen dann mit der Zungenspitze noch unter den Eiern geleckt.

Dem Mann blieb die Kinnlade offen stehen, Marie grinste und ging dann weiter. Ihr Weg führte vorbei durch eine Fußgängerzone. Jetzt endlich einen Cappucino – sie sah die Menschen jetzt alle anders, fröhlich, offen, sexuell. Marie hatte sich gehäutet. Auf der Damentoilette richtete sie ihr Haar, ihr Teint sah frisch aus, besser als in den letzten Wochen. Wie sich das doch gleich bemerkbar macht, wenn die Lust mal richtig da ist, dachte Marie.

Ein Friseur nahm sie ohne Termin auf, sie ließ sich auf seine Beratung ein und zwei Stunden später stand Marie mit einer sportlich-eleganten halblangen Frisur vor dem Friseurgeschäft. Ihr Nacken lag jetzt etwas frei, frei für Jasmins Küsse. Oder wer auch immer jetzt diesen Nacken küssen möchte, lachte sie in sich hinein. Ich möchte leben, sagte sie sich, leben, leben, leben!!! Scheiß auf die Arbeit, auf die Überstunden für die Wichtigkeit. Leben!

Sie stand vor Anitas Tür und klingelte. Ein Mann öffnete, ungefähr fünfzig bis fünfundfünfzig Jahre alt. „Sie müssen Frau Bonnhöfer sein?" sagte er und lächelte freundlich. „Kommen Sie doch herein, Anita und ihr Freund sind einkaufen, haben mir aber angekündigt, dass Sie heute vorbei kommen könnten. Mein Name ist Holger, wenn es Ihnen recht ist."

„Holger, angenehm, ich bin Marie Bonnhöfer. Marie für Sie, ähm, Dich", sagte Marie. Es war ihr plötzlich nicht mehr so angenehm, jetzt bei dem Vater von Anita zu stehen. Auf Anita und vielleicht ihren Lover hatte sie sich gefreut. Aber hatte sie sich nicht einfach etwas eingeredet? Warum sollte Anita auf sie abfahren? So eine junge Frau? Nur weil sie einfühlsam war und ihr einmal kurz den Nacken massiert hatte? Die jüngere Generation war doch ohnehin viel lockerer als ihre. Sicher war das einfach nur ein Missverständnis und jetzt saß sie hier dumm herum und fühlte sich deplatziert.

„Möchten Sie etwas trinken?" fragte Holger freundlich, „Wasser, Saft, Weißwein? Ich selbst trinke eine Weißweinschorle. Passt perfekt zu der Musik, die ich gerade höre. Ach ja, wie war die Rembrandt-Ausstellung? Anita hat mir erzählt, sie waren heute dort? Ich habe sie mir vor zwei Wochen angeschaut, wunderbar. Sehr gute Führungen!" Marie nickte abwesend, ja, eine Weißweinschorle bitte, die guten Führungen… jetzt dachte sie wieder an Jasmin … sie lächelte und kam langsam wieder zu sich.

„Ja, eine tolle Ausstellung und sensationelle Führungen" setzte sie an. „Welche Musik hören Sie denn gerade?"

„Rachmaninoffs zweite Sinfonie, das Meisterwerk. Ach, hier ist übrigens Ihr Schuh, ich habe ihn repariert. Anitas Freund musste etwas anderes machen, da habe ich es übernommen. Probieren Sie mal" Holger bückte sich vor sie, zog ihren Schuh aus, strich sanft mit der Hand über ihren Spann und zog den reparierten Schuh über den Fuß. „Passt! – alles wieder gut", sagte er und stand wieder auf. „Seit meine Frau vor drei Jahren gestorben ist habe ich keiner Frau mehr einen Schuh angezogen. Und dann heute auch noch bei einer so attraktiven Dame – es ist mir eine Ehre. Noch einen Weißwein?"

Marie lächelte. Ihr neues Leben hatte gerade begonnen. Sie dachte an die Eiscreme auf dem Weg und welche Symbolkraft ihr Saugen an der Kugel Eis gehabt hatte. Sie freute sich Holger besser kennen zu lernen. Und freute sich, dass sie Anita hatte einarbeiten dürfen …

Die Reise ins Ungewisse

Ihr Blick huschte gleich schelmisch wie verlegen von seinen Augen hinunter über seinen Oberkörper bis zu seinen Schuhen. „Danke", hauchte sie ihm zu, während er ihr diskret die Hand reichte und die Autotür offenhielt. Mit ihrem halblangen, weiten Rock war es trotz der hohen Absätze kein Problem für sie, auf der Rückbank Platz zu nehmen. Ihr Hut haderte kurz mit dem Türrahmen, doch mit einem damenhaften Griff hielt sie ihn gekonnt in Form. Auf der anderen Seite saß die Gepa(a)rdin, die ihr lächelnd ein Willkommen schenkte. Der Chauffeur schloss die Tür sanft hinter ihr, nahm am Steuer Platz und startete den Motor.

„Wenn die Damen Wünsche haben, bitte zögern Sie nicht, mir diese mitzuteilen", sagte er und nickte ihnen im Rückspiegel zu.

„Wünsche?" Die Gepa(a)rdin beugte sich zu ihrer Freundin hinüber und küsste sie sanft auf den Nacken. „Haben wir Wünsche, die uns der Chauffeur erfüllen könnte?"

Die Freundin lächelte. Sie hatten sich vor wenigen Wochen kennengelernt, konnten eigentlich noch kaum glauben, dass diese Begegnung möglich war. Zu gut hatte die Annonce ausgesehen, normalerweise verbargen sich eher Spinner und „Fakes" hinter den zu glatt formulierten und zu offenherzig gestalteten Profilen und Gesprächen. Die Freundin aber war real, intelligent, südländischer Typ, klare, wohlakzentuierte Sprache, sexy …

Die Gepa(a)rdin hatte es sich nicht anmerken lassen, aber sie war von Anfang an begeistert gewesen. Begeistert ebenso wie ihr Gepa(a)rd, der diese Witterung mit seiner feinen Nase aufnahm und die Jagd eröffnete.

Schon bald war ihnen klar geworden, dass hier keine Beute zu jagen wäre, im Gegenteil, die Dame war selbst Jägerin. Sie würden zusammen jagen können, dabei balzen, spielen, ihre Lust schäumend genießen. Jetzt saß sie neben ihr auf dem Rücksitz des Autos und lächelte sie an.

„Wünsche … hmmm … lass mich überlegen" sprach sie und nahm die Hand der Gepa(a)rdin sanft zwischen ihre Schenkel…

Der Wagen setzte sich langsam in Bewegung, wenige Abbiegungen später befanden sie sich auf der Autobahn und nahmen Geschwindigkeit auf. Der Chauffeur hatte den Rückspiegel so eingestellt, dass er die Damen auf der Rückbank beobachten konnte. Eine klassische, abgedroschene Männerfantasie? Er genoss das Spiel der Hände und Zungen im Spiegelbild. Konzentriert fuhr er mit konstanter Geschwindigkeit und ließ sich seine Erregung nicht anmerken.

Die Hand der Gepa(a)rdin hatte längst ihre Bestimmung gefunden, die Freundin bog ihren Oberkörper und wand sich im Sicherheitsgurt. Der Rock war weit nach oben gerutscht und gab den Blick auf ihre wohlgeformten, hellen Oberschenkel frei.

Es war später Herbst, früh dunkelte es und der Chauffeur schaute angestrengt in die Abenddämmerung. Noch fast zwei Stunden Fahrt, dachte er sich, und lächelte in sich hinein. Es war nicht das erste Mal, dass er eine solche Situation erlebt hatte. Ein Jahr zuvor war die Gepa(a)rdin mit einer Gespielin auf der Rückbank in solch wilde Lust verfallen, dass alle Scheiben beschlagen waren. Der danach gemeinsame Sex zu dritt hatte sie noch sehr lange in ihrer Lust beflügelt. Würde es dieses Mal ähnlich werden? Nein, diese Dame war ganz anders, sie ließ sich intensiv auf die Gepa(a)rdin ein, genoss sichtlich die Liebe zu einer Frau und ließ den Mann dennoch sehr gerne zum geeigneten Zeitpunkt hinzukommen.

Im Rückspiegel konnte der Chauffeur sehen, wie sich die mittlerweile blanken Brüste der Dame steil mit dem nach hinten gebogenen Nacken aufstellten, bevor sich die Gepa(a)rdin endgültig aus dem Sicherheitsgurt befreite und über ihre Nippel stürzte. Seine Hose hatte er an diesem Tag für die lange Fahrt bewusst weit gewählt, jetzt reute er es kein bisschen bei der wachsenden Erektion.

Ihm gefiel, wie die Dame aufstöhnte, lustvoll, die Augen verengt, angestrengt und entspannt im Wechsel, ihre Geilheit zeigte und ihrer Feuchtigkeit Lauf ließ. Immer wilder wurde das Spiel im Fonds und er musste sich jetzt sehr auf die Fahrt konzentrieren.

Die Tankanzeige meldete die Umstellung auf den Reservetank, es waren noch über 100 Kilometer zu fahren. Bei der nächsten Gelegenheit würde er von der

Autobahn abfahren und das Spiel unterbrechen müssen. Wie schade, dachte er sich, wie schade …

Ein Autohof kam in Sicht, er ließ den Wagen sanft ausrollen, um die Damen nicht zu sehr aus dem Takt zu bringen, und parkte möglichst weit entfernt von dem Kassenhaus an der Zapfsäule. In diesem Moment stöhnte die Dame unter der lustvollen Massage ihrer Möse durch die Gepa(a)rdin laut auf, zuckte, stöhnte, wand sich. Die Gepa(a)rdin ihrerseits war sichtbar erregt, sie hätte jetzt am liebsten gleich einen Schwanz zum ficken in sich gespürt, musste sich aber noch beherrschen. Das ihr dies schwer fiel, war unschwer zu erkennen.

Er stieg aus dem Auto aus, lief um den Wagen herum und begann mit dem Tankvorgang. Nach dem Bezahlen wollte er wieder einsteigen, doch die Dame deutete ihm sich zu ihr zu beugen. Er folgte ihrem Fingerzeig, der tief hinab in den Wagen führte, genau zwischen ihre nassen Schenkel. Sie reichte ihm ein nasses Tuch, durchtränkt von ihrem Liebessaft, den sie in ihrer Erregung von sich gegeben hatte.

„Kannst Du das bitte auswechseln für die Weiterfahrt? Und dann möchte ich, dass Du uns beide später richtig fest fickst", sagte sie zu ihm. „Diese wundervolle Frau an meiner Seite und ich, wir brauchen nachher einen harten Schwanz! Ich weiß, dass Du das kannst".

Der Chauffeur nahm ihre Hand und ließ sie sanft über die harte Schwellung in seiner geschlossenen Hose gleiten. „Ich denke, dass ich diesen Wunsch erfüllen kann, Mylady" sagte er und lächelte. Sein Lächeln verwandelte sich von dem dienerhaften, freundlichen

Lächeln in das eines Jägers. Seine Augen wurden schmaler, schlitzförmiger, katzenhafter.

Er wurde wieder der Gepa(a)rd...

***

Die Fahrt fand natürlich anders statt – in den Wochen zuvor hatten die Gepa(a)rden zusammen mit Justine ein erotisches Neuland betreten. Neuland nicht hinsichtlich der Begegnung mit einer einzelnen Frau, sondern mit der Intensität einer emotionalen Begegnung. Hatten sie bislang ihre Treffen immer auf ausschließlich heftiger sexueller Lust erlebt, nahmen sie jetzt Justine als intelligente, sinnliche Frau ganz anders wahr. Abende mit gemeinsamem Kochen, anschließender gemeinsamer Ekstase und dabei ein ansteigendes Gefühl von Verbundenheit. Dieses Gefühl brachte sie zu der Idee eines gemeinsamen Wochenendes. Nicht einfach in einem Hotel oder Ferienwohnung mit Rückzugsmöglichkeiten, sondern in einem gemeinsamen Raum, mindestens 24 Stunden lang, keine Fluchtwege, absolutes sich Aufeinander einlassen. Es war ihnen ein wenig Bange vor dem Gedanken, doch auch Justine freute sich auf das gemeinsame Erlebnis.

Das Ziel war in Nordrhein-Westfalen mit einer erotischen Lesung als Ende des Wochenendes in einem BDSM-Studio. Das Hotel war ein Themenhotel, jedes Zimmer unterschiedlich eingerichtet – ihr Zimmer hatte ein riesiges Wasserbett, rotes Licht und keinerlei Türen zu Bad/WC und Flur. Eine echte Lasterhöhle...

Nach dem Abendessen zogen sie sich zurück, lebten und liebten ihre Lust, genossen das Squirting von Justine auf ihrem Höhepunkt, schliefen, fickten nachts im Dunkeln, wachten auf, liebten sich erneut... Frühstück, Sex... die Lesung am Nachmittag. Ein berauschtes Publikum applaudierte Taiji Tu, die Gepa(a)rdin und Justine hatten leuchtende, lechzende Augen. Ein Rundgang durch das Studio, ein Mann wurde ausgepeitscht, heftig, schmerzvoll, er genoss es sichtlich, diesen Schmerz zu erfahren. Die Gepa(a)rden zogen sich mit Justine in einem Raum zurück, Justine lag in der Liebesschaukel, die Gepa(a)rdin verwöhnte sie mit Zunge und Fingern, bis ein neuer Schwall Squirting sie belohnte.

Doch etwas störte – der Gepa(a)rd hatte mit einer unachtsamen Bemerkung bei seiner Gepa(a)rdin ein Störgefühl ausgelöst. Justines hoher Sensibilität entging dies nicht – sie fuhren nach Hause, eher schweigend, und gingen bei hohem Respekt füreinander auseinander...

Die CMNF-Party

Die Gepa(a)rden hatten schon einige Einladungen zu „besonderen" Veranstaltungen gesehen. Mittlerweile waren beide aufgeschlossen für die sexuellen Angebote des Lebens und interessierten sich für eine besonders aufregend klingende Party:

CMNF – Closed Men Naked Female ...

Die Gepa(a)rdin hatte mehrmals vergeblich versucht den Gepa(a)rden für eine Veranstaltung in einem Erotik-Schloss zu gewinnen, davon wurden im Land an unterschiedlichsten Stellen Partys angeboten. Jedoch, der Film „Eyes wide shut" vermag das Kopfkino anheizen, die Wirklichkeit allerdings sieht unter Umständen ganz anders aus. Die Teilnehmer sind keine Schauspieler, sondern lebenden Menschen – und der Gepa(a)rd sträubte sich gegen die Vorstellung, mit als zum Beispiel venezianische Maskenträger verkleideten Nackten in einer Kulisse zu weilen.

Nun also CMNF ... die Beschreibung der Veranstaltung war verrucht und machte unendlich Lust, diese zu besuchen.

„Ihr kommt einen dunklen Gang entlang, Kerzenlicht erhellt als Einziges. Anerkennende Blicke ruhen auf dem nackten Körper der Dame, Bewunderung erhält der Gentleman für die Schönheit seiner Begleitung. Eine flüchtige Berührung? Noch zögert die Dame, noch fühlt sie sich unwohl in der ungewohnten Umgebung. Bald schon sieht sie sich als Teil des Ganzen, lässt sich fallen und zeigt ihre Schönheit. Die Gentlemen genießen den Anblick ihrer Damen …"

Ausgeschrieben war die Veranstaltung in einer Loft-Anlage. Die Gepa(a)rden meldeten sich an … die Gepa(a)rdin war nervös, sie musste jetzt auf den Gepa(a)rden vertrauen können. Würde er sie beschützen, wenn unerwünschtes passieren würde? Würde sie sich fallen lassen können, wenn sie es will?
Sie sprachen viel darüber, wie der Abend verlaufen könnte, dann kam es doch anders…
Mit dem Auto fuhren sie auf den Parkplatz, der Gepa(a)rd half ihr aus dem Beifahrersitz. Die hohen Absätze waren hinderlich, doch sah sie umwerfend sexy aus mit ihrem Mantel und dem Hauch von nichts darunter. Er hatte ihr extra für diese Anlässe einen kurzen Pelzmantel mit hochstellbarem Kragen gekauft, so sah sie noch frivoler aus als es ohnehin gewirkt hätte. An seiner Hand geführt fand sie das Vertrauen wieder, welches ihr auf der Hinfahrt fast verloren gegangen wäre. Im Eingangsbereich in der Nähe der Bar wirkte die Nacktheit der schon anwesenden Frauen neben den in eleganten Anzügen gekleideten Männern auf bizarre Weise normal. Der Gepa(a)rd half seiner Partnerin aus dem Mantel, brachte ihn zur Garderobe und kümmerte sich als Kavalier um die Getränke. Ein paar bekannte Paare waren ebenfalls anwesend, so kamen sie in ein lockeres Gespräch. Nach einer kurzen Zeit wurden Speisen gereicht und die Atmosphäre wurde entspannter. Als hätte sie nie etwas anderes getan, schritt die Gepa(a)rdin nahezu nackt durch das Loft und erkundete die Winkel.
Tatsächlich war es eine als SM-Studio eingerichtete Halle, und an einigen Spielzeugen wurden bereits

erste Sessions verbracht. Ein Stöhnen hier, eine Brustwarzen – oder Schamlippenklammer dort … ein Klatschen einer Lederpatsche auf einen Po, ein ver- zückter Ausruf süßen Schmerzes …

Jedoch, das Gefühl, welches sich die Gepa(a)rden erhofft hatten vorzufinden, kam mit diesem Hinter- grund nicht auf.

Hier mischten sich zwei Welten, die der SM-Erotik mit der des ureigensten Kopfkinos.

Eine nackte Serviererin reichte Leuchtbändchen mit dem Hinweis, diese zu tragen, sofern man Aktivitäten eingehen möchte. Der Gepa(a)rd ließ das Leuchtbänd- chen in der Jackentasche verschwinden, nein, hier würde er nicht seine Lust unbändig ausleben können, dies war ein Tempel der Erfahrung, aber nicht wie sie es sich vorgestellt hatten.

Ein Paar schritt vorbei, sie kannten sich, ein Dom- Sub-Paar. Sie plänkelten ein wenig, dann sperrten die Männer ihre Frauen zusammen in einen Käfig, den man an einer Kette an die Decke hochziehen konnte. Möge es im Film Emotionen auslösen – in der Wirk- lichkeit führte es eher zu einem Lachkrampf, so blöd kamen sich die Frauen im Käfig vor und ebenso fühl- ten sich die Männer auf dem Boden. Ein anderes Paar beobachtete die Szenerie, der Mann steckte sein Leuchtbändchen der Gepa(a)rdin in ihren Hauch von Nichts, den sie unterhalb der nackten Brust umge- schlungen hatte. Und griff ihr an die Brust …

Dem DOM des anderen Paares blieb die Spucke weg, seine Faust ballte sich. Der Gepa(a)rd blieb ruhig, entfernte das Leuchtbändchen und gab es dem Mann zurück. Und schwor sich, ihm vor der Tür die Nase zu brechen, sollte er ihm nochmal begegnen.

Die Stimmung war verdorben, der Sex, den einige Paare mittlerweile miteinander hatten, inspirierte nicht. CMNF, ja, das wollten sie gerne erleben, aber nicht in Kombination mit einer SM-Party, das war zu viel.

Beim Verlassen des Lokals zu noch früher Stunde trat der Gepa(a)rd im Dunkel auf ein gefülltes Kondom, welches jemand achtlos auf den Boden geworfen hatte. Genauso fühlten sie sich – ekelig, angewidert … die nächste CMNF-Party würden sie genauer aussuchen.

Im Labyrinth von Marrakesch

1001 erotische Nächte

Die Gepa(a)rdin drehte sich ruckartig um. Als erotisches Raubtier wusste sie die Witterung von Beute und Gefahr einzuschätzen. Hier, in den engen Gassen von Marrakesch, mit den unzähligen Gerüchen, den Geräuschen von schnell auftauchenden Mopeds wie leise heransausenden Fahrrädern, dem Gewirr von tausenden Stimmen aus der unüberschaubaren Anzahl von winzigen Läden, waren ihre Sinne wie betäubt. Sie wusste, dass etwas da war. Etwas, was sie nicht einschätzen konnte: Beute oder Gefahr?

Schon seit mehreren Stunden strich sie nun durch die Souks, berührte hier eine Tasche, kratzte dort sanft mit einer Kralle über einen Messingteller und freute sich über das Schnäppchen nach langem Feilschen, als endlich die Teekanne mit den reichhaltigen Verzierungen in ihrer Handtasche verschwand. Der Duft des Gewürzhandels überlagerte alles, dennoch nahm ihre feine Nase die Witterung wieder auf. Zwischen dem beißenden Dunst von Auspuffabgasen und süßen Curry schmeckte sie einen Mann heraus. Unmerklich leckte sie sich die Lippen, streckte ihren Rücken und zog die Schultern nach hinten, so dass ihre Brüste aufrecht standen …

Irgendetwas hinter ihr stimmte nicht. Hatte sie einen Schatten in dem Souk verschwinden sehen? Der Berber vor dem Laden schaute gelangweilt zu ihr, sie musste sich getäuscht haben. In der Nacht zuvor hatte die Gepa(a)rdin sich mehrmals selbst befriedigen müssen, sie war unglaublich rollig, kurz vor ihrer Periode und die letzte Balz lag schon zu lange zurück, auch wenn sie noch immer zu gerne an den Dreier mit ihrem Männchen und der sexy Bi-Frau zurück dachte. In ihren Gedanken sah sie ständig Muschis und Schwänze, und nun stand sie in Marrakesch, zwischen attraktiven Berbern und Orientalen, aber auch zahnlosen Männern mit unappetitlichen Bärten, die ihr ungeniert hinterher schauten.

Ein Gaukler machte einen Handstand vor ihr, in der Hoffnung auf ein paar Dirham überschlug er sich mit seinen Kunststücken. Die Gepa(a)rdin kramte in ihrer Börse und schenkte ihm ein kleines Bakschisch für seine Vorführung. Der Gaukler, ein attraktiver, sonnengebräunter, durchtrainierter junger Mann mit lockigem, dunklen Haar, weiß glänzendem Gebiss und sinnlichen Augen, wich ihr nicht mehr von der Seite.

„Ich zeige Dir die Souks von Marrakesch", flüsterte er und warf ihr einen zweideutigen Blick zu. Die Gepa(a)rdin schloss unwillkürlich einen Knopf ihrer Jacke – er hatte zu interessiert in ihr tiefes Dekolletee gestarrt. Hier in diesen Gassen wollte sie keinen Ärger haben. Soll er sie doch in einen der kleinen Läden ziehen und es ihr besorgen, aber bitte nicht so öffentlich, dachte sie sich und erlaubte ihm die Begleitung.

So abgelenkt entging es ihr, dass tatsächlich ein Schatten aus dem Souk wieder auf die Gasse trat. Ein Mann mit sportlichem Trenchcoat folgte ihr, den Hut tief ins Gesicht gezogen. Er war groß, hatte nicht allzu breite Schultern, aber seine Figur wirkte trainiert.

Die Gepa(a)rdin flirtete nun mit dem Gaukler, der ihr mit allerlei Märchen zu imponieren versuchte und dabei ab und zu ein Kunststück vorführte. „Wohin gehen wir", fragte sie ihn.
„Ich zeige Dir Marrakesch", antwortete er und schaute ihr verführerisch tief in die Augen.

Es wurde langsam dunkel, als sie sich dem Hauptplatz der Stadt, dem Djemma el Fna, näherten. Hier, wo einst die Köpfe der Hingerichteten zur Abschreckung aufgespießt wurden, tobte das Leben. Der Puls der sonst für orientalische Verhältnisse ruhigen Stadt war hier am Anschlag, überall Trommler, Trance, Tänzer, Kunststücke und darüber die Gerüche der vielen Garküchen, Tajine-Töpfe schmurgelten Lammfleisch und Couscous dampfte vor sich hin. Die Sinnesorgane der Gepa(a)rdin waren getrübt, sie hätte jetzt gerne Sex. Mit diesem Gaukler, oder besser noch gleich mehreren von ihnen, die so unglaubliche Turnübungen vollbrachten, sie müssen gut beim Sex sein!

Die Gepa(a)rdin war aber auch unruhig, denn trotz ihrer Geilheit sagte ihr scharfer Verstand, dass irgendetwas nicht in Ordnung war.

Der Gaukler war verschwunden … sie griff zu ihrer Handtasche, die geöffnet herabhing, gähnende Leere da, wo eben noch ihre Börse gewesen war. Wut überkam sie, auch wenn sie reiseerfahren nur etwas Kleingeld in ihrer Zweitbörse mit sich geführt und ihre Papiere im Hotel gelassen hatte. Wut deshalb, weil sie ihn so sexy gefunden hatte und nur zu gerne jetzt seinen Schwanz in sich gespürt hätte, anstatt sich mit dem Gedanken eines billigen Diebstahls beschäftigen zu müssen.

Da war es wieder – das Gefühl, dass jemand hinter ihr war. Der Schatten ….
Sie drehte sich um, wieder, noch einmal, doch sie konnte niemanden sehen. So kehrte sie zurück in ihr Riad und bettete sich in die unruhige Nacht … in Gedanken fickte sie mit dem Gaukler, sie kam schnell und heftig, so dass es in dem hellhörigen Haus weithin für alle ein Genuss war.

***

Die Gepa(a)rdin erwachte früh, doch fühlte sie sich erschöpft. Diese nächtliche Unruhe war nicht abgebaut, in ihren Gedanken war sie immer noch mit dem Gaukler beschäftigt. Das Frühstück auf der sonnigen Dachterrasse mit dem Blick auf die schneebedeckten

Berge des Atlasgebirges lenkte sie etwas ab und die noch winterlich kühle Morgenluft ließ ihre Brustnippel erhärten. Sie studierte noch einmal ihren Reiseführer – nach einem Bummel durch den El-Badi-Palast würde sie an einer kleinen Garküche eine Zwischenmahlzeit und einen frischen Pfefferminztee einnehmen, danach das Hammam „Les Bains de Marrakesch" aufsuchen, ein Wellness-Spa-Tempel, welchen sich die Einheimischen niemals leisten werden können, aber für ihre Lust auf Genuss heute genau das richtige sein würde. Anschließend oder davor, dazu wollte sie sich nicht festlegen, einen Kaffee im Luxushotel „La Mamounia" auf der sonnigen Terrasse – voila, der Tag der Gepa(a)rdin würde wahrhafter Hedonismus sein.

Die Temperatur lag mit rund 20°Celsius noch niedrig, der Gepa(a)rdin fröstelte etwas, als sie ihre dünne Jacke überwarf und sich auf den Weg machte. Sie verließ das antike Riad mit seiner Architektur aus 1001 Nacht, dem Mosaikplättchen-Pool und den Palmen und glitt in die kleinen Straßen in Richtung Palast. Wieder hatte sie das Gefühl, dass jemand hinter ihr sei. Vorsichtig schaute sie nach hinten und sah einen Mann mit Trenchcoat und Hut in einigen Metern Abstand. Er beachtete sie nicht, aber es sah zu offensichtlich aus, dass er sie nur absichtlich nicht beachtete – er diskutierte mit einem Verkäufer aus einem Souk und es war klar, dass er sich nicht im geringsten für die Ware interessierte, die er in den Händen hielt.

Die Gepa(a)rdin war jetzt nervös – normalerweise suchte sie Beute, jetzt fühlte sie sich wie Beute. Was will dieser Mann von mir, dachte sie sich und beschleunigte ihren Schritt.

Auch änderte sie ihre Richtung – wollte sie eben noch über den Djemma el Fna zum Palast laufen, sprang sie jetzt lieber in eine der zahllosen Pferdekutschen und ließ sich chauffieren. Der Kutscher war ein alter Mann mit vielen Zahnlücken, aber wachen Augen. Ihm entging die Nervosität der Gepa(a)rdin nicht und er fragte sie „Ca va bien?" Die Gepa(a)rdin nickte leicht zittrig und schaute angestrengt in die Menschenmenge hinter sich – der Mann mit Hut und Trenchcoat war verschwunden.

Der Palast gefiel ihr gut, die Weite der Anlage und die Geschichte um die vielen Schätze, zu deren Raub es zwölf Jahre gedauert haben soll, ließen sie ruhiger werden und sie konnte sich wieder ihren positiven Gefühlen hingeben, genoss den Flug der Störche über sich und die mittlerweile angenehm wärmende Sonne. Zum Hammam war es nicht mehr weit, eine kleine Stärkung an einer Garküche zwischen Eselskarren und Auspuffrohren, dann betrat sie den Tempel der körperlichen Wohltaten.

Etwas Ruhe, dann eine intensive Waschung mit verschiedenen Seifen und Peelings, ausgeführt von zwei Frauen, die auch an ihren Brüsten und ihrer Scham keinen Halt machten, danach wieder Ruhe. Frauen, die an ihr vorbei huschten, Frauen mit Tschador, aus denen sinnliche Augen blitzten neben Frauen, die fast unbekleidet entlang liefen. Die Gepa(a)rdin stellte sich vor, wie eine der Frauen jetzt hohe Absätze tragen würde und sie aufforderte, in einen abschließbaren Raum zu folgen … ihr wurde warm, was nicht nur an dem Dampf lag.

Eine Frau in Tschador trat auf sie zu – nur ihre Augen waren zu sehen, aber was für Augen! Mandelförmige, erotische, tief blickende Augen, die zu sagen schienen „ich will Dich jetzt und hier!", schauten auf sie. Die Gepa(a)rdin war feucht, sehr feucht zwischen ihren Schenkeln. Die Frau im Tschador reichte ihr ein Handtuch und bat sie mit einer Handbewegung zu folgen.

Eine große Massageliege wartete auf sie. Die Frau ermunterte die Gepa(a)rdin, ihren Bademantel abzulegen und auf dem Bauch liegend Platz zu nehmen. Sie wurde in verschiedene, warme Tücher gewickelt und schloss die Augen.

Die Tür schloss sich und mehrere Hände begannen mit aromatischen Ölen ihre Haut einzureiben. Mehrere Hände … „Moment, eben war da nur die Frau mit dem Tschador", sprach sie leise zu sich selbst, konnte sich aber nicht aufrichten, sanft drückten die Hände sie auf die Liege.

Es waren mehr als zwei Hände, soviel war sicher – mindestens vier Hände salbten von Schulter bis zu den Waden, zielsicher, sanft und dennoch mit dem nötigen Druck einer beginnenden Massage. Die Gepa(a)rdin ließ es sich gerne gefallen und schnurrte hörbar in den sonst leisen Raum. Ihre Handtücher wurden jetzt behutsam auseinander gezogen, bis die Gepa(a)rdin nackt auf der Liege war und die Hände jeden Millimeter ihrer Haut berühren konnten. „Jetzt bin ich Beute", dachte sie sich, versuchte sich umzudrehen, doch die Kraft der Hände war zu stark für sie. Die Massage wurde intensiver, erotischer, die Hände wanderten über den Po wieder zu ihren Hüften, untergruben ihren Körper, ölten ihre Brüste und glitten gleichzeitig an ihrem Anus entlang zu ihrer feuchten Scham. Sie stöhnte, sie war so angemacht von dem Gedanken genommen zu werden, von Händen, deren Besitzer sie nicht kennt und vielleicht nie zu sehen bekommen würde.

Zwei Hände hielten sanft aber kräftig ihre Handgelenke zusammen, während andere Hände ihr ein Tuch um die Augen banden und danach ihre Handgelenke fesselten. Einen kurzen Moment lang bekam sie Panik – so also fühlte es sich für ihre Beute an, wenn sie mit dem finalen Sprung an die Kehle zum Biss ansetzte, bevor sie ihre sexuelle Lust auslebte.
Die Panik wich schnell, geschickt stimulierten die Hände ihre Lustperle und massierten ihre Brüste, Nacken, Füße … die Augen waren nicht gut genug verbunden, sie konnte auf dem Boden einen Trenchcoat liegen sehen, daneben einen Hut … eine Hose sank eben dazu, dann eine Boxershort. Neben ihrem Mund kam ein großer, harter Schwanz in ihr eingeschränktes Gesichtsfeld … sie öffnete ihre Lippen …

***

Der heiße Samen des Gepa(a)rden spritzte der Gepa(a)rdin über ihre Lippen, nachdem er sie im Morgengrauen in ihrem Riad hart genommen hatte. Sie war mit dem aufsteigenden Morgenlicht erwacht und hatte ihre unglaubliche Geilheit nicht mehr ausgehalten, seinen Schwanz gelutscht bis der Gepa(a)rd auch endlich wach war, ihn dann geritten, sich ficken lassen und ihm dann erlaubt, das zu tun, was sie sonst nur sehr selten mochte – ihr ins Gesicht zu spritzen. Nicht nur erlaubt, anders als in den von ihr eher abgelehnten Szenen aus Pornofilmen wollte sie es an diesem Morgen erleben, sie forderte ihn richtiggehend auf, jetzt endlich abzuspritzen.

„Jetzt möchte ich ja doch mal gerne wissen, von was Du vorhin geträumt hast", sagte der Gepa(a)rd, als er danach neben ihr lag.

Sie lächelte verschmitzt „wie wär´s, wenn Du uns in der Hotelbar einen Kaffee zum wach werden holst", sprach sie. „Nimm einfach nur Deinen Trenchcoat über Deinen nackten Körper mit Deinem Hut und geh´, es macht mich an, Dich so gehen zu sehen", sagte sie und strich sich mit der Zunge leicht über die Lippen …

Über die Clubbesuche...

Die Gepa(a)rden lagen wohlig genährt auf ihrem Lager, teilten sich ihre frisch erlegte Beute … eine leckere, aktive Frau Ende 30 hatten sie bei ihrer letzten Jagd erlegt, bei einer Karnevalsparty als Treffpunkt nach ihrem Kontakt in einer Dateline kennengelernt und nach kurzer Zeit festgestellt, dass der Abend nur einen Verlauf nehmen könnte. Die Frau war eine Explosion der Sinne, der Gepa(a)rdin mehr als zugewandt, sie leckten sich gegenseitig ihre feuchten Stellen, zogen die Krallen ein, als sie damit in sich eindrangen und sich zusammen zum Höhepunkt brachten. Der Gepa(a)rd versuchte sich zurück zu halten, den Spielen der Frauen zuzuschauen, doch beide waren nur noch rollig und forderten ihn nicht nur zum Spiel auf, sondern forderten seinen Ständer ein, seine Hände, seine Zunge, seine Muskeln in den Lenden. Forderten die Zunge an beiden Mösen zu lecken und forderten seinen Schwanz senkrecht, prall gefüllt, mit lila angeschwollener Eichel, forderten sie zu nehmen. Er spürte an seinen Hoden ihren Liebessaft, selten war seine Gepa(a)rdin so heiß gewesen in der letzten Zeit wie bei dieser Frau. Er genoss es die Küsse zu sehen, die kreisenden Zungen.

Schon auf der Rückfahrt von der Karnevalsparty hatten sie ihr Spiel begonnen. Der Gepa(a)rd hatte der Frau angeboten, sie noch bis zu ihrer Tür zu fahren, damit sie nicht nachts mit öffentlichen Mitteln unterwegs sein müsse. Unter der Bedingung, dass beide Frauen im Fonds sitzen würden. Er stellte den Rückspiegel unbemerkt leicht um und konnte den Straßenverkehr jetzt nur noch durch die Außenspiegel beobachten, während er langsam den Wagen durch die Straßen lenkte.

Die Rückscheibe war beschlagen und das Stöhnen der Frauen, die mehr und mehr in Fahrt kamen, war trotz der dezent eingestellten Radiomusik deutlich hörbar. Er stellte die Heizung höher und bot damit den sich entblößenden Frauen den nötigen Komfort, um sich noch mehr hinzugeben. In der Dunkelheit konnte er nur schemenhaft erkennen, wie sie mit der Zunge ihre Brüste liebkosten und ihre Finger aneinander abwärts glitten. Der hinter ihnen fahrende Wagen brachte den ersehnten Lichtkegel, so dass das geile Schattenspiel für ihn leichter sichtbar wurde. Vor ihrer Türe angekommen war die Frau so scharf geworden, dass keine Fragen mehr offen blieben...

Die Gepa(a)rden nahmen sich kaum die Zeit, die Schuhe und ihre Karnevalskostüme auszuziehen, an dem angebotenen Getränk zu nippen... sie umkreisten ihre Beute und rissen sie dann erbarmungslos herunter auf den weichen Teppich, mit ihren Armen das Fleisch bändigend, mit den Tatzen liebevoll die Haut kratzend und manchmal hart auf den Po aufschlagend, testeten sie ihre Beute wie die Katze mit der Maus spielt.

Natürlich ging es hier nicht darum, die Beute zu töten, aber das Testen war wichtig für das weitere Spiel. Handelte es sich nur um einen ordinären Fick, wie sie ihn verabscheuten? Wie sie es in den Clubs gesehen hatten und sich nicht mit der Austauschbarkeit an einer Bar-Theke zufrieden geben konnten? Oder war es tatsächlich eine der seltenen Mitspielerinnen, die der Gepa(a)rdin das geben können würde, was sie sich so lange ersehnt hatte? Was ihr „Kopf-Kino" gewesen war seit langer Zeit? Ihr Traum, ihren Gepa(a)rden eine andere Frau ficken zu sehen, eine Frau, mit der sie auch eins werden kann? Eine bisexuelle, naturgeile Frau mit Niveau und Anstand, die sich fallen lassen kann und beide Gepa(a)rden ficken würde bis zum Morgengrauen?

Die Beute wollte aufstehen und Kondome holen. Mit ihren Strapsen sah sie einfach umwerfend aus, der Gang unsicher nach dem ersten Orgasmus, leicht torklig und sehr geil. Sie zogen vom Teppich auf das benachbarte Lager im Schlafzimmer, nachdem sie ausgiebig zusammen die Möse ihrer Beute geleckt und gefingert hatten, nachdem sie ihren Test gemacht hatten und jetzt wussten, dass sie auch einen fordernden Finger in ihrem Anus genießt... Auf dem Lager wurde das Spiel noch intensiver – die Gepa(a)rdin lag auf dem Rücken und hielt die Beute in ihren Armen, sie küssend, ihre Brüste streichelnd, während der Gepa(a)rd das Kondom über seinen harten Penis rollte und mit geschicktem Stoß seinen Holm in der Muschi verschwinden ließ.

Das laute Stöhnen der nach vorne gedrückten Frau direkt in das Ohr der Gepa(a)rdin ließ diese noch wilder werden. Der Gepa(a)rd spürte die Finger beider Frauen an ihren Mösen und damit unweigerlich auch an seinem Schwanz, seinen Eiern und wusste, dass sie jetzt gleich alle drei zusammen kommen würden.

Es dauerte tatsächlich nicht mehr lange, bis sich sein heißer Saft ergoss und die pulsierende Eichel den nächsten Orgasmus bei der Frau auslöste. Ihr Körper bog sich nach hinten, er unterstützte die Bewegung, indem er mit beiden Händen ihre Brüste anhob und ihren Oberkörper zu sich zog. Dabei drückte ihre mit seinem noch pochenden Schwanz gefüllte Möse auf die Hand der sich wichsenden Gepa(a)rdin, die mit einem lauten, tiefen Stöhnen ebenfalls kam.

Langsam auseinandergleitend suchten sie die Nähe und gleichzeitige Ruhe nach der Orgie. Die Gepa(a)rden hatten die Beute erlegt. Oder war es nicht auch umgekehrt? Die Frau war keine Beute... sie hatte sich als Köder zur Verfügung gestellt, wollte genommen werden, gefickt werden, geschlagen, gekratzt, vielleicht die Augen verbunden oder die Hände gefesselt. Aber sie war keine Beute. Sie war eine impulsive, selbstbewusste Frau, die mit beiden Beinen im Leben steht und ihren Sex will. Und gefunden hatte …

Sie plauderten über ihre Erfahrungen und kamen dabei auf Clubbesuche zu sprechen. Die Gepa(a)rden erzählten, wie wenig sie mit den vielbesungenen Clubs anfangen konnten. Der Austauschbarkeit der Menschen an der Theke, dem fehlenden „Brainfuck", der notwendig war zur Besiegelung des Unterschiedes zwischen gesuchter Erotik und plumpen Sex.
Sie erzählten von ihrem misslungenen Erlebnis in einem Club mit „Herrenüberschuss", in dem Männer mit Handtüchern in Unterhosen wie Schmeißfliegen hinter ihnen hergelaufen waren. Wo sie sich nicht ungestört miteinander beschäftigen konnten und dann unverrichteter Dinge nach Hause gefahren waren. Sie erinnerten sich an einen anderen Clubbesuch, fast leer war es an dem Abend gewesen, an dem sie sich beide unabhängig voneinander bis zum Höhepunkt massieren lassen hatten und ein nettes Bi-Paar kennen gelernt hatten. Und an dem ebenfalls ständig jemand dabei sein wollte, den sie nicht dabei haben wollten …
Der Gepa(a)rd sprach von dem Besuch eines berühmten Pärchenclubs, der angeblich einer der besten überhaupt sein sollte. In dem sie eine Weihnachtsparty mitmachten und auch dort „ohne Erfolg" nach Hause zurückkehrten, leicht angewidert von dem plumpen, unerotischen Tanz der halbnackten Leute auf der Tanzfläche, von Penissen in Whiskey-Gläsern und Frauen, die diesen Whiskey dann ablutschen sollten. Die Gepa(a)rden fanden es kurzzeitig witzig, dies zu sehen, jedoch waren sie nicht von dieser Sorte Partymeile begeistert.

Die Frau berichtete ihrerseits von Erfahrungen, und langsam kehrte die Lust wieder in die Spielenden zurück. Eine neue Runde begann, eine neue Leidenschaft flackerte auf. Eine Verbindung auf Augenhöhe, Geilheit, Lust …

Die Frau küsste die Gepa(a)rdin, streckte ihren Po zum Gepa(a)rd und zeigte laut ihre Lust, als er mit seinem jetzt wieder harten Glied in ihren Anus eindrang. Mit erst vorsichtigen Bewegungen die Corona seines Schwanzes am Schließmuskel spielen ließ, bevor er seinen Schwanz immer tiefer in sie hinein schob. Die wieder unten liegende Gepa(a)rdin spreizte die Pobacken der Frau weit auseinander, so dass der Anus deutlich sichtbar gespannt rund um den Schaft zu sehen war. Der Gepa(a)rd ließ etwas Speichel auf den Anus tropfen und nutzte es als Gleitmittel, bewegte sich jetzt schneller und tiefer, was die Frau mit lauter werdendem Stöhnen quittierte.

Sie kamen nahezu gleichzeitig … die Frau mit einem letzten, lauten, langen Schrei, den alle Nachbarn zu deuten wissen würden … der Gepa(a)rd mit einem gutturalen Grunzen, seine Lust aus den Eiern, den Lenden, dem Schwanz genauso wie aus dem Hirn in sie hineinpumpend … die Gepa(a)rdin, die beiden ihre Zunge entgegenstreckte und gierig ihre heißen Küsse aufsaugte, während, undefinierbar wessen, mehrere Hände ihre Klitoris bis zur völligen Erregung stimulierten.

Als die Gepa(a)rden später nach Hause fuhren, wussten sie, dass sie zu Hause weiter spielen müssten, was sie begonnen hatten. Sie waren einfach nur noch geil.

Zu schön war das Erlebnis, zu schön die Vorfreude auf die Fortsetzung. Der Abschiedskuss der Frau war eindeutig, die dankende Nachricht am nächsten Morgen für die vergangene Nacht auch … sie würden sich bald wiedersehen … hoffentlich würden sie dann auch den Freund der sexy Frau kennenlernen …

Die Gepa(a)rdin war schon gespannt darauf, seinen Schwanz in sich zu spüren …

Die Soireé

Ihre Lippen waren leicht geöffnet, dafür hatten ihre Augen den so typischen schlitzförmigen Blick der Lust bekommen. Seine Zeige- und Mittelfinger massierten in einem Tremolo seit Minuten ihre Brustwarzen, die Gepa(a)rdin stöhnte und ihr Körper wand sich gegen den Widerstand seiner kräftigen, klammernden Beine.

„Erzähl mir, was Du mit ihr gemacht hast", stöhnte sie ihm ins Ohr. Die Gepa(a)rdin liebte es, das Liebesspiel des Gepa(a)rden mit einer anderen Frau zu beobachten, und dieses Mal hatte sie nicht allzu viel sehen können, zu sehr war sie von dem Prachthobel des Gespielen beschäftigt worden, zu eng hatten sie beieinander gelegen und ihre vier schwitzenden, bebenden Körper auf dem Lager aneinander gerieben. „Sag´s mir, biiiiiitteee"...

Der Gepa(a)rd setzte sein gekonntes Spiel mit den Fingern an ihrer Brustwarze fort, fast eine Tortur, immer mit etwas Spucke leicht befeuchtet, eine sanfte Folter.

Sie hatten das Paar auf einer erotischen Lesung, einer Soiree, kennengelernt. Eigentlich ein Zufall, denn verabredet hatten sie sich mit anderen Bekannten, zum unverbindlichen Schnuppern, und diese hatten ihre Freunde mitgebracht. Die Gepa(a)rden waren zum zweiten Mal bei der Soireé, die Gepa(a)rdin fand seine erotischen Geschichten so gut, dass sie ihn zum

Vorlesen an ihrem Hochzeitstag einfach angemeldet hatte – ohne ihm Bescheid zu geben. So war er plötzlich aufgerufen worden, sie hatte ihm seine Manuskripte gegeben und gesagt, welche Geschichten er lesen solle. Professionell hatte er die Situation gemeistert und lauter Applaus war die ungeahnte Belohnung. Seitdem wussten sie, dass ihre Gepa(a)rden-Geschichten auch bei unbekannten Dritten gut aufgenommen wurden, denn die Gesichter der Zuhörer spiegelten echte Lust. Begierde, nach Hause zu kommen und die Geschichten des Kopf-Kinos zu spielen.

Nun waren sie zum zweiten Mal bei der Soireé, hatten wieder eine erotische Geschichte im Gepäck und saßen mit ihren Zufallsbekannten an einem engen Tisch. Der Begleiter war groß, hanseatischer Typ mit eher reserviertem, aber hinter seiner Hirnschale erkennbar verdorbenem Wesen. Die Begleiterin, eine attraktive, durchaus sittsam gekleidete Frau, zog schnell die Gepa(a)rden mit ihrem Wesen in den Bann. Ihre Augen wichen nicht von ihnen, ihre Hand streckte sich während des Geplauderes mal in diese, mal in die andere Richtung, dann küsste sie ihre Freundin, mit der die Gepa(a)rden ursprünglich verabredet gewesen waren. In der Luft lag ein Knistern, welches selbst dem Kellner nicht entgehen konnte. Hier bahnte sich Sex an, heftiger, hemmungsloser, naturgeiler Sex …

Der Gepa(a)rd wurde zum Lesen aufgerufen. Er hatte seine aktuellste Geschichte mitgenommen und bat nun darum, das Licht im Lokal bis auf die Leseleuchte abzudunkeln.
Die Zuhörer waren gespannt und die eine oder andere Hand wanderte in einen benachbarten Schoss, mas-

sierte ein wenig, Lippen öffneten sich und leises Stöhnen war hörbar. Ansonsten herrschte Ruhe … So auch bei der Gepa(a)rdin, ihren Bekannten und dem begleitenden Paar.

Die Frau nutzte die Gelegenheit, im Dunkel der Gepa(a)rdin den Ausschnitt und den Schoss zu berühren, der Mann legte seine Hand auf die nur mit Nylons bekleideten Beine der Gepa(a)rdin und ließ sie nach oben wandern.

Die Geschichte löste Begeisterung aus und der Gepa(a)rd kehrte an den Tisch zurück. Die Frau signalisierte ihre Bereitschaft, mit ihnen noch an diesem Abend aktiv zu werden und sie verließen das Lokal, um zu ihnen nach Hause zu fahren. Leider verloren sie im Getümmel der Navigationsgeräte ihre eigentlichen Freunde, doch diese würden sie bald wiedersehen. Und fanden sich wenige Minuten später leicht bekleidet auf dem Sofa im Wohnzimmer der Begleiter wieder, mit den Händen aller an allen … Brüste wurden massiert, Schwänze freigelegt und gelutscht und nach kurzer Zeit wechselten sie zum großzügigen Lager der Begleiter. Es dauerte nicht lange und die Frau hauchte dem Gepa(a)rden zu, dass er für seine wunderbare Lesung nun eine Belohnung erhalten würde. Sie lutschte seinen Schwanz bis zum Anschlag, verwunderlich, wie sie diesen langen Stab zwischen ihren Lippen so tief verschwinden lassen konnte. Sie wollte seinen Saft, doch er drehte sie auf den Bauch, bändigte ihre Handgelenke mit gekonntem Griff und führte den Daumen in ihren Anus und zwei Finger in ihre unglaublich heiße Möse ein. Gleichwohl dadurch beschäftigt, entging ihm nicht, wie die Gepa(a)rdin mit dem Gespielen ähnliches spielte, seinen großen, harten Stab lutschte und dessen Hände für Lust bei ihr zu sorgen suchten.

Es wäre langweilig für Sie zu lesen, wie oft an diesem ungeplanten Abend die Gepa(a)rden mit ihren neuen Freunden Sex hatten – allerdings nicht langweilig zu wissen, wie sie es taten … Die Begleiterin bot sich an, sie raunte in ihrer Geilheit „Du darfst mich nehmen wie Du es möchtest, nimm mich, frag nicht, benutz´ mich, mach mich geil" und eine große feuchte Pfütze breitete sich unter ihr aus, als sie beim dritten oder vierten Orgasmus, immer wieder vom Schwanz gefickt und dem Daumen im Po massiert, ihre Feuchtigkeit über seine Beine auf das Laken fließen ließ. „Fick´ mich in den Arsch", bettelte sie. Er hatte es sie mehrmals sagen lassen, den Daumen immer mehr abspreizend und damit in ihrem Hintern eine maximale Dehnung erzeugend die Lustfolter verstärkt. Sie verstand ihn, während sie seinen schon einmal entleerten Schwanz erneut hart blies und winselte jetzt hörbar „ja, fick´ mich in den Arsch, tief, hart, jetzt…"

Die Gep(a)rdin lag ganz eng bei ihr, ihre Zungen begegneten sich und ihre Finger massierten gegenseitig ihre Lustzonen, während die Schwänze jetzt Mösen und Hintereingang penetrierten … Alle kamen, es war wie ein Wunder, dass die Orgasmen nahezu zeitgleich zu spüren waren. Eine neue Freundschaft begann …

Der Gep(a)rd erzählte jetzt der unter seinen immer noch die Brustwarzenmassage stöhnenden Gepa(a)rdin diese Geschichte und dass er sich darauf freute, die Lippen der Frau bald wieder an seinem Schwanz spüren zu dürfen, und dass sie angeboten hatte, seinen Saft zu trinken und zu genießen…

„Dann fick´ mich doch jetzt auch endlich in den Arsch, biiiitteeeee…" jaulte die Gepa(a)rdin auf …

***

Mein schönstes Urlaubserlebnis

Die Gepa(a)rdin fauchte, kratzte nach ihm und versuchte seine Kralle an ihrem Nacken los zu werden. Er hatte sie gebändigt, ihre Wutausbrüche waren ihm auf den Nerv gegangen und er wusste um die einzige Methode, sie in dieser Laune zur Ruhe zu bringen. Er musste sie ficken, ihre Wut in Lust wandeln und so lange aufgeilen, bis sie vor Dankbarkeit nach seinem Schwanz flehen würde. Aber jetzt wand sie sich noch, ihre Brüste schaukelten wild mit den immer härter werdenden Nippeln, als seine noch freie Hand herb auf ihrer blanken Po-Backe aufklatschte.

Sie schrie wütend auf, gleichwohl ihre Raubtieraugen schmaler wurden und die aufkeimende Geilheit sichtbar machten.

Sie war bald so weit, aber der Gepa(a)rd wollte mehr als nur seinen seit Tagen unbenutzten Penis in ihr abspritzen lassen. Er wollte sie bändigen…

„Sag mir, wie Du es fandest!" befahl er ihr, doch sie schüttelte den Kopf, sie konnte nicht mehr schreien, nachdem er ihr den Mund mit einem Tuch verbunden hatte. Ihre Augen blitzten jetzt noch mehr, das Funkeln signalisierte ihre Paarungsbereitschaft überdeutlich.

Er zog sie an ihrem Nacken hoch, zerrte sie zu ihrem Schreibtisch und deutete sie auf dem Stuhl Platz zu nehmen. Widerwillig ließ sie sich nackt auf dem kalten Leder nieder. Die linke Hand fesselte der Gepa(a)rd an die Stuhllehne, ebenso ihre Füße rechts und links an die Stuhlbeine. Die rechte Hand ließ er der Gepa(a)rdin frei.

„Zur Strafe für Dein schlechtes Benehmen schreibst Du jetzt einen Aufsatz! Titel: mein schönstes Urlaubserlebnis. Nicht weniger als mindestens eine Seite! Für einen guten Aufsatz darfst Du meinen harten Schwanz lutschen und anal aufnehmen. Für einen schlechten Aufsatz lasse ich mir etwas einfallen. Eine Vorführung nackt auf dem Nürnberger Hauptbahnhof zum Beispiel. Also überlege es Dir gut!"

Erneut fauchte die Gepa(a)rdin, versuchte ihn zu beißen. Er wich geschickt aus, drehte mit der Hand ihre langen Haare zusammen und drückte ihren Kopf zu seinem Schwanz. „Blas ihn! Und dann fang an! Du hast eine Stunde Zeit. Wenn dann nicht sinnvolles auf dem Papier ist, wirst Du es bereuen. Die nächsten sieben Tage bekommst Du dann keinen Sex, weder hier noch mit anderen!"

Die Gepa(a)rdin erschrak – diese Ankündigung würde er tatsächlich umsetzen. Sie kannte ihn zu gut, seine Launen, seine Eifersucht, die dann wieder durch Wallungen seiner Libido in Großzügigkeit gewandelt wurden. Sie war seine Gepa(a)rdin, seine einzige wirkliche Liebe, seine Lust und Muse.

Die Gepa(a)rdin riss sich zusammen, strich mit ihrem Haar an seinem Oberschenkel entlang und nahm mit ihrem Mund seinen hart werdenden Schwanz auf, lutschte ihn ohne mit der Hand zu unterstützen bis zu seinen Eiern hoch, genoss seinen Puls an ihrer Zunge und ließ ihn dann gehen.

Sie würde jetzt schreiben, ja, sie liebte ihn und seine Art, sie gefügig und geil zu machen!

Vor ihr lag ein Block, ein Füllfederhalter, frisch mit Tinte aufgezogen und bereit für ihre Urlaubserzählung… sie begann zu schreiben…

„Mein schönstes Urlaubserlebnis!

Wir waren in einer aufgewühlten Stimmung aufgebrochen, viele Pläne hatten in diesem Jahr einfach nicht funktioniert, die Brut unwillig heran zu wachsen, Störungen im Revier und dazu immer neue Verschiebungen. Jetzt endlich stand unsere gemeinsame Zeit bevor, an einem großen See im Süden Deutschlands, mit unseren kleineren Kindern und vielleicht … einem Date?

Schon einige Wochen zuvor hatte mein Gepa(a)rd ein entsprechendes Gesuch in einem einschlägigen Portal eingestellt, Paare angeschrieben und war dabei auf ein wirklich spannendes Profil gestoßen. Neben schönen Bildern, wie wir sie schon viel zu oft gesehen und in der Natur dann als ganz anders gesehen hatten, war hier ein wirklich mit Liebe zum Detail gefeilter Text und ein Bild von eruptierenden Vulkanen zu sehen. Mein Gepa(a)rd hatte besonders an den Vulkanen Gefallen gefunden – das Bild vom Ausbruch der Elemente übertrug seine Sinnlichkeit bestens in die Naturgewalten.

Er machte ein Kompliment hierzu, fand den Kontakt zu dem Paar und es entwickelte sich eine ebenso wie der Profiltext wortfeile Konversation, die uns beiden Lust bereitete bei der Vorstellung eines realen Treffens.

Unser Urlaub begann, doch das Paar unserer Lust war zu diesem Zeitpunkt beruflich bedingt nicht gemeinsam unterwegs und unsere Hoffnung auf ein Treffen schwand. Bis ... für einen einzigen Abend ... ein Anruf erfolgte und uns diese eine Möglichkeit aufgezeigt wurde. Sie zu besuchen, in einem Haus auf dem Land, nicht weit von unserem Urlaubsort entfernt.

Wir organisierten die Betreuung für unsere Brut und trafen die beiden in ihrem Garten vor ihrem Haus. Sylvia hielt sich im Hintergrund auf, als Morgan zu Ihnen trat und sie willkommen hieß. Er war schlank, gefiel mir auf Anhieb gut, ein Lächeln, verschmitzt wie gleichwohl entspannt auf den Lippen. Sylvia suchte den Augenkontakt mit uns beiden, lächelte ebenfalls. Ihr süddeutscher Akzent klang erstaunlich angenehm, Morgan sprach fast akzentfrei.

„Ein Rundgang gefällig?" fragte Morgan, und sie machten einen kleinen Spaziergang über das weite Gartenareal hinter dem Landhaus. Ein Teich, Seerosen, untergehende Abendsonne ... meine Sinne waren berauscht von Natur, Schönheit der Umgebung, dem Landhaus und ... der Aussicht auf einen erotischen Abend mit diesen beiden gutaussehenden, gebildet wirkenden und sehr angenehm auftretenden Menschen.

„Wein? Etwas zum Knabbern?" fragte Morgan. Ich sah an dem Blick meines Gepa(a)rden, dass er auf Sylvia abfuhr. Eigentlich sind Blondinen überhaupt nicht sein Beuteschema, aber hier passte die Chemie, auch zwischen ihm und Morgan. Eine Grundvoraussetzung für meinen Gepa(a)rden, um mich trotz seiner Eifersucht teilen zu können. Ein Mann, der meinem Gepa(a)rden nicht gefällt, hat keine Chance sich an mir reiben zu dürfen. Sollte er es dennoch wagen, kämpft mein Gepa(a)rd bis auf´s Letzte – sein Nackenbiss ist tödlich. Ich weiß es, ich habe es erlebt, nicht nur einmal!

Wir tranken den Wein, eine einfache, aber leckere Kost. Saßen zusammen am Kachelofen in einer kleinen kuscheligen Ecke und plauderten Belanglosigkeiten. Mein Gepa(a)rd kam auf unsere Buchreihe zu sprechen, was Morgans Aufmerksamkeit veränderte. Bis dahin hatte er uns wohl als „Swinger" eingeschätzt – was wir aber nicht sind. Was sind wir denn überhaupt? Neben Geilheit, Liebe und Lust? Wir sind auf der Suche nach Menschen, die selten sind. Aufmerksame Menschen, einfühlsam. Lustvoll im Umgang auch mit sich selbst.

Morgan fragte weiter, Sylvia lauschte sehr aufmerksam und ihr Augenkontakt wurde intensiver. Wir zeigten ein Exemplar unseres „Gepa(a)rden"-Buchs und sagten ihnen, dass sie es sich verdienen könnten…

„Was müssen wir denn dafür tun?" fragte Sylvia mit einem eindeutigen Lächeln.

„Ihr wisst es doch schon…" antwortete mein Gepa(a)rd.

Der Abend verlief lustvoll, liebend, erotisch. Ich küsste Sylvia, labte mich an ihrem juvenil wirkenden Körper und weidete mich an ihrer trotz ihres noch jugendlichen Alters an ihrer geistigen Reife. Morgan genoss den Blick auf uns Frauen, mein Gepa(a)rd schätzt dieses Bild ohnehin ungemein. Und ich wusste, dass er auf Sylvia geil war. Er kann es verbergen, mein Gepa(a)rd, er ist der perfekte Jäger. Kurzer, extrem schneller Sprint, 100% Jagderfolg wenn er will. Und bei Störungen lässt er sofort ab, zieht sich klug zurück, spart seine Reserven für andere Kämpfe und Jagdfreuden.

Sylvia war seine Beute. Morgan teilte sie mit ihm, er teilte mich mit Morgan. Wir Frauen teilten uns, gaben uns hin, küssten und liebkosten uns, ließen unsere Finger überall hingleiten, griffen Schwänze und gleichzeitig uns, leckten uns, ließen die Lust anschwellen, bis Morgan und mein Gepa(a)rd es nicht mehr aushielten und unsere mittlerweile sehr feuchten Muschis mit ihren harten Schwänzen fickten. Erst langsam, fast zu langsam für mich, aber energetisch, ließ Morgan seinen Sex in mir beginnen. Ich war gespannt, wie er sich verändern würde und meine Spannung wurde nicht enttäuscht. Sylvia gab sich meinem Gepa(a)rden hin, bog sich, wand sich, ich genieße es ungemein, ihn dabei zu beobachten, wie er seine Beute reißt, mit ihr spielt, bis er zum finalen Nackenbiss ansetzt und sie von ihrem Lustleiden erlöst, ihre Lust mit seinem Lendenstoß beendet, ihren Höhepunkt mit den Fingern herbei zaubert. Ja, seine Zauberfinger …
ich liebe sie, und ich sehe immer wieder, wie er sie geschickt einsetzt und seine Beute es nicht mehr aus-

hält und um Gnade winselt, endlich erlöst werden, endlich gefickt werden…

Ich beobachtete, wie er kam. Wie er sich aufrichtete, seine Lenden nach vorne schob. Es war, als würde er in mich hinein spritzen, als er in ihr kam. Morgan und ich nutzten diesen Schub der Lust und ließen uns ebenfalls fallen.

Der Abschied fiel uns schwer. Aber wir werden sie wiedersehen.

Das war mein schönstes Urlaubserlebnis!"

***

Der Gepa(a)rd kam wie angekündigt nach einer Stunde an den Schreibtisch zurück. Die Gepa(a)rdin hatte den Füllfederhalter bei Seite gelegt und ihre beim Schreiben aufgekommene Lust selbst befriedigt. Ihr Lächeln und ihre Lust waren eins geworden. Der Gepa(a)rd löste die Knoten an ihren Fesseln und führte sie zum Bett.

„Das hast Du fein gemacht – ein schöner Aufsatz ist das hoffentlich geworden!" sprach er und legte sie vor sich, spreizte ihre Schenkel und begann ihre schimmernd feuchte Muschi zu lecken.

„Ja, ich war artig! Und ich will jetzt meine Belohnung! Fick mich endlich, Du hast es mir versprochen!"

Er grinste breit „Versprechen soll man halten" Sein Schwanz war sehr hart…

Bei Fremden – eine Fantasie

Man(n) stelle sich vor: bei uns zu Hause: "Er" verlässt die Wohnung, lässt seine sexhungrige, willige Frau zurück…!! zur gleichen Zeit, bei euch zu Hause: "Er" verlässt die Wohnung und lässt ebenfalls seine sexhungrige, willige Frau allein zurück!! Die Männer fahren zu der jeweils anderen Frau und fallen über sie her…(evtl. mit einem Schluck Wein vorab :-) um Punkt Mitternacht sitzen die Männer wieder bei ihren eigenen, gerade frisch gefickten Frauen.

Dieses Inserat lasen sie in einem Magazin und ihre Gedanken waren klar: so etwas hatten sie noch nicht erlebt, der Kitzel des Neuen, des Unbekannten wurde hier auf die Spitze getrieben. Sie wollten es kennen lernen…

Zu den Inserenten Kontakt aufzunehmen war nicht schwer, und schon bald verabredeten sie sich in einem anonymen Café für einen ersten Blickkontakt. Sympathisch, gebildet… und unglaublich verdorben kamen ihnen ihre sorgsam und durchaus sittlich gekleideten Gegenüber vor.

Einige Tage später war es soweit. Charline war noch etwas mulmig zumute bei dem Gedanken, dass Patrick jetzt aus dem Haus gehen würde…

Aus dem Haus gehen würde und eine andere Frau vögeln. Sie hatten noch nie Sex in getrennten Räumen gehabt, und normalerweise suchte Charline auch das Spiel der Frauen. Dieses Mal aber hatten sie sich zu dem anderen Spiel entschieden. Sie wollten sich einander im Anschluss auch nur berichten, sofern beide ein gutes Erlebnis gehabt hatten. Wäre auch nur irgendein Störgefühl, so würde ein Zeichen gegeben und der Abend für ewig in Vergessenheit geraten müssen. Charline hatte Vertrauen zu ihrem kommenden Besuch, darum ging es ihr nicht. Aber würde sie ihn verführen müssen? Oder würde er über sie herfallen? Oder nur eine kurze, kalte Nummer? Sie war nervös und doch gleichzeitig ziemlich heiß darauf zu erfahren, wie es sein würde. Und stellte sich vor, wie Patrick empfangen würde.

Gina hatte sich ihr gut angenähert in dem Cafe, Charline gönnte Patrick den Fick dieses Abends. Die Frau war attraktiv, roch gut und bewegte sich geschmeidig. Er würde Spaß haben. Ob sie es auch mit Miguel haben würde? Miguel hatte eine durchschnittliche Figur, ach … abwarten.

Patrick küsste sie, irgendwie zwischen leidenschaftlich und nervös, griff ihr an den Hintern und sagte „mal sehen, was uns heute Abend passiert". Die Wohnungstür fiel hinter ihm ins Schloss und Charline ging zum Wohnzimmer zurück. Am liebsten abschließen und so tun, als wäre sie nicht zu Hause.

Oder doch … sie war unruhig, goss sich einen Likörwein ein und rekelte sich auf dem Sofa. Entspannung, wie gerne würde sie jetzt etwas für ihre Entspannung tun. Musik! Ja, Musik will ich jetzt hören. Ihre Lieblingsmusik, eine Mischung aus Oper und Moderne, glasklare Stimme, rauschendes Orchester. Ihre Stimmung wurde besser, der Likörwein rann ihre Speiseröhre hinunter und wärmte von innen.

Ich muss mich noch umziehen, dachte sie und ging zu ihrem Schlafzimmerschrank. Strümpfe? Strapse, ach scheiße… so eine beknackte Idee! High Heels? Mit oder ohne BH? Corsage? Sie stand nackt vor ihrem Spiegel und schaute an sich herab. Makellos waren ihre Brüste nie gewesen, leicht hängend, einen Bleistift konnten sie halten. Patrick liebte ihre Brüste, sagte, es macht ihn an, wenn sie beim Ritt über ihm richtig schaukeln. Sie wog ihre Brüste mit den Händen, voll, weich, sie mochte ihren Körper. Warum verpacken? Sie nahm ihren halblangen Mantel vom Haken und warf sich ihn über den nackten Körper. Unterwäsche, völlig überbewertet. Noch ein Likörwein…

Patrick fuhr in die Straße ein, die ihm Miguel genannt hatte. Das Navi hatte ihn durch einen stürmischen dunklen Abend geleitet und jetzt stand er unter einer Laterne und schaute angestrengt in das Dunkle der Nacht. Das Haus war nur schwach beleuchtet und der Weg rutschig. Miguel hatte ihn davor gewarnt, nicht, dass er sich vor dem Date noch verletzen würde.

Er klingelte, die Tür öffnete sich einen Spalt. Die Frau war eindeutig Gina, doch es war so dunkel, dass er sie nicht genau erkennen konnte. Sie sprach nicht sondern deutete ihn mit der Hand einzutreten und seine Jacke an den Haken zu hängen. Sodann geleitete sie ihn tiefer in das Haus und strich dabei ihre Bluse gekonnt wie bei einem Striptease von den Schultern. Kurz bevor das Kleidungsstück auf den Boden fiel konnte Patrick es noch auffangen und hinter ihr hertragen. Er schaute auf wohlgeformte Schultern, eine schmale Taille und einen sexy Po. Einen Po, der einladend vor ihm schaukelte. Einem Po, der über lange, schlanke Beine in schönen Strümpfen zu High Heels führte… Patrick war begeistert. Ein geiler Trip! Jedoch, Gina sprach überhaupt nicht mit ihm, sie ging einfach vor ihm her, jetzt eine Treppe hoch. Patrick folgte ihr, sein Selbstbewusstsein wich ein wenig einem unbeschreiblichen Gefühl des Ausgeliefertseins, gepaart mit Neugier und steigender Geilheit.

Sie hatte das Schlafzimmer erreicht, drehte sich jetzt erstmals richtig zu ihm herum und küsste ihn leidenschaftlich, innig, lange. Ihre Zunge war ein Geschenk Gottes, welches er kurz danach an seinem prall werdenden Schwanz genießen durfte. Gina kniete vor ihm, hatte seine Hose geöffnet und seinen Penis herausgeholt. Nicht einfach so, sondern mit der Zunge langsam seine Unterhose nach unten geleckt, seinen Schwanz langsam hochgehoben mit ihrer Zungenspitze und ohne ihre Hände zu benutzen seine Vorhaut nach hinten gerollt, bis sie genussvoll saugend seinen Hobel tief in ihren Mund aufnahm.

Fast wäre Patrick schon gekommen, er konnte es im letzten Moment verhindern, seinen Saft direkt auf sie oder sogar in ihren Mund zu spritzen. Das Bett war nicht weit und er drückte sie auf die Matratze, leckte an ihren prallen Brüsten. Brüste, die nicht echt waren, wie er bemerkte. So also fühlen sich diese optisch tollen Brüste an, etwas komisch. Da waren ihm die Titten von seiner Charline deutlich lieber, aber jetzt und hier war er geil auf diese Frau. Gina… er leckte an ihrem Bauchnabel entlang zu ihrem Venushügel, verweilte nicht lange auf ihrer Klitoris sondern kümmerte sich mit der Zunge um ihren Anus. Gina stöhnte, wollte mehr davon, wollte einen Finger, zwei Finger… Patrick begann sie mit den Fingern zu ficken, erst zärtlich, dann fordernd. Gina kramte neben sich in einer Schublade und warf ihm einen Dildo zu, den Patrick auch sofort einsetzte.

Es dauerte nicht lange und Gina kam. Im halbdunklen Raum konnte Patrick ihr Gesicht sehen, wie sie im Orgasmus aussah, etwas anders als er sie kennen gelernt hatte. Mit ihrer Möse an seiner Zunge, mit seinem Schwanz kurz danach in ihrer Höhle, bis er endlich kam.

Charline hatte nach drei Likörweinen die Nase voll von dem Date. Miguel kam und kam nicht zu ihr, es war schon eine Stunde zu spät. Patrick würde es wohl gerade dieser Schlampe besorgen und sie lag jetzt hier ungefickt und langsam betrunken im Wohnzimmer.

Nackt mit einem Mantel. Sie schämte sich und begann zu weinen. Es klingelte, Miguel und Gina standen vor der Tür.

„Was macht Ihr denn zusammen hier? Ich denke…?" Charline war völlig verwirrt. „Patrick ist doch schon vor fast zwei Stunden los gefahren und… ähm…" Sie hörte auf zu weinen und wurde schlagartig nüchtern.

„Wir hatten erst am Nachmittag eine Autopanne, das musste dann abgeschleppt werden. Dann haben wir mehrmals versucht bei Euch anzurufen, aber keiner ging dran."

Charline schaute auf ihr Telefon – tatsächlich, sie hatte es am Nachmittag bei einem wichtigen Gespräch lautlos geschaltet und anschließend nicht mehr danach geschaut.

„Dann sind wir bei uns zu Hause gewesen, dort ist Isabel, Ginas Zwillingsschwester. Deshalb geht es bei uns zu Hause heute nicht, der Plan ist geplatzt, leider", meinte Miguel.

„Außerdem hat Isabel irgendwie Wind von unserer Fantasie bekommen, sie ist auch ein ganz schönes Luder" ergänzte Gina und grinste verlegen.

Charline schaute ratlos. „Und nun?"

„Naja, wir dachten… wir schauen mal bei Euch vorbei und vielleicht seid Ihr ja zusammen hier und wir können…"

Charline wählte Patricks Telefonnummer.

Es läutete und läutete…

Kurz danach rief Patrick zurück „Ja, mein Schatz, was ist denn?"

„Ich denke, Du kommst jetzt so schnell wie möglich nach Hause und wir reden nie wieder über diese Verabredung. Aber wenn Du Dich beeilst, können wir noch mit Miguel und Gina vögeln. Im Gegensatz zu Dir bin ich nämlich noch ziemlich unbefriedigt. Sie sind beide hier"

Gina und Miguel grinsten beide bei dem Gedanken, wie Patrick jetzt wohl gerade erst das Telefon und dann die Frau neben sich anschauen würde.

Ja, die Zwillingsschwester war ein echtes Luder…

Unter Männern

Eine positive Votierung zu ihrem Profil weckte das Interesse der Gepa(a)rden. Sie hatten in den letzten Tagen von ihren üppigen Mahlzeiten an reichlich Beute gezehrt und nicht mehr jagen müssen.

Die Beute legte sich fast wie von selbst vor ihre Tatzen und verlangte nach dem orgiastischen Nackenbiss. Doch diese Votierung war anders als sonst. Sie kannten sie alle, hetero, Bi, lesbisch, schwul, mit höflichen Worten ebenso wie plumpe Anmache. Und hier? Eine Votierung eines Veranstalters, einer Schwulen-Sauna. Die Gepa(a)rden schauten sich an – was wollen die von uns? Der Gepa(a)rd hetero, die Gepa(a)rdin Frauen intensiv zugeneigt … sie lasen sich das Profil des Veranstalters aufmerksam durch: „am ersten Montag im Monat öffnet die Sauna ihre Tore für die Freunde der gleichgeschlechtlichen Liebe beider Geschlechter"

Gleichgeschlechtliche Liebe … die Gepa(a)rdin wurde unruhig … zu oft begegneten ihr die Frauen, die sich als gleichgeschlechtlich interessiert meldeten und dann doch vor der Berührung ihrer Krallen zurück zuckten. Vor der rauhen Zunge flüchteten, die sich bei dem Beutesprung in die feuchte Spalte des Opfers drängen würde. Noch zehrte sie von der Erinnerung des geilen Reigens einige Tage zuvor bei einer Frau-en-Orgie, als sieben nackte Frauen auf einem großen Lager wild mit- und durcheinander spielten. Umgeben von Männern, die das Treiben ihrer Frauen mit Wollust beobachteten, sich aber erst zu späterer Stunde mit ihren aufgegeilten Schwänzen beteiligen durften.

Dennoch würde die Erinnerung an die leckere Kost bald verdrängt werden müssen durch neue Eindrücke. Gleichgeschlechtliche Liebe … sie wurde sehr willig und ließ sich von ihrem Gepa(a)rden nehmen.

Ein „Danke für Euer Vote" schickten sie zurück und erwähnten in dem Zusammenhang, dass sie ein eroti-sches Buch veröffentlicht haben und gerne auch eine Lesung in einem Etablissement veranstalten können. Die Antwort kam prompt: „schick´ uns mal eine Ge-schichte, damit wir sehen können, wie Du schreibst." Sie wählten die Geschichte „Beim Zahnarzt", denn hier spiegelten sich alle für Heteros noch vorstellbaren Situationen, gepaart mit Wortwitz und ungeahnten Wendungen.

„Kommt doch einfach mal vorbei und schaut Euch unsere Sauna-Anlage an", lud der Veranstalter die Gepa(a)rden ein. „Nächste Woche ist es wieder so-weit." Das Telefonat war fröhlich und mit Niveau. Die Gepa(a)rden nickten sich zu und bestätigten ihr Er-scheinen.

Das Gefühl war besonders – sie waren in ihrem Leben schon vielen Homosexuellen begegnet, aber noch nie nackt und in dieser Anzahl. Sie wurden beäugt, ange-lächelt, mit Anstand, mit Respekt, mit Interesse be-trachtet. Der Veranstalter begrüßte sie, zeigte ihnen die Anlage, den Bar- und Restaurantbereich, die Crui-sing-Area. In ihrem Spind lag ein Handtuch und Kondome. Die Umkleidekabine war offen, keine Trennung nach Geschlechtern. Warum auch, ist es doch an anderen Tagen nur für Männer gedacht. Sie nahmen ein Getränk an der Bar ein, sprachen mit dem einen und anderen Gast. Höfliche Worte, gediegene Unterhaltung. Nackte Bäuche, darunter Handtücher. Ab und zu eine Hand, die unter das Handtuch des Nebenstehenden glitt, das Geschlecht prüfend und lächelnd. Die Gepa(a)rden fühlten sich wohl – es würde ihre Neigung respektiert werden, soviel war sicher. Sie besprachen die Lesung, die in zwei Monaten stattfinden sollte. Sie besuchten die Sauna, eine Frau tauchte auf, nicht schüchtern aber auch nicht merklich interessiert.

Sie plauderten auf der Couch nach der Sauna, ihr Partner war dabei, ebenfalls hetero- orientiert. Würde sich jetzt im abendlichen Verlauf doch eine Konstellation zwischen den Frauen, ein langsames Anpirschen und dann Sprint ergeben?

Die Gepa(a)rdin lauerte, doch die Beute sendete nicht die typischen Signale aus. Ein Mann gesellte sich hinzu, groß, freundlich. Gebildete Sprache, offen im Umgang. Das Paar ging und der Mann sprach die Gepa(a)rden direkt an. Zu ihrer Neigung, respektvoll akzeptierend. Begann von seiner Fantasie zu berichten, einem Paar begleitend zur Seite zu sein, ihnen beim Sex zu zuschauen und dann dem Mann seinen Schwanz zu lutschen.

Der Gepa(a)rd spürte erstmals diese Rolle, die sonst die Gepa(a)rdin in der gleichgeschlechtlichen Liebe suchte und genoss. Für ihn war es nicht abwegig oder geschweige schrecklich, sich diese Situation vorzustellen, aber die Fantasie umzusetzen war für ihn dennoch keine Option. Die Vision, von oralem Verkehr zu leidenschaftlichem Sex mit der blasenden Frau überzugehen, war für ihn immer noch verlockender als alles andere.

„Aber interessant war die Fantasie", sagte die Gepa(a)rdin auf dem Heimweg zu ihm, als sie über den Abend sprachen… Der Gepa(a)rd grinste, schüttelte den Kopf und vermerkte, manche Fantasie bleibe doch besser einfach eine Fantasie …

Fiebrige Weltreise – eine Fantasie

Hatte er eben richtig gesehen? Nach einem langen Tag war er völlig erschöpft auf dem Rückweg von der Arbeit. Seit Tagen trug er dazu das Gefühl einer aufkommenden Erkältung mit sich herum, es war ihm heiß und kalt. Jetzt sah er mit leerem Blick aus dem Fenster und erspähte seine Partnerin an der Haltestelle. Irgendwo zwischen seinem Arbeitsplatz und ihrem Zuhause stand sie an einer Bushaltestelle.

Unauffällig sah sie aus mit ihrem Mantel, aber er kannte ihre Handtasche. Die Tasche, die sie mit sich führte, wenn sie beide abends sich aus dem Haus stehlen mussten, um bei ihren Kindern keine Aufmerksamkeit zu erregen.

Die Tasche, in der ihre Dessous, ihre Spielsachen, ihre wichtigen Utensilien steckten. Die Tasche …

Er stöhnte leicht auf, ihm war heiß, der Schweiß lief unter dem Jackett, Schweißperlen auf seiner Stirn. Sie stieg in den Bus, setzte sich mit einer Sonnenbrille direkt hinter dem Busfahrer auf einen freien Platz und legte dabei unabsichtlich ihre Knie unter dem kurzen Rock frei, als ihr Mantel zur Seite rutschte. Sie hatte ihn nicht bemerkt.

Er rutschte tiefer in den Sitz, versuchte sich klein zu machen, nicht entdeckt zu werden. Er muss sie beobachten!

Dieser Schweiß … furchtbar, dachte er sich, ich will nur noch nach Hause, duschen, schlafen … doch was macht sie hier? Auf dem Weg von Pullach in die Innenstadt?

„Next Stop: Buckingham Palace" sagte die Lautsprecherstimme ausnahmsweise deutlich.

Buckingham Palace? London? Wo bin ich, fragte er sich? Warum ist der Bus plötzlich rot? Ich bin in einem Doppeldecker-Bus in London? Eben war ich noch auf dem Heimweg von Pullach nach München und jetzt bin ich in London? Er schwitzte, sein Kopf brummte, er versuchte sich zu sortieren.
Sie war nicht mehr da. Er stand auf, schaute auf den leeren Platz hinter dem Busfahrer, der jetzt entsprechend des Rechtsverkehrs auf der anderen Seite saß.

Hinten im Bus war die Treppe ... er stieg hinauf, sah sich um. Keine Sitze, nur Matten, Kissen, Kerzen ...

Außer seiner Frau in der Mitte auf den Matten war sonst niemand anwesend. Kein Schaffner, keine Fahrgäste.

Die leere Tasche hatte sie dezent an der Seite abgestellt und ihre Kleidung ordentlich abgelegt. Sie saß in sexy Dessous inmitten der Kissen und schenkte zwei Gläser Sekt ein. Sie winkte ihn zu sich heran ...

„Next Stop: Time Square" sagte die Lautsprecherstimme mehr als deutlich.

Sein Hemd war nass geschwitzt. Time Square? Um Himmels willen! Er saß in der letzten Reihe vor dem Schwenkgelenk eines riesigen Stadtbusses, mitten in New York.

Seine Frau saß ihm gegenüber, bekleidet nur mit einem String-Tanga und High-Heels ... sie lächelte ihn an, er wollte die Hand nach ihr ausstrecken, sie berühren, sie begehren ... sein Hemd klebte an seinem Rücken, er konnte sich nicht nach vorne beugen.

Vor seinen Augen flimmerte es, die Sonne blendete ihn, dann verschwand seine Frau plötzlich. Er sackte in einen tiefen Schlaf.

Seine Gelenke schmerzten. Die Hose war mittlerweile auch verschwitzt. Diese Temperatur ... es musste mindestens 40° Celsius sein – er wachte auf, sein Penis war stark geschwollen, er spürte auch dort eine Gluthitze.

Die Augen konnte er erst langsam öffnen, sein Blick schweifte umher und versuchte sich an das grelle Licht zu gewöhnen, wackelig …
Nein, nicht er wackelte, es war sein Sitz!

Er versuchte sich zu orientieren … da! … ja, da steht seine Frau, bekleidet mit einem leichten Blazer und mittelkurzem Rock, keine Dessous, schicke Schuhe.

Sie winkt, er möge aussteigen.

Sie steht vor Wat Po, einem der berühmtesten Sehenswürdigkeiten Bangkoks, einem buddhistischen Tempel in der historischen Altstadt.

Er will aufstehen, sein glühendes Glied, das verschwitzte Hemd, die nasse Hose, alles ist hinderlich. Er müht sich, doch er kann sich nicht bewegen. Er schleppt sich an die Tür, doch der Busfahrer grinst nur dumm und fährt einfach weiter, lässt ihn an der Tür hängen und rast durch die überfüllten Straßen der thailändischen Metropole.

Seine Frau schaut von außen besorgt hinter ihm her. Ihm ist heiß, er hat Angst, er zittert.

Erneut fällt er in einen tiefen, traumlosen Schlaf.
Paramatta River, Harbour Bridge, Sidney, Australien, die Fähre ist dort das öffentliche Verkehrsmittel. Er sitzt am Oberdeck und hört die Durchsage „Next stop Circular Quay".

Um Gottes Willen, wo bin ich denn jetzt schon wieder gelandet. Ich werde irre … er schüttelt sich, seine Erektion ist jetzt abgeschwollen. Er will etwas essen, er kennt ein Restaurant in der Stadt. „Best steak in town, the rocks". Sein Gaumen klebt, er hat Durst. Jetzt ein Bier!

Die Hand auf seiner Stirn streift sanft die Schweißperlen ab und gleitet über seine nackte Brust.

Wo ist das nasse Hemd und sein Jackett geblieben?

Die Fähre legt nicht an. Seine Augen öffnen sich endlich richtig, er schaut seiner Frau in die Augen. Sie streichelt ihn, ihre Hand fühlt vorsichtig an seinem Bauchmuskel entlang zu seinem wieder leicht anschwellenden Glied.

„Es geht Dir wieder besser, mein Schatz", sagt die Gepa(a)rdin sanft zu ihm und fährt langsam ihre Krallen aus. „Du hattest ein schlimmes Fieber. Einen richtig furchtbaren Männerschnupfen! Zum Glück scheinst Du über das Schlimmste hinweg zu sein", flüstert sie in sein Ohr und beugt sich langsam hinab zu seinem Bauchnabel.

Thermalwasser – eine Fantasie

George hatte ihr einen klaren Auftrag gegeben. So klar wie jeder seiner Aufträge. Sie liebte seine Aufträge, subtil, verrucht, dennoch immer mit Würde. Anders als es bei ihrer Freundin Justine gewesen war. Sie war von ihrem Dom aufgefordert worden, auf der Fußgängerzone als nackte Bettlerin vor einem Kaufhaus zu sitzen mit einem Schild in der Hand.

Auf dem Schild stand „ich habe Hunger und möchte gefickt werden".

Das war ihr dann doch eine Nummer zu heftig. Justine hatte es durchgehalten, kein Passant hatte sie gewagt anzufassen. Sie war nach einer Stunde von ihrer Aufgabe erlöst worden und hatte sich anschließend mehrere Tage nicht mehr aus der Wohnung getraut.

Nein, ihr Dom war in dieser Hinsicht gemäßigter, dennoch liebte er es sie in der Öffentlichkeit vorzuführen. Einige Wochen zuvor hatte sie den Auftrag, mit kaputten High-Heels auf einem Innenstadtparkplatz Paare anzusprechen. Ihr Absatz sei abgebrochen und sie benötige jetzt eine Spermaspende, um den Schuh notdürftig reparieren zu können. Dazu trug sie einen Mantel und Nylons – unter dem Mantel war sie komplett bekleidet, aber es erweckte den Anschein als sei sie nackt unter dem Stoff. Die Paare hatten völlig unterschiedlich reagiert. Erwartungsgemäß in einer katholischen Hochburg hatten einige sie als Schlampe beschimpft und eine Frau sogar ihr vor die Füße gespuckt. Ein Paar aber ging auf ihre Bitte ein und in einer unbeobachteten Ecke öffnete der Mann seine Hose, holte seinen Schwanz heraus und ließ ihn sich von den beiden Frauen wichsen. Mit dem ergatterten Samen klebte sie ihren Absatz, bedankte sich artig und ging barfuß davon.

Diesen Moment kostete sie besonders aus, denn ihr Dom saß im Auto keine zehn Meter entfernt und filmte die ganze Szenerie. Als sie sich den Film später zusammen anschauten, bekam sie von ihm ihre Belohnung, eine ganze Stunde lang wurde sie in Fesseln geleckt, bis er seinen harten Schwanz zur Erlösung in sie schob und kam.

Ihr jetziger Auftrag war ein Geschenk für sie. Claudia liebte Thermen, warmes Wasser, sinnliches Gefühl der Ruhe und Wärme auf ihrer Haut. Ihr Dom hatte ihr eine Eintrittskarte für das Jugendstilbad geschenkt. Zwischen den alten Säulen, dem Dampf des Thermalbeckens, den herrlichen alten Fliesen flanierte sie jetzt auf und ab und bereitete sich auf ihren Auftrag vor. Das Sprudelbecken war groß – nicht so ein kleiner Whirlpool, sondern ein richtiger kleiner Pool, zirka fünf Mal fünfzehn Meter groß. Tief genug, um bis zur Brust im Stehen zu versinken. Sie legte ihre Badeschuhe ab und stieg grazil in das Becken. Sie streckte ihren Rücken, um ihren Brüsten noch mehr Aufmerksamkeit zukommen zu lassen. Die Nippel standen fest, mit der frisch rasierten Scham bot sie ein Bild wie aus einem Katalog. Die Menschen im Pool schauten sie an. Alle schauten sie an.

Männer wie Frauen labten sich an ihrem Anblick, als sie vorsichtig Schritt für Schritt tiefer in das Becken stieg. Der Bauchnabel verschwand im Wasser, als sie abbog und zu dem starken Sprudelquell auf der Bank ging. Die Blicke aller Anwesenden folgten ihr. Claudia konnte sehr gut bei Frauen ihre Neigung erkennen. Der Blick einer Frau... eifersüchtig hetero- oder bewundernd bisexuell? Zwei Frauen im Becken waren klar heterosexuell, eine etwas ältere Frau schaute hingegen bewundernd zu ihr hinüber. Die Dame war allein in der Therme und wendete ihren Blick jetzt nicht mehr ab.

Claudia setzte sich auf den Sprudelquell, sofort änderte die Schaumkrone ihr Antlitz und drang an ihrem Körper entlang an die Oberfläche. Sie war jetzt erregt, jeder konnte das an ihrer Mimik und ihren steifen Brustnippeln erkennen. Ihr Dom hatte ihr den Auftrag gegeben, auf dem Sprudelquell ihre Schamlippen massieren zu lassen, bis es ihr kommt. Egal wie lange es dauern würde, sie dürfte keine Miene verziehen und müsste lautlos kommen. Er beobachtete sie aus der Entfernung und labte sich an dem Anblick der Lustqual für Claudia. Sie hätte sich jetzt so gerne bewegt, ihre feuchte Spalte auf dem Sprudel hin- und her bewegt, mit der Zunge an ihren Lippen gespielt und ihren aufkommenden Orgasmus genossen. Aber sie durfte es nicht zeigen. Claudia saß still, ihre Klitoris wurde von dem Sprudelquell unentwegt stimuliert, sie war jetzt schon sehr geil und krallte ihre Hände an den Beckenrand. Ihre Handknöchel zeigten mit der Verfärbung der Haut die Anstrengung, mit der sie ihren Körper in ruhiger Haltung zwingen musste.

Ein Mann auf der Beckenseite gegenüber schaute sie lüstern an, rutschte unruhig hin- und her. Seine Partnerin hatte im Sprudelschaum offensichtlich seinen Schwanz gegriffen und wichste jetzt seinen Saft aus ihm heraus. Die ältere Frau lächelte sie an, Claudia musste sich ungemein beherrschen. Sie würde nicht lächeln dürfen, nicht zeigen, was sie fühlt. Ihr Körper begann zu beben, ihre Schamlippen zuckten geil auf dem Sprudelquell. Der Mann gegenüber kam unverhohlen offen, als seine Partnerin ihr Werk anscheinend perfekt zum Höhepunkt gebracht hatte. Andere Paare verließen mit Blicken voller Abscheu über das geile Treiben das Thermalbecken. Bitte, jetzt nicht den Bademeister alarmieren…

Claudia wusste, jetzt würde es nicht mehr lange dauern. Wie gerne hätte sie jetzt die Hand an ihre Möse gelegt und sich schnell zu Ende stimuliert, aber es war ihr untersagt. Obwohl es sie aufhielt, machte die Situation sie gleichwohl immer schärfer. Das Beben in ihrer Hüfte wurde unerträglich, und mit mehreren heftigen Wellen schüttelte ihr Po bis zu den Schultern ihren Körper sichtlich durch. Sie verzog keine Miene, entspannte sich und schaute zu ihrem Dom. Er nickte zufrieden, Auftrag durchgeführt. Jetzt war es ihre Zeit, sie konnte jetzt tun wie und was sie wollte. Ließ sich in die Beckenmitte treiben in Richtung der älteren Frau. Älter… was ist das? Die Frau sah sehr erotisch aus, vielleicht fünfzig? Fünfundvierzig? Oder mehr? Die Frau lächelte ihr zu und sagte „das hast Du wunderbar gemacht. Darf ich Dich zu etwas einladen an der Bar?" Claudia nickte und leckte sich mit der Zunge über ihre Lippen. Endlich durfte sie mit der Zunge lecken…

Mieterwechsel, der zweite Versuch...

Ein Jahr zuvor hatten die Gepa(a)rden ein Date „Mieterwechsel" in ihr Onlineportal eingestellt und ein sehr geiles Erlebnis mit einer bizarren Ansammlung von Gesprächsanbahnungen gehabt. Jetzt stand plötzlich wieder ein Wechsel in der Wohnung an.

Der Gepa(a)rd entzündete die Lust in der Gepa(a)rdin, ein neues Vergnügen zu planen.
Nachdem sie damals am Ende mit einem mit ihnen befreundeten Paar alleine geblieben waren, wollten sie dieses Mal als erstes Erlebnis in ihrer gemeinsamen Entwicklung ein Date mit mehreren Paaren haben. Es sollte aber keine reine Gruppensex-Party werden, sondern sinnlich, mit vielen Facetten, mit den richtigen Paaren, vielleicht mit einem einzelnen Herren und einem Butler? Der Gepa(a)rd hatte hierzu in den letzten Monaten etwas mehr „Leine gelassen", war ihm ein „Herrenüberschuss" an seiner Gepa(a)rdin eigentlich ein Greuel, konnte er ihr mehr und mehr Freude gönnen, nachdem sie ihm ein unglaublich erotisches Erlebnis mit einer sexy Frau zu dritt geschenkt hatte.

Sie trugen ein Date-Gesuch im Internet ein, der Termin war unglücklicherweise zwischen Weihnachten und Silvester. Unglücklicherweise dachten sie, denn viele ihrer Freunde waren verreist. Aber war es unglücklich?

„Mieterwechsel für sexy Paare

eine Nacht lang wird die Wohnung leer sein... nur Kerzen, Kissen und ein sehr sexy Helfer an Getränken und Knabberei...und?! Wir möchten mit einigen passenden Paaren und ausgesuchten Einzel-Personen ab ca. 19.30 Uhr ein erotisches Picknick veranstalten... Dazu wird uns unser Freund Taiji Tu mit einer erotischen Lesung aus dem alten Jahr verabschieden... Vielleicht findet sich noch jemand mit einer besonderen Darbietung - ein Strip? Wer möchte dabei sein? Wir freuen uns auf Euren Ideenreichtum …

Paar sucht Frau, Paar für Sex, Party, Freizeit, Flirt in…"

Es dauerte nicht lange und sie fanden tatsächlich einen charmanten Herrn, der sich als Butler für den Abend zur Verfügung stellte. In Livree mit Hut, viktorianischer Stil, formvollendet würde er den Gästen vom Empfang bis zur leichten Kleidung behilflich sein und das Gelingen des Abends mitgestalten.

Natürlich kamen auch wieder die üblichen „unbrauchbaren" Anfragen, die der Gepa(a)rd als Initiator der Party immer ehrlich beantwortete... und selbst bei seiner Suche nach passenden Mitspielern so manche belustigenden Zeilen verfasste...

„Euer Date "suchen das Prickeln..."

Hallo Ihr zwei…
wir hätten vielleicht was Nettes für Euch am 29.12...
sündige Grüße, Daniel und Denise"

***

Lieben Dank Denise und Daniel,
Eure Einladung für heute klingt auf jeden Fall prickelnd. Wir haben ein wenig Bedenken, dass der Abend in einer Sexorgie endet. Das ist nicht so unser Ding.

Annika und Georg

***

Liebe Annika und Georg,

Orgie? Welch´ wundervolles antikes Wort! So vergnügten sich schon die Griechen und Römer und wahrscheinlich auch alle anderen, die nicht schreiben und damit überliefern konnten ... Aber ... wir sind so nicht gepolt. Sicher haben wir keine Kaffeemaschine und die Plätzchen sind auch schon alle gegessen. Aber wenn jemand mit sich / Partner sein will, ist das ja freigestellt. Für Euch allerdings fürchten wir, überfrachtet das sinnlich-erotische Denken Eure Furcht. Dann lasst es lieber bleiben, wir haben neben einem leckeren zusammengewürfelten Buffet und einer Lesung, einem Strip und sonstigen Vergnügungen gewiss noch Sex. Sonst wären wir ja nicht hier in der Dateline ...

Lieben Gruß von Daniel und Denise …

***

Es dauerte nicht lange und es kamen dann doch tolle Anfragen und schnell stellte sich ein spannender Kreis von Menschen zusammen. Menschen, die Lust verspürten, ein Erlebnis in einer Wohnung mit rund hundert Kerzen, sehr wenigem elektrischen Licht und mit ihnen völlig unbekannten Mitspielern zu haben.

Während die Gepa(a)rden mit Hochdruck an den Vorbereitungen feilten, Liegemöglichkeiten für drei Räume planten, Unmengen von Kerzen und Accessoires organisierten, kamen die passenden Paare zusammen. Hinzu suchten sie erstmals einen einzelnen Herrn aus.

Ein Mann, der das Profil der Gepa(a)rden gelesen und verstanden hatte, der dem Gepa(a)rd nicht zu nahe treten und damit die Wut des Raubtiers wecken würde. Ein Mann, der dennoch den Frauen Lust bringen würde… und selbst nicht zu kurz kommen sollte.

**

Ein anderes Paar meldete sich, erhielt Einblick in die privaten Fotos der Gepa(a)rden und antwortete:
„vielen Dank für die Freigabe des Albums. Hurra ihr habt gewonnen - dass Denise sehr gut aussieht ist selbstredend. Aber ... an dieser Stelle soll nicht unerwähnt bleiben, dass Daniel für uns den 1. Platz der attraktivsten Männer hier belegt. Ihr seid ein schönes Paar!

**

Es wärmt ...das Herz ... Ihr habt mit Eurer Wortwahl
a) Charme
b) Witz
c) vielleicht die netteste Form einer kleinen Flunkerei

gefunden und gebt uns Balsam auf unsere narzistischen Seelen. Es ist unüblich, leider, dem Mann auch mal ein wie auch immer geartetes Kompliment zu machen. Umso mehr freut es Daniel, dass ihn jemand attraktiv findet und gibt dieses Kompliment sehr gerne auch an Euch BEIDE zurück ...

Lieben Gruß, Denise und Daniel

***

Der einzelne Herr ...
Nachdem die Gepa(a)rden mit der üblichen erwarteten Flut von Anfragen einzelner Männer überhäuft worden waren, hatten sie einen sehr charmanten und gebildeten Herrn ausfindig gemacht und nahmen jetzt die Fährte auf ...

Sie schrieben ihm „Möchte dein Album "persönlich" ansehen“

„Lieber Rico,

Du bist zumindest schon mal in der engeren Wahl - wir wollen nur einen Single-Mann zu den Paaren in ein ausgewogenes Verhältnis mitnehmen. Dürfen wir mal in Dein Album schauen? Klingt alles sehr sympathisch, was Du mitgeteilt hast. Und da das Thema erotische Lesung tatsächlich etwas Raum einnehmen soll, sind begeisterte Zuhörer sehr beliebt.

Lieben Gruß, Denise und Daniel (der schreibt)...“

***

Liebe Denise, lieber Daniel,
Das freut mich sehr! Finde es übrigens gut, dass ihr vorher sorgfältig schaut, wen ihr zu euch einladen möchtet! (...ganz gleich wie eure Auswahl letztendlich ausfällt)

Liebe Grüße, Rico …

***

Das nächste sexy Paar meldete sich …
Euer Date "Mieterwechsel für sexy Paare/Ladies"

Hallo ihr Süßen,
haben gerade voller Verzückung von eurem Date gelesen, mein Schatzi und ich wären gerne mit von der Partie … und ganz sicher kann ich mit einer kleinen Stripeinlage noch ein bisschen die Stimmung anheizen… Übrigens eine tolle Idee, wenn man schon mal die Möglichkeit einer leeren Wohnung hat... ☺

Mein Schatzi und ich, dass sind Mr. Winterbottom und seine Mrs. King, zwar noch nicht auf dem Profil verbandelt, dafür im Herzen...
schick euch ein Küsschen, Mrs. King
...und ach, ich werde auch sehr gerne von frivolen Früchtchen verwöhnt ☺
und so ein bisschen Sahne tut dann ihr Übriges!!

***

Liebe Mrs. King…
Die Bewerbung wurde angenommen ☺

***

Ja !!! ☺ freuen uns auch sehr,
habe auch schon das passende Lied für den Strip! Joe
Cocker „You can leave your hat on"... und vielleicht
kann ich die süße Denise so ein bisschen mit einbe-
ziehen …

***

Huiiiii ... Das ist Denise´ Motto-Lied gewesen!!! Ich
sage Ihr Bescheid, dann könnt Ihr Euch noch "ab-
stimmen"

***

...ach Daniel, ich würde mich einfach treiben lassen
und dann vielleicht so zur Einstimmung bisschen an
ihr rumlecken ☺ Aber natürlich gerne auch in Ab-
stimmung mit ihr!!

P.S. ... Motto-Lied... ich stehe gerade so ein bisschen
auf dem Schlauch - Motto für diese Party oder wie
meinst du das?

***

Liebe Mrs. King,

Das sind ja tolle Aussichten für eine gelungene Party
... sie wird es zu schätzen wissen! Der Vorleser übrigens bestimmt auch, aber bitte erst zum Ende der Lesung ... sonst fängt er noch an zu stottern …
Joe Cocker war die ersten achtzehn Monate das Motto
unserer Dateline-Seite, hat Denise als passend einge-
stuft. Ich lade es heute runter und werde es für morgen

verfügbar halten ... Weitere Musikwünsche werden noch angenommen...

***

... ja, das können wir natürlich nicht machen, den armen Vorleser zum Stottern bringen, das machen wir dann danach... Ich freu mich sehr, Mr. Winterbottom auch, hab ihm schon am Telefon berichtet!! Ja und super mach das, falls mir noch was einfällt, also so Liedtechnisch, dann komme ich auf dich zu. Bis dann, Küsschen Mrs. King

***

Die Offizielle Rundmail an alle Gäste …

Liebe Gäste,

Der sinnlich-erotische Moment rückt näher und er soll länger als einen Moment in unserer Erinnerung bleiben. Wir freuen uns darauf, morgen Abend mit Euch eine frivole Party feiern zu dürfen.

Kerzenlicht, Musik, eine erotische Lesung … vielleicht ein kleiner Beitrag von Dir/ Euch? Wir lassen uns überraschen…

Was bringen wir – die Gastgeber - mit? Geschirr/Besteck, Servietten, Musik, Kerzen, Kissen und Liegemöglichkeiten…

Was bringst Du / bringt Ihr bitte mit:

1) Euch, sexy verpackt in sportlich eleganter Kleidung („Er" Hemd, Jackett, keine Krawatte, „Sie" sexy Abendgarderobe mit dem entsprechenden Outfit darunter)
2) einen Picknick-Korb mit dem Essen Eurer Wahl. Getränke stellen wir, außer Ihr habt exklusive Champagner-Wünsche. Ihr gebt Euren Korb am Eingang unserem Butler, der dann für das Anrichten sorgt. Bitte bringt Euch auch persönliche Gegenstände wie Handtücher, Spielsachen etc. mit, wir haben da nur beschränkte Möglichkeiten ;-).
3) gute Laune – sollte nach den Feiertagen kein Problem sein
4) Parfüm bitte nur in homöopathischer Dosierung … weniger ist mehr

Wo treffen wir uns um 19.30 Uhr?

In der Karlsruher Straße 28b, Pasing. Bitte klingeln bei „K. Wüstling". Bitte absolut diskret ankommen, es ist eine normale Wohnung in einem normalen Mehrfamilienhaus. Falls vor der Anlage auf der Straße keine Parkplätze mehr frei sind, ist 200 Meter entfernt rechts ein großer Parkplatz vom Ordnungsamt. Wenn noch Fragen offen sind, einfach ansprechen: 0165 88632987 (Daniel)

Da wir ja sowieso alle über die Dateline überall hinschauen dürfen, wenn es nicht gesperrt ist … erlauben wir uns Euch die Profile der morgen eingeladenen Gäste zu benennen. Wer wem jetzt zusätzlich noch ein Album öffnen mag …

Vielleicht habt Ihr noch ein Luftbett oder eine Klapp-matratze? Dann freuen wir uns wenn Ihr sie mitbringen könnt...

Wir freuen uns auf Euch und sind offen für alle positiven Anregungen für einen tollen Abend,

Sündige Gedanken senden Euch Denise und Daniel

***

Ein Traum in Kerzen...

Die detailverliebten Vorbereitungen am Nachmittag läuteten den Abend glücklich ein, der Butler erschien pünktlich eine Stunde vor den Gästen. Die Eröff-nungsszene wurde einmal durchgeprobt und das „Kennlernspiel" besprochen. Wie sollten die sich völlig unbekannten Gäste zusammen finden? Zwischen „Speed-Dating", ein bis zwei Minuten im Wechsel von sich zu erzählen (und dabei im schlimmsten Fall aufgrund von Startschwierigkeiten einen schlechten Eindruck zu hinterlassen) bis zu „Snowboarding", einer Idee aus einer anderen Party, von denen die Gepa(a)rden erzählt bekommen hatten, kamen viele Möglichkeiten auf. Das „Snowboarding" verwarfen sie sofort (jede Frau kniet vor einem Mann, bläst seinen Schwanz bis zum Erguss und küsst dann die Frau an ihrer rechten Seite...)

Sie verständigten sich auf ein Spiel, bei dem Kärtchen mit einer Frage und fünf möglichen Antworten gezogen und aus dem Stegreif die möglichst passendste gewählt und vorgetragen werden sollte...

Einhundert Kerzen brannten um 19.15 Uhr, der Cremant war kalt gestellt, die Gläser gerichtet. Der Butler stand bereit, in Livree und Hut des neunzehnten Jahrhunderts …

Es läutete …

***

Die Gäste kamen nahezu gleichzeitig und der festliche Rahmen war dank der sportlich-eleganten Erscheinung der Herren und den stilvollen Abendkleidern der Damen gewahrt. Was würden sie darunter tragen? Strapse? Nichts? … die Herren schauten verstohlen bis unverhohlen auf die Damen, die ihre Blicke bei zunächst noch nichtssagenden Gesprächen erwiderten. Was würden die Männer anhaben unter ihren Anzügen? Sportslips? Oder gibt es auch erotische Wäsche für Männer, die nicht so aussieht wie das berühmte „Swinger-Outfit", also Männer in Unterhose und T-Shirt. (Jemand sagte einmal, zu Hause würde jede Frau mit Stil einen Typ, der in Unterhose und T-Shirt auf dem Sofa sitzt, zum Teufel jagen)

Der Butler nahm diskret von allen Gästen die Picknick-Körbe entgegen und richtete an der Theke die mitgebrachten Köstlichkeiten an. Schnell übertrug sich die ungewöhnliche Stimmung einer nahezu leeren Wohnung, unendlich vielen Kerzen und dem leckeren Buffet auf die Gäste, die Gespräche zeigten mehr Intimität und Daniel begann mit dem Spiel.

Die Fragen waren eindeutig bis harmlos, und erstaunlich offen antworteten die Gäste auf die spontan zu entscheidenden Fragen. Sei es Anilingus als Vorliebe oder der Hang zu einer großen privaten Sammlung von Pornofilmen, jeder Gast öffnete mit seinen Antworten auf die unumgänglichen Fragen sein Intimleben für die anderen und neben dem einen oder anderen Lacher wurden die Blicke anerkennender und lustvoller...

Die Gäste setzten sich nun langsam auf die mit Kissen ausgelegten flachen Liegemöglichkeiten, die in der Raummitte von Kerzen umstellt aufwarteten. Rote Decken fluteten über die flachen Matten auf den Parkettboden, Röcke rutschten etwas hoch und gaben den Blick auf Strapse und nackte Schönheit preis. Das Knistern lag in der Luft, die Lust war noch gezügelt, jeder wartete auf das erlösende Signal...

Der Abend sollte mit einer erotischen Lesung von Taiji Tu begleitet werden, jetzt war der richtige Zeitpunkt. Taiji Tu stand auf, er trug wie immer seinen roten Zylinder, sein Erkennungsmerkmal, schaute schelmisch auf die erwartungsvoll dreinblickenden Gäste, erfreute sich an den lüsternen Blicken der Frauen und seiner Gepa(a)rdin, die sich besonders über den bisherigen Verlauf dieses Festes freute.

Die Lesung begann... Partner rückten näher zusammen, Hände glitten ineinander und Taiji Tu konnte sehr gut beobachten, wie sich die eine oder andere Hand auch langsam verirrte... in einen Rückenausschnitt glitt, ein Reißverschluss langsam geöffnet wurde und auch ein Jackett von hinten mit ausgestreckten Krallen langsam angehoben wurde. Die Gepa(a)rdin genoss den Blick auf diese Lust und ihre

Augen wurden raubtierhaft… Der Gepa(a)rd wusste, dass dieser Abend eine neue Zeit bei ihnen anbrechen lassen würde…

Die Lesung endete, es blieb kaum Zeit für Beifall, denn Zungen hatten sich schon gefunden und wollten nicht mehr gestört werden. Mrs. King stand auf, Joe Cocker wartete auf sie und ihr Strip ging nahtlos in die lustvolle Stimmung nach der Lesung über. Ihre schweren Brüste zeigte sie gerne, ebenso wie sie ihre frisch rasierte Scham über den sitzenden Gästen kreisen ließ. Die Männer versuchten entspannt zu wirken, was aber angesichts dieses perfekten Strips nicht notwendig gewesen wäre. Mrs. King strippte geil, ihre eigene Lust zeigte sie deutlich und ließ keine Gelegenheit aus, jedem Gast einen persönlichen Griff in den Schritt zukommen zu lassen. Der Strip ging zu Ende, die Tore waren geöffnet… Jacketts wurden ausgezogen, Hemden aufgeknöpft, Zungen kreisten, Finger fanden ihre Wege…

Immer wieder ging jemand an die Theke und nahm sich etwas zum Essen und Trinken, schaute von dort aus gebannt auf das Spiel der mittlerweile größtenteils nackten Körper. Ästhetisch wirkte es, die Schatten der Lichter, die Kerzen, die teilweise auf Spiegeln aufgestellt ein wirres Flackern erzeugten. Leise Musik im Hintergrund und das lauter werdende Stöhnen der Spielenden ergaben einen unbeschreiblichen Klang in dem großen Raum.

Der Butler war zwischenzeitlich ebenfalls nackt und ließ sich seinen Schwanz blasen, auch er sollte endlich eine Belohnung für sein fleißiges Tun bekommen…

Der einzelne Herr verhielt sich perfekt. Unaufdringlich, dennoch immer und überall verwöhnte er die Frauen mit Händen und Zunge, das Stöhnen der Damen war flirrend und überlagerte die Musik. Ab und an ein lautes Stöhnen, wenn ein Mann seinen Höhepunkt erreichte.

Taiji Tu stand an der Theke und genoss die Inspiration für diese neue Geschichte...
Charlotte kam zu ihm und sagte „ich habe das dringende Bedürfnis, jetzt Deinen Schwanz zu blasen – ist das für Dich ok?" Taiji Tu nickte sichtlich angetan von ihrer Idee und sie genoss es, seinen Saft nach diesem langen Vorspiel endlich ausschlürfen zu dürfen...

Die Gepa(a)rdin hatte mittlerweile mehrmals einen harten Stoß empfangen, ihre Lust war ungebrochen und ihre Krallen kratzten an Frauen wie Männern...

Der Abend verflog, schnell war es tief in der Nacht – niemand bemerkte den schon absteigenden Mond... die Gäste waren alle zufrieden.

***

Die Nachlese …

Hallo Denise und Daniel,

vielen, lieben Dank für diesen unvergesslichen Abend!

Was für ein Fest!! Fast surreal. Vorlesen, und die Paare brennen. Ich stehe immer noch neben mir, um ehrlich zu sein. Gleichzeitig hoffe ich, dass ich als Gast aufmerksam genug war, und sich keiner eurer Gäste an mir gestört hat. Für mich war es völlig neu, als einziger Single, mit Ausnahme des Butlers, in so intimer Runde, so vielfältig die Mischung und doch einverstanden. Völlig ohne Hektik, sehr genussvoll. So bohémien, dass ich mich auf mich gar nicht konzentrieren wollte. (...und es fühlt sich noch immer so an, als würde ich innerlich zerplatzen...) Die unterschiedliche Empfindungen, dynamisch und doch wie im Kanon, insbesondere unter jenen, die bis zum Schluss blieben. Manche würden sicher meinen, welch´ merkwürdiger Abend, doch viel eher ist dieser Abend des „Sich-merkens würdig"!

Wie wunderbar sich das Jahr von mir dann doch noch verabschiedet, dank' euch!

bis bald, Rico

***

Aufräumen …

Während Denise am Morgen zu Hause noch die Lust an ihrem Körper spürte und die ersten positiven Nachrichten eintrafen für den sexy Abend, musste Daniel die Wohnung in den Ursprungszustand zurück versetzen. Am nächsten Morgen sollten die neuen Mieter einziehen, und es waren viele Kerzen zu entfernen…

Daniel war müde und kämpfte beim Aufräumen gegen das unbändige Gefühl, sich einfach eine Stunde auf die Liegefläche zu legen und sich vielleicht … ? … ein wenig Erinnerung an den vorigen Abend zu gönnen. Eine Nachricht erschien auf seinem Telefon, Mrs. King und Charles bedankten sich bei ihm für den wundervollen Abend und boten ihre Hilfe beim Aufräumen an.

Er kokettierte mit ihnen – wenn sie „Aufräumen" helfen kämen, würden sie nie fertig und überhaupt wäre Denise noch zu Hause und sie müssten sie erstmal überzeugen… Es dauerte nicht lange und alle drei standen in der Tür…

Von „Aufräumen" kann man in den nächsten zwei Stunden wahrlich nicht sprechen. Mrs. King genoss es sichtlich, noch einmal im Anschluss der Party zwei Schwänze zu entsaften und dabei die wieder feuchte Muschi der Gepa(a)rdin zu lecken…

Irgendwann MUSSTE Daniel sie bitten zu gehen – sie hätten sich den ganzen Nachmittag weiter vergnügen können, jedoch… irgendwann MUSSTE er auch aufräumen…

Das Ende ... oder auch nicht?

Seit Tagen hatten die Gepa(a)rden Streit. Wegen Nichtigkeiten, ihrer Brut, ihrer Höhle, ihrer Nahrung. Einfach Streit um Kleinigkeiten, Alltäglichkeiten, Unwichtigem. Und wegen ihrer Jagd. Der Gepa(a)rd war des Jagens nach Paaren müde geworden.

Zu oft hatte der Kampf um die Rolle des Alphatieres seine Energie aus ihm herausgesaugt, die er so dringend für anderes benötigte. Die Sonne stand in diesen Wintermonaten niedrig über der Savanne, die Beute rar und die Jagd entsprechend anstrengend. Die Gepa(a)rdin aber war lüsterner denn je, sie wollte Beute, Blut, Saft, Lust schmecken, riechen, spüren.

Der Gepa(a)rd hatte zudem noch viele Aufträge zu erfüllen, die ihn aus dem Revier trieben. Schon bald würden die Menschen Weihnachten feiern, zu viele Erledigungen standen noch für ihn an. Unter anderem diese vertrackte Tagung, nicht weit von ihnen entfernt, aber lästig terminiert.

Der Nebel stand dicht im Tal, als der Gepa(a)rd am späten Abend nach der Tagung endlich wieder nach Hause fahren konnte. Das Automobil stand in der Werkstatt, er hatte für diesen Tag den Motorroller wählen müssen. Das Thermometer zeigte knapp über 0° Celsius, die Uhr auf ca. 22 Uhr am Abend. Er startete den Motor, setzte den Helm auf, ärgerte sich über den Nebel und fuhr los.

Kurz zuvor hatte er die Gepa(a)rdin angerufen und wollte sich für den letzten Streit entschuldigen, den er tags zuvor vom Zaun gebrochen hatte. Es war einfach zu viel zurzeit. Sie war aber nicht ans Telefon gegangen – ob sie ihn ignorieren wollte oder einfach beschäftigt war, er wusste es nicht.

Bald würde er zu Hause bei ihr sein, sich an ihr reiben, seine Lust zeigen und dann beruhigt endlich neben ihr schlafen können.

Schlafen … endlich schlafen. Er schrieb ihr eine Kurznachricht über das Telefon, „ich liebe Dich, bin gleich zu Hause!" – ohne das meist übliche flirten, ohne sexuelle Andeutungen. Einfach nur ein Einfaches „Ich liebe Dich"

Er steuerte den Motorroller langsam durch den dichten Nebel, die Feuchtigkeit der Luft drang mit der Kälte durch Helm, Jacke und warme Überhose. Er fror, die Handschuhe wurden klamm. Noch zehn Kilometer, sagte er sich und tuckerte weiter.

Tuckerte … sein Motorroller tuckerte, doch da war noch ein weiteres Geräusch im Nebel, in der Dunkelheit. Ein Tuckern … es kam näher, ein schwaches, wackeliges Licht begleitete das lauter werdende Tuckern. Er hielt sich mit dem Motorroller möglichst weit rechts auf der Straße, das wackelige Licht, das Tuckern ängstlich beobachtend. Das Licht kam näher und näher, eine Kurve noch vor ihm, er versuchte auszuweichen …

In seiner Jackentasche vibrierte sein Telefon, jemand versuchte ihn anzurufen.

Er war abgelenkt, ausweichen, Telefon, Nebel, Tuckern, Licht … ein hässliches Geräusch, Metall, Glas, Splitter … Schreie im Nebel verhallten, die Tiere der Savanne schreckten nur kurz auf, als der Motorroller über die Leitplanke und der Gepa(a)rd in das tiefe Dunkel der Nacht geschleudert wurden.

*** Ende ? ***

Die Gepa(a)rdin wälzte sich unruhig in ihrem Bett. Es war schon spät, sie hatte sich früh schlafen gelegt, wissend, dass er heute spät nach Hause kommen würde. Jetzt quälte sie ein schrecklicher Traum, ein Motorradunfall, ihr Mann, allein irgendwo da draußen, überfahren … Sie schreckte hoch, im Schlafzimmer war es dunkel, nur das fahle Licht des Mondscheins drang durch die Ritzen der Jalousie. Sie tastete mit ihrer Kralle über das Bett – leer …

Ein Blick auf ihren Wecker zeigte eine Uhrzeit nach Mitternacht. Sie hörte leise Schritte im Treppenhaus … entspannt sank sie zurück in ihr kuscheliges Kissen und zog die warme Decke über sich.

Der Gepa(a)rd schlich sich im Treppenhaus in die Schlafetage und wollte seine Gefährtin nicht wecken. Leise zog er sich aus, Katzenwäsche, kroch im Schlafzimmer fast lautlos unter die Decke und schob sich an die Gepa(a)rdin heran.

Ihre Hand glitt zu seinem nackten Körper, streichelte kurz über seine Hüfte und umfasste dann fest seinen schnell hart werdenden Schwanz. Ein kurzes Vorspiel nach einem langen, harten Arbeitstag, ein schnelles Eindringen in die erwartungsvoll feuchte Höhle, Stöhnen, Bewegungen … kurzes Aufbäumen, fließender Saft … ein langer, liebevoller Kuss …

„Am Freitagabend haben wir Besuch", flüsterte die Gepa(a)rdin im Dunkeln…

Der Gepa(a)rd lächelte und küsste sie innig...

*** Ende ***

Ende?

Bei Taiji Tu ist es nie zu Ende – freuen Sie sich auf die nächsten Geschichten von Taiji Tu, besuchen Sie seine beliebten Lesungen an ausgewählten und teilweise sehr besonderen Orten – täglich begegnen uns Situationen im Alltag, die zu neuen Geschichten inspirieren und manchmal uns diese auch erleben lassen.

Irgendwann gibt es wieder ein Buch von Taiji Tu – wer weiß, welche Raubtiere Ihnen dann begegnen?

Die Savanne ist groß …